# SI JEU LE VEUT

*(Ou la défense de Platon)*

BARLINO

# SI JEU LE VEUT

A mes proches, aux amis des échecs, à tous ceux qui savent créer des émotions et auprès de qui j'ai pu trouver la joie d'écrire et celle de me distraire.

Et puis je tiens à remercier particulièrement une amie, dont je tairai le nom, eu égard à sa modestie, mais dont je veux souligner le travail de relecture pertinent et essentiel.   Barlino

*Influences diverses...*

Ô toi dont la joue est modelée sur le modèle des roses sauvages
Toi dont le visage est moulé comme celui des idoles de la Chine
Hier ton amoureux regard changea le roi de Babylone
En un fou que le joueur fait manœuvrer sur l'échiquier
(Extrait des "quatrains d'Omar Khayyam" )

La légende raconte que Paolo Boï a joué une fois aux échecs avec une jeune fille aux yeux pénétrants qui brillaient de mille feux...le Syracusain se croyant vainqueur voulu déclarer mat en deux coups, mais à ce moment, il vit la dame blanche de la partie, transformée en dame noire et la belle brune lui dit en riant :
-Non Paolo , tu ne gagneras pas car maintenant j'ai une dame, et toi tu n'en as pas.
-O, santa Maria ! Murmura Paolo effrayé.
Et en prononçant ces paroles, il remarqua que malgré cette transformation, il pouvait encore gagner la partie en deux coup. La jeune fille le comprit, fronça les sourcils, sortit de la pièce sans dire un mot et disparut. Paolo vit bien qu'il avait joué avec le diable...
(Extrait du "Bréviaire des échecs", 1936 du Grand-Maître Xavier Tartakover)

Je veux donner l'idée d'un divertissement innocent. De nos jours, il y a si peu d'amusements qui ne soient pas coupables.
(Extrait de "La Morale du Joujou" de Charles Baudelaire)

Avertissement : Ce roman est une pure fiction. Les noms propres qui apparaissent, marques ou personnes, villes ou compétitions font partie du décorum dans lequel se déroule l'intrigue et ne sont cités que pour donner un air de vraisemblance à l'histoire. Les courtes citations choisies ne servent que l'intrigue et nul ne saurait être impliqué, de quelque manière que ce soit, dans ce récit tout droit sorti de l'imagination de l'auteur. Toutes ressemblances avec des personnages existants ou ayant existé ne serait donc que pure coïncidence.

# Notice

Si les échecs sont une science, il convient sans doute de se référer à Descartes, si les échecs sont un art il convient d'y voir l'expression de la vie plutôt que l'inverse...

Ce roman est un thriller qui se passe dans le petit monde bien "rangé" des joueurs d'échecs. C'est cela ou peut-être une histoire d'amour, au lecteur de le dire et de juger au fond, s'il éprouve des sensations et s'il y a du suspense. (Quoi qu'il en soit, mieux vaut ne pas lire la fin avant le début, on risque juste de ne pas comprendre, c'est comme aux échecs, il y a un *début* et une *fin*...).

Le monde des échecs n'a pas de limites frontalières et c'est ce qui confère à ce jeu son caractère universel. Le fort joueur d'échecs n'a pas plus de plaisir à jouer que le faible joueur, peut-être même que c'est le contraire. Si le plaisir est le même, du moins la cause est différente. D'un côté c'est la recherche de l'excellence qui fait vibrer, quand de l'autre c'est le simple fait de jouer, ou de gagner. Cette assertion est discutable bien sûr, comme tout ce qui concerne les jeux de société. Essayons un instant de raisonner autrement, tablons que tous les joueurs ont du talent et confèrent au jeu d'échecs l'excellence de sa noblesse, ce serait une autre manière de voir mais l'inverse pourrait tout aussi bien être posé comme hypothèse...

Auteur de ces lignes, on peut le comprendre, je suis un adepte des échecs, mais je ne puis trouver plaisir que dans le Jeu. Le haut niveau pour moi est un peu le miroir aux alouettes, un rêve d'enfant. Comme beaucoup de gens, je ne possède de ce jeu qu'une maîtrise parcellaire et limitée. Ceci, pour paraphraser Descartes, est très loin d'être une connaissance "certaine et indubitable".

Aussi, je me sens un peu gêné de citer tous les champions illustres et vénérés qui apparaissent au fil du texte et que j'admire et respecte profondément. J'espère qu'ils ne m'en voudront pas si quelques erreurs ou invraisemblances surgissent ça ou là. Un champion du monde ou bien son challenger, dans le monde des Échecs constituent des mythes incontournables, ils permettent de situer l'action et la pensée des personnages.

Il convient donc de noter que le texte n'a aucune visée didactique et ne saurait être considéré comme un livre sur les échecs. Le jeu y est bel et bien présent, mais il y joue un rôle à part. Il opère comme un "chirurgien" de la pensée. Le jeu dans sa globalité inspire les processus cognitifs étranges et exogènes du personnage clé.

Si ce jeu est un jeu, ce qui ne fait aucun doute, on peut aussi concevoir que c'est un art, auquel on peut rester attaché toute une vie, une façon d'exprimer quelque chose sur soi même...

Le lecteur éclairé acceptera, je l'espère, cette sorte de justification philosophique de ce qui se veut avant tout un roman. Qu'il se rassure la philosophie s'estompe dans le livre qui est tout sauf cartésien et qui ne vise qu'à distraire...

Afin d'éclairer un peu le lecteur, les *références échiquéennes* sont signalées d'un attribut en *italiques* qui signale *un jeu de mots,* parfois involontaire "induit" par le jeu d'échecs ou par l'un des personnages. Et puis de cela, le J*eu veut* faire profiter également le lecteur néophyte.

Signé : L'auteur de ses *lignes*...

---------------------------

# 1 Un accident stupide

Il fait tout juste chaud, dans les campagnes c'est la fin des labours, juillet frappe à la porte de l'été, Fabien Darquin est perdu dans ses pensées, ce qui vient de lui arriver n'est pas banal ! Il revient d'une compétition d'échecs à laquelle il a participé et bing ! Un accident de la route, un virage raté ; il est là quasiment suspendu au vide, entre deux arbres qui ont freiné sa chute. Ceux-ci menacent de céder, ils ne sont pas là pour faire barrage et s'ils ne résistent pas ce sera fini. Fabien le sait et pourtant, que faire ? Le moindre geste, risque de précipiter les choses.

L'homme voit défiler son existence qui passe comme un film à l'envers dans sa tête.

«A quoi bon tout cela se dit-il ?A quoi donc a servi ma vie? Suis-je le mieux placé pour en juger ? N'aurais-je pas mieux fait de me jeter dans le vide, le jour ou j'ai acheté cette maudite voiture ? A présent, je suis là, dans ce ravin, je souffre de mes blessures et je ne vois aucun moyen de m'en sortir. »

Puis songeant soudain à l'inanité de son existence, il en appelle au Seigneur.

« Que si Dieu me sauve la vie, au moins ce ne soit pas pour rien ! Que celle-ci puisse servir à quelque chose ou à quelqu'un ! »

Ayant prié ainsi, l'esprit tranquille, il s'apprête à perdre connaissance. Cependant un détail l'intrigue, lui pose question, encore :

Il ne cesse de se remémorer mentalement cette partie d'échecs qu'il vient de jouer et de perdre, un peu comme si son cerveau se refusait à accepter la sanction du réel, l'obligation en quelque sorte de revenir à la vraie vie. Fabien n'en revient pas, il vit peut-être ses derniers instants et il se surprend lui même à recalculer les variantes à analyser mentalement cette position où tout a basculé!

A cet instant il entrevoit la vraie nature du Jeu. Il sait au fond de lui même que le Jeu ne le quittera plus. Jeu avec une majuscule , car jeu de Fabien , qu'importe au fond que ce soit ce jeu là et pas un autre, l'essentiel est ailleurs.

De quoi s'agit-il au fond ? Que s'est-il passé en ce début d'été quatre vingt quinze ?

Cela aurait pu être un autre jeu, mais il se trouve que c'était ce jeu là qui occupait ainsi l'esprit de Fabien Darquin. Le Jeu ne lui donnait pas, en aucune façon une solution pour s'en sortir, ne lui disait pas quoi faire, mais le Jeu était là, activant les neurones de son cerveau blessé pour trouver des solutions à un problème qui ne se posait plus. Oui Jeu était là, chassant sa peur et ses angoisses, lui rappelant qu'il disposait encore de toutes ses facultés malgré la douleur, malgré ses blessures. Cette analyse *post-mortem* (on appelle ainsi l'étude à posteriori d'une partie d'échecs) qu'il semblait réaliser sans même le vouloir, ne lui faisait pas oublier pour autant la réalité de sa situation. Bien sûr, il en était conscient, il aurait peut-être mieux valu réagir, tenter une sortie, s'agripper quelque part, mais le Jeu, son compagnon d'infortune lui suggérait autre chose, un autre attitude. La présence même du jeu d'échecs dans ses pensées les plus profondes, l'empêchait en quelque sorte de réfléchir à l'inutile, de prendre des décisions précipitées ou hasardeuses.

Sans le hasard, bonté divine, il l'avait bien compris, il aurait chuté. Il avait bien sûr pensé une seconde à s'extirper de son véhicule, mais calculant ses chances, il y avait très vite renoncé, d'ailleurs il était bien trop affaibli et il savait ne pas pouvoir aller très loin. Fabien n'avait pas abandonné, cela avait été comme aux échecs, comme il le faisait toujours, il était allé jusqu'au au bout du possible au bout de la nuit. N'ayant plus de forces cependant, il avait senti qu'il allait perdre connaissance, au bout d'interminables minutes qui lui paraissaient une éternité.

Et pourtant, il calculait encore, reconstituait la partie mentalement n'était peut-être déjà plus conscient ou dans le coma quand l'impossible vint à son secours. Ce sacré hasard qui avait déjà mis deux arbres juste à l'endroit qu'il faut. Une chance inouïe, certes, mais en fait Fabien avait un peu espéré cette issue heureuse, car il avait aperçu au fin fond de la vallée un engin agricole et des silhouettes de travailleurs des champs, mais c'était loin, si loin...

C'est pourtant ainsi que Fabien fut sauvé in extremis et pu vivre l'histoire qui va suivre. Un laboureur ayant aperçu cette voiture suspendue dans le vide n'en croyait pas ses yeux, il avait aussitôt alerté les secours à l'aide de son téléphone portable dernière génération. Ceux-ci étaient venus très rapidement, grâce aux renseignements précis fournis par ce dernier. Ils avaient apporté immédiatement le matériel nécessaire pour extraire le véhicule du vide et surtout emmener le conducteur, immédiatement vers l'hôpital le plus proche.

Pour qui n'est pas habitué à la terminologie échiquéenne il convient de donner quelque précisions. Les échecs, comme on dit souvent en oubliant le corollaire indispensable à ce mot, risquent d'être confondus avec le Jeu lui-même. Tout un chacun accorde à ce jeu des mérites ou des vertus exceptionnelles, on ne parle jamais des effets pervers ou négatifs qui pourraient exister. Ce Jeu existe et in fine occupe l'esprit de tous ceux qui le pratiquent peu ou prou. Fabien de ce point de vue n'était pas une exception, sauf peut-être qu'il lui vînt à l'esprit que ceci occupait trop de place dans sa vie ou peut-être pas assez c'est selon... Les gens qui parlent des échecs bien souvent s'intéressent plus à l'environnement du jeu qu'au jeu lui même. Cette histoire est celle d'un homme qui s'intéressait au jeu lui-même et très peu à ce qui l'entoure.

---------------------------------------

## 2 Une position inconfortable

Sept jours plus tard, Fabien Darquin fut surpris en ouvrant les yeux de découvrir le visage de l'interne de service. Elle avait un regard profond, de ces manières de vous observer qui restent gravées à jamais dans les mémoires. De quelle couleur étaient ses yeux? Marrons, marrons foncés ? Fabien n'était plus très sûr d'être encore de ce monde. S'il avait eu à le raconter à un ami, Fabien l'aurait sans doute dit d'une autre manière :

« Mon cher, il y a des jours ou l'on se sent tout à fait ailleurs. Si je vous disais que ses yeux étaient de ce brun mauve et mordoré qui ravive les ardeurs, si je vous disais que son visage était des plus jolis, avec des traits fins et réguliers, je ne vous aurais rien dit ! Rien de ce que j'ai ressenti, rien de ce que j'ai vraiment vécu. Cette personne presque "évanescente" et qui cependant me parlait d'une voix suave, fine et sensible ; cette personne, disais-je, me faisait l'effet d'une fleur qui s'ouvre au monde. Elle n'avait nullement l'intention de me plaire, elle n'était là que pour faire son travail et pourtant, je ne peux l'oublier. Son regard s'est inscrit dans ma mémoire aussi profondément que celui de ma mère dont hélas, je n'ai plus vraiment la pleine conscience. Un regard de feu transpercé d'une lumière ardente , un regard immense qui ignorait la fixité de l'instant, un regard sur moi qui me disait que j'étais mortel, que ma vie ne tenait qu'à un fil, le fil de sa main, le fil de sa pensée. Oui c'était cela , une vibration infime , un cœur présent dans ce beau regard et ce joli visage, tout près de moi, tout près du mien ! Oui mon ami, vous comprenez à présent ! Je n'étais pas tout à fait conscient ! »

-Monsieur Darquin! Monsieur

Cette voix était donc bien réelle. Fabien n'était pas mort et recouvrait ses esprits, oubliant ainsi les calculs et analyses qui l'avaient accompagné durant un laps de temps dont il ne mesurait pas l'ampleur. Ainsi donc, son escapade du réel rendue supportable par les échecs se terminait ici, dans un lit d'hôpital où le moins que l'on puisse dire c'est que tout n'était pas rose.

La jeune interne assise à côté de Fabien se serrait contre son flanc, pour réaliser un geste médical consistant à écouter et observer les battements de son cœur. Il en fut tout ému, mais ne le montra point. Elle prononçait des paroles rassurantes, puis lui mit quelques bandages. A part les bons soins de cette charmante personne, il n'y avait rien dans cette chambre qui puisse donner à Darquin des raisons de se réjouir, bien qu'il fût sauvé du pire.

Il ne lui venait que des idées noires, noires ivoire sans jeu de mot échiquéen. Cependant l'effet rassurant que le Jeu avait exercé sur Fabien dans cette épreuve ne pouvait être oublié de si tôt. Il décidait en son for intérieur qu'il ne voudrait plus se priver de cette aide précieuse. Il s'apercevait que le Jeu, au fond, lui avait sauvé la vie, lui aussi, en l'empêchant de s'agiter ce qui aurait pu lui être fatal. Il comprenait que certains phénomènes ne peuvent être gouvernés que par le hasard et que cette dimension du réel était présente dans le Jeu.

Quand il était en présence du Jeu, ou bien quand il sollicitait le Jeu, plus rien ne pouvait compter pour lui, même ses blessures aussi graves soient-elles. D'ailleurs il les sentait beaucoup moins.Le concept même du sacrifice était inhérent à la compréhension du jeu. Tel le preux chevalier qui ne craignait pas la douleur, il pouvait s'affranchir de sa condition terrestre quand il se prenait au jeu.

Fabien était un homme qui approchait la quarantaine, plutôt réservé bien que sa profession d'avocat exigeât de lui qu'il fit parfois des efforts, pour faire des effets de manche. Il lui fallait dans ce cas forcer sa nature, mais il le faisait avec talent. Marié et père de deux enfants, il était très amoureux de sa femme. Fabien, pourtant n'était pas heureux, pas heureux en amour, pas heureux de sa propre vie, même si beaucoup d'hommes auraient bien voulu échanger la leur contre la sienne.

Un travail ? Oui certes ! Une bonne situation ? A n'en pas douter ! Une épouse et une famille ? Oui bien sûr, mais l'ennui le rongeait. Tout ce qu'il faisait semblait tourner en rond et l'ennuyait profondément. Donner un nouveau sens à sa vie lui paraissait nécessaire et indispensable.

Cela devenait à présent une évidence pour lui, mais avant cet accident révélateur, il n'y avait pas vraiment songé. Il jouait aux échecs sans doute à cause de cela. Il jouait pour se distraire pour chasser l'ennui, cependant que celui-ci se cachait derrière tout un tas de bonnes raisons inavouées.

Il ne s'était jamais préoccupé de savoir pourquoi il s'était tourné vers les échecs, vers le jeu d'échecs, pourtant le jeu était dans ses gênes, dans sa famille. Le jeu avait occupé son enfance, sa jeunesse plus que celle de tout autre, jouant un rôle jusque dans le choix de son épouse. Mais voilà, tout ceci était passé aux pertes et profits des choses apprises et rendues inutiles par la chienne de vie qu'il pensait avoir. Sauvé d'une mort presque certaine par un hasard inimaginable, il se devait de rendre à César ce qui appartient à César.

C'est pourquoi Fabien décida ce jour là de s'en remettre au Jeu pour tout ce qui concerne ce satané hasard dont on ne peut nier qu'il joue parfois un rôle prépondérant et sur lequel il avait finalement peu d'emprise.

Restait à savoir comment. De quoi s'agissait il en fait? Fabien avait découvert que dans la semi inconscience qui était la sienne, il lui était possible d'analyser des positions d'échecs. Il revenait d'un petit tournoi auquel il avait participé et son esprit s'était focalisé sur une position particulière du *gambit Marshall* qu'il n'avait pas réussi à contrer correctement. Il recalculait dans sa tête les coups qu'il aurait dû jouer pour l'emporter et ceci, manifestement, lui avait permis d'échapper au pire.

D'aucun pourrait penser que le Jeu avait été la cause de l'accident, mais Fabien savait qu'il n'en était rien, bien au contraire. Ce n'était pas le Jeu qui avait bloqué ses roues, l'empêchant de négocier normalement ce virage en épingle à cheveux.

Fabien Darquin connaissait parfaitement cette route qui relie le Vercors à la Métropole Grenobloise, il l'empruntait souvent et connaissait tous ses dangers. Non décidément, le jeu d'échecs n'y était pour rien, Fabien n'avait pas à ce point l'esprit absorbé pour en oublier de conduire. Dans le regard croisé de l'interne en blouse blanche, qui refaisait son bandage, Fabien voyait encore ce virage. Il pensait à cette soudaine terreur qui l'avait envahit en constatant que sa voiture filait directement par dessus le parapet qui sépare la route du ravin. Il ne comprenait pas, n'avait pas compris, il lui fallait des explications, c'était certain. Comment cela avait-il pu se produire? Qu'une voiture presque neuve se refuse ainsi à suivre la route, la seule route possible, cela lui semblait surréaliste. --------------------------

# 3 Le souffle du destin

*Gambit* (de l'italien gambare: marcher sur un jambe), un mot curieux employé uniquement aux échecs qui signifie sacrifice d'un pion.(L'un des deux pions du centre...) Ah, cette partie perdue pour n'avoir pas joué *a4 au huitième coup*, comme il s'en voulait le malheureux Fabien! Il n'avait donc cessé de rejouer cette partie mentalement, au cours de laquelle il s'était quasiment ridiculisé face à une jeune joueuse moins bien classée. L'avait-il sous estimée, s'était-il trompé sur ses intentions, sur sa connaissance de l'ouverture? Peut-être, mais même sans cela, même avec l'imprécision qu'il avait commise, il aurait dû s'en sortir, reprendre le dessus, du moins le pensait-il.

Quelque chose de flou était à l'origine de sa mauvaise prestation, quelque chose qui n'avait aucun lien avec le jeu. Peut-être une décision qu'il aurait dû prendre depuis longtemps et qui ne cessait de le turlupiner, un choix qu'il pensait devoir faire et qu'il n'avait pas fait. Ce choix il ne l'avait pas fait, car pour cela il fallait être deux, c'était une décision à prendre à deux et la personne, l'autre personne concernée semblait préoccupée par toute autre chose. A chaque fois qu'il tentait d'aborder le sujet avec Tatiana son épouse, celle-ci semblait absente et éludait ses questions. Elle semblait évasive et non concernée par les problèmes de son mari au point que Fabien n'accordait plus tellement d'importance à leur relation de couple. Cependant il restait obnubilé par le problème de sa vie à lui et de l'ennui que cela lui inspirait. La façon dont il jouait aux échecs était fortement liée à la manière dont il concevait sa propre existence et bien que son épouse fût, elle même une joueuse d'échecs de grand talent, il y avait de ce point de vue une grande différence entre elle et lui.

Fabien était un avocat d'affaires qui jouissait déjà d'une certaine notoriété et lorsqu'il avait décidé de créer son propre cabinet en s'associant avec un collègue, Tatiana ne s'y était pas opposée, bien au contraire, elle avait trouvé cela très bien, arguant que son mari aurait plus d'intérêt à développer sa propre affaire.

Sans cet accident qui l'avait envoyé à l'hôpital, Fabien avait prévu le lundi, d'aller signer certains papiers chez son notaire pour mettre ses enfants à l'abri du besoin au cas où il lui arriverait quelque chose.

Alors qu'il repensait à cela dans son lit d'hôpital Fabien sentit une grande fatigue l'envahir. Le Jeu lui apparaissait de nouveau dans toute sa splendeur, il agissait comme un révélateur de quelque chose qui n'allait pas, quelque chose qui le touchait profondément.

N'en ayant pas terminé de ses analyses, il se devait de conclure et décidait qu'il aurait du jouer *a4* et qu'à l'avenir il jouerai ce coup pour *être mieux*. A cet instant, il réussit à articuler quelques mots devant le personnel soignant médusé:

-Ah quatre!

Un peu interloqué cependant, de voir tout ce monde en blanc, il réussit à articuler d'autres mots :

-Qu'on prévienne ma femme!

La réponse des médecins ne se fit pas attendre :

-C'est déjà fait Monsieur Darquin!

Fabien un tant soit peu rassuré s'endormit cette fois-ci avec la certitude de pouvoir se réveiller à nouveau ailleurs que sur son lit de mort.

Le cerveau de Fabien était une machinerie très active. Il pouvait s'auto-alimenter le cerveau en problématiques de toutes sortes qui n'avaient apparemment aucun lien entre elles. Il ne cessait de fonctionner, car il considérait ceci comme un devoir de garder sa vivacité. L'affaiblissement résultant de l'accident et le coma prolongé aurait pu en altérer le fonctionnement mais il n'en était rien, bien au contraire, il semblait que ceci ait eu pour effet de décupler ses capacités. Outre les fonctions vitales nécessaires à sa survie, son cerveau gérait en plus l'environnement et acceptait cette relation particulière et complexe que Fabien voulait bien lui soumettre. Ce qu'il pensait en termes d'échecs n'avait pas grande importance, à part de maintenir le lien avec une forme de réalité complexe dont le jeu devenait en quelque sorte un révélateur psychique. Fabien qui était à demi comateux essayait encore de trouver les bons coups d'une position quelconque quand il entendit la voix légèrement suave, de son épouse Tatiana.

-Fabien, Fabien ! Ah Dieu merci, tu es sain et sauf ! Mais que t'est-t-il arrivé? Mon beau, mon grand!

Il résolu d'ouvrir ses yeux pour   lui répondre mais Tatiana continuait :

-Comment t'es tu débrouillé pour louper ce virage? Que soit béni ce brave paysan! Sans lui tu ne serais sans doute pas là...

Fabien avait l'habitude de ces longues "litanies" qui n'en finissaient pas et ne fut pas surpris en pareille circonstance d'entendre le fil ininterrompu de la voix raisonnée et résonnante de son épouse.

Tatiana était une partie d'échecs à elle toute seule. Elle avait séduit Fabien un jour de tournoi où il avait été charmé par son jeu et sa manière d'être. Tatiana était une championne d'échecs qui, contrairement à Fabien ne faisait pour ainsi dire que cela. Il ne lui était pas nécessaire de travailler, car Fabien pourvoyait aux besoins du ménage et puis ses gains aux échecs bien que aléatoires contribuaient suffisamment et offraient à Tatiana une réelle autonomie financière. Tatiana avait appris les échecs dès son plus jeune age à l'école dans sa ville natale de Sofia. La première fois que Fabien vit Tatiana, il fut pour ainsi dire captivé par son regard. Un regard profond et des plus expressifs que Tatiana destinait aux seules pièces du jeu d'échecs mais qui faisait chavirer Fabien. Elle regardait le jeu, un peu comme si elle avait été la grande prêtresse, la maîtresse de toutes ces figurines inertes auxquelles elle seule pouvait donner vie.

C'est par hasard que Fabien avait croisé son regard, par hasard que Tatiana avait tourné ses yeux vers lui, avec cette expression qu'elle avait quand elle trouvait une suite gagnante. Et ceci avec ce visage qu'elle croyait inexpressif et qui faisait battre la chamade au cœur de Fabien.

La plupart du temps, elle ne montrait au gens qu'un visage de marbre et guère d'empathie en société, mais lorsqu'elle vit Fabien, spectateur passionné qui semblait avoir compris le sens de l'inutile, elle aussi fut conquise. Elle avait pensé ce jour là, en son for intérieur que celui là n'était pas là pour rien, qu'il faisait partie du *jeu*.

---------------------------------

# 4 Retiré d'une voiture

Maître Fabien Darquin dans son lit d'hôpital se remémorait à présent une autre partie jouée il y a un an. Une partie du *pion dame* à laquelle il avait répondu tranquillement par *c6 (La défense slave)* car il se savait bien préparé à cette *ouverture* ...Cette partie décisive lui aurait permis en cas de victoire d'accrocher un titre de champion du département. Il s'en voulait encore de l'avoir perdue car, il en était sûr, son adversaire avait mal joué *l'ouverture*. Fabien s'était retrouvé dans une position très favorable, mais il n'avait pas su exploiter les faiblesses inhérentes au jeu passif de son adversaire. Terrain glissant, s'il en est, les positions tranquilles sont parfois les plus difficiles à traiter, parfois insipides, elles réclament de la part des deux joueurs une grande maîtrise du jeu positionnel et de ce point de vue l'adversaire de Fabien était meilleur et plus aguerri que lui. Fabien pensait, à la réflexion, qu'il aurait mieux fait, ce jour là, de s'en remettre au hasard pour le choix de *l'ouverture*. Le hasard oui mais comment? Laisser choisir le Jeu qui dans sa compréhension intrinsèque était le seul élément tangible dont la matérialité échappait aux deux joueurs ? Dans ce cas, au moins n'aurait-il pas eu à regretter à posteriori le choix qu'il avait fait ou qu'il s'était cru obligé de faire...Comprendra qui voudra.

L'Inspecteur Boudinov, qui venait de pénétrer dans la chambre d'hôpital, adressa un salut à Fabien qui sortait lentement de sa torpeur matinale.

-Bonjour Monsieur.

-Bonjour, euh?

Directement sans précaution aucune l'inspecteur s'adressait à Fabien sans même s'être présenté :

-Monsieur, Darquin, je suis de la police. Connaissez vous quelqu'un qui puisse vous en vouloir au point d'attenter à votre vie ?

-Non, bien sûr, pourquoi voulez vous que l'on veuille me tuer, mais qui êtes-vous ?

Fabien n'imaginait pas une seconde que quelqu'un ait pu attenter à ses jours...

-On a retrouvé des traces d'huile à l'endroit ou vous avez quitté la route! Ce qui sans doute a rendu vos freins inutiles...

Un peu interloqué Fabien n'eut pas le temps de répondre à nouveau, car Tatiana était arrivée. En une fraction de seconde il avait pensé à son épouse, qui aurait hérité de tout, y compris des parts de son cabinet, mais chassa très vite cette idée ridicule de son esprit.

-Permettez, euh, commissaire...

-Non, je suis l'Inspecteur Boudinov, de la brigade criminelle!

-Ah bon enchanté! Non, je n'imagine pas une minute que quelqu'un ait essayé de me tuer, je suis un défenseur des causes...euh ?

Puis se tournant vers Tatiana :

-Qui donc a fait venir cet inspecteur de la criminelle? On est en plein délire! C'est une histoire de fous; on aurait attenté à mes jours? Tu te rends compte Tatiana?

Tatiana se sentant interpellée par son mari répondit ce qu'elle savait:

-Ce n'est pas moi, ce sont les gendarmes qui ont constaté la plaque d'huile qui semble ne pas être accidentelle!

Fabien s'adressant à Boudinov:

-Ah bon, pas accidentelle! Piège grossier! Quelqu'un aura donc vu le coupable?

Et l'Inspecteur:

-Oui en effet, mais de très loin, deux hommes en noir ont été aperçus par votre sauveur, un peu après l'accident, je dis accident car, en effet, rien ne prouve qu'il s'agisse d'autre chose... Ils avaient semble-t-il des bidons en main ou quelque chose qui y ressemble et sont repartis sur une moto de grosse cylindrée. On pense qu'il s'agit peut-être de simples témoins qui ne pouvant rien faire, ont décidé de poursuivre leur route pour avertir les secours. Mais, pas de nouvelles...

Fabien encore affaibli, faillit perdre connaissance. son esprit vagabond le ramenait imperceptiblement aux échecs... Il pensait en lui même : "Aspiration du Roi en dehors de la zone protégée, heureusement qu'il y avait une parade, l'agriculteur est comme une pièce qui aurait empêché le mat, tout en offrant du contre jeu...Il avait un jour gagné une partie de ce genre contre un policier assez fort aux échecs qui avait réussi à extraire son roi mais qui fut surpris quand sur *l'échec+*, Fabien avait *paré* en interposant un *fou* qui lui même mettait le roi adverse en échec."

Bref, Fabien un peu fatigué demanda à se reposer invoquant avec un brin d'ironie qu'il avait eu assez de bonnes nouvelles pour ce jour.

La vérité c'était qu'il avait plutôt envie d'en rire. Seul le hasard lui avait permis de survivre et de cela au moins il était sûr! Il revint mentalement à cette partie du pion dame tout en regrettant son choix de la *défense Slave*. Ses erreurs n'étaient pas dignes d'un champion, il en était certain à présent. Durant toute sa jeunesse il avait joué la *défense Benoni*, car il aimait les structures du même nom qui offrent de nombreuses possibilités tactiques et stratégiques et puis abandonner cette défense au profit de *la Slave* ne lui réussissait pas, d'ailleurs il s'y était résolu un peu à contre cœur.

Les champions en vogue utilisaient volontiers la défense Slave ainsi que Tatiana et c'est un peu cela qui avait fini par convaincre Fabien de son intérêt.

Mais voilà, Tatiana venait d'un pays ou les roses étaient fanées depuis longtemps et si le "soleil" ne s'était pas à nouveau levé à l'Est , après tant d'années, il est clair que Fabien n'aurait pas rencontré Tatiana. Si le numéro trois mondial qui faisait trembler les russes, n'avait pas été un adepte fervent de cette défense, il est clair qu'un modeste pratiquant comme Fabien ne s'y serait pas intéressé non plus. Tatiana était le symbole de *l'ouverture à l'Est* , de cette nouvelle Europe qui lui tendait les mains et représentait pour Fabien plus qu'une épouse, presque une autre façon de penser l'avenir. Il n'imaginait pas une seconde que sa femme puisse être la clé d'une machination, d'un complot ourdi contre lui, certes non! Rien ne lui laissait croire qu'elle pouvait être au centre d'une énigme, *la pièce principale* d'un jeu complexe qui l'aurait conduit lui, ici, sur un lit d'hôpital.

Un peu déçu des réponses de Fabien, L'Inspecteur Boudinov avait décidé de s'intéresser plutôt à la voiture accidentée. Fabien avait ramené cette automobile d'un voyage en Bulgarie, car il avait pu l'acheter sur place à un prix très attractif. C'était une Dacia, fabriquée dans les usines de l'Est et le prix proposé pour un véhicule presque neuf avait convaincu Tatiana et son mari d'en faire l'acquisition et de le ramener en France. De cela Boudinov se fichait éperdument, mais il lui vint à l'idée que l'auto pouvait être plus bavarde que son chauffeur. Convaincu que cet accident cachait quelque chose, il fit mettre des scellés sur l'épave.

------------------------------

# 5 Complexité

Quand on a étudié un système complexe, il en reste toujours quelque chose. Malgré un examen attentif de la voiture accidentée celle-ci restait complètement muette...Cependant un détail avait frappé l'œil exercé de Boudinov. Le revêtement intérieur de la porte arrière gauche semblait défait et ceci ne pouvait pas être lié au choc contre les arbres. Il semblait bien que quelqu'un soit passé par là, mais pour quelle raison avoir arraché le revêtement intérieur de la portière? Boudinov qui avait remarqué ce détail infime en conclut que le véhicule avait été visité après le choc, sans pour autant que cela puisse faire sens. Tout était possible à ce stade de l'enquête, quelque chose avait sans doute été caché dans cette voiture, mais quoi? Aucune trace de stupéfiant ou de substance interdite n'avait été relevée par le laboratoire de la police, on en était au stade des suppositions, une phase de l'enquête que Boudinov n'aimait guère. Et puis il n'y avait pas concordance entre le témoignage de l'agriculteur et cette observation. Si les deux hommes aperçus étaient partis juste après l'accident qui donc se serait introduit dans le véhicule, sans que Julien puisse le voir ? De plus on avait retrouvé des bidons d'huile remplis d'essence non loin du lieu de l'accident ce qui laissait supposer que quelqu'un aurait brûlé le véhicule si on lui en avait laissé le temps. Cette affaire commençait à donner la migraine à l'inspecteur et il se dit que quelques jours de congés seraient sans doute bienvenus et qu'il y verrait plus clair à son retour.

De son côté, Fabien n'en finissait pas de peser le pour et le contre de la *défense Benoni* par rapport à la *défense Slave* et cette partie insipide qu'il avait perdu un an auparavant. Le Professeur qui l'avait opéré fit son entrée entouré de tout un aréopage d'internes et de soignants. Il allait enfin savoir ce qu'il en était de ses blessures.

-Fracture du crâne, deux côtes brisées, enfoncement de la cage thoracique, ce Monsieur en a bien pour un mois avant de retrouver son état normal! N'est-ce pas Monsieur? Et puis surtout ne pas bouger et ne pas se lever pendant quelques temps, mais pour le reste tout va bien il faudra juste être patient.

Reprenant après avoir fait son petit effet auprès de ses étudiants et s'adressant à Fabien

-Vous allez devoir rester bien sagement dans votre lit d'hôpital...

On viendra vous faire la lecture et vous alimenter, n'est ce pas Madame?

En se tournant vers Tatiana qui venait d'arriver.

-Je vous passe les détails, votre mari vous expliquera, il faut qu'il reste tranquille pour un bon moment...repos absolu...

Il bredouilla quelques mots et instructions à l'attention du personnel soignant et disparut d'un seul coup, d'un seul, comme il était entré, laissant Fabien en compagnie de son épouse un peu interloquée, mais calme et sereine...

En société, Tatiana et Fabien étaient comme les deux doigts de la main, on ne pouvait voir l'un sans ressentir la présence de l'autre. C'est souvent le cas des couples dans les échecs. Ils étaient souvent ensemble en tournoi les week-ends. Pour une fois qu'ils n'avaient pas été ensemble, ça s'était mal passé! Tatiana s'en voulait de n'avoir pas été là, elle reprit sa litanie ce qui avait le don d'énerver Fabien...

-Et comment, et pourquoi cela et pourquoi ceci s'est-il produit?

Les joueurs d'échecs sont toujours entrain d'analyser et de se poser des questions quand il n'y a rien à analyser pour le commun des mortels. Aux échecs une position recèle toujours des possibilités, dans la vie c'est un peu la même chose, au fond un situation donnée mérite souvent d'être analysée sous plusieurs angles différents.

Lorsque Tatiana et Fabien ne faisaient pas l'amour, ils parlaient échecs et leur passion commune était pour ainsi dire le ciment de leur union. Cela était à un point tel qu'ils en oubliaient quelque fois le reste. (Les enfants, la vie de tous les jours) Les enfants de Tatiana et Fabien, bien sûr jouaient aux échecs et même s'ils étaient scolarisés et bons élèves, ce n'était pas vraiment l'école qui les intéressait le plus. Garçon et fille, ils étaient presque du même âge. (Dix et onze comme ils disaient, sans qu'on sache lequel avait dix ou laquelle avait onze...) Ils avaient compris que pour éveiller l'intérêt des parents, mieux valait bien jouer aux échecs, le travail scolaire c'était la routine, une formalité dans laquelle cependant ils pouvaient exceller aussi. Avec une mère Grand-Maître, ils se devaient d'être au top, et ils donnaient parfois du fil à retordre à

Fabien qui savait déjà combien sa supériorité échiquéenne risquait d'être éphémère.

Au fond, il n'y avait que Fabien qui soit un peu en dehors du jeu et s'il avait beaucoup donné au Jeu, lui, cependant il n'en avait pas tiré grand-chose de ce jeu des rois, de ce roi des jeux.

Après que Tatiana lui eût apposé un baiser brûlant sur les lèvres et s'en fût allée, Fabien fut à nouveau plongé dans ses réflexions échiquéennes. Il se disait que sa passion pour ce jeu était presque outrancière et qu'il n'en retirait que peu de satisfaction et que c'était même le contraire à en juger par l'état dans lequel il se trouvait suite à ce déplacement échiquéen.

Que grâce à Dieu ses enfants et Tatiana n'étaient pas avec lui ce jour là, ou bien, encore le hasard... Il lui vint une idée, ce qui est fréquent chez les joueurs d'échecs, mais une idée pas banale comme hélas c'est trop souvent le cas.

Fabien pensait souvent à Fischer. Le grand champion américain Bobby Fischer, avait sans doute été un peu déçu par les échecs, car il avait essayé de les rendre plus tactiques par des règles différentes (Chess 960). Avec ces règles, il n'était plus question des ouvertures et de leurs jolis noms exotiques, qui constituent une référence constante à la mémoire échiquéenne. Fischer avait inventé un autre jeu, avec un placement aléatoire des pièces. Il voulait peut-être donner aux échecs une dimension liée au hasard qu'il croyait absente ou alors s'en affranchir. Ce système n'eût pas vraiment de succès mais reste une option pour qui veut seulement confronter la tactique et le sens de l'observation et du calcul en faisant abstraction de la mémoire théorique.

Fabien se dit qu'il fallait peut être renverser les rôles. Demander au Jeu ce que le Jeu peut donner et non pas donner au Jeu ce que l'on ne peut pas lui donner! Lui même avait donné l'amour, des émotions fortes, l'espoir et bien des choses au Jeu et à présent le Jeu allait lui rendre un peu de cela et ce n'était que justice. Pour cela, il se devait de recourir uniquement aux vertus supposées de la complexité échiquéenne et rien d'autre. Sa vie ou du moins, ce qu'il en restait allait devenir plus simple. Et puis concevoir une fois pour toute que le Jeu dans son immense complexité était intrinsèquement un outil efficace pour appréhender cette dimension particulière du réel que sont les phénomènes aléatoires qui surgissent parfois sans prévenir. Comprendra qui voudra, mais, Fabien se sentit soudain plus proche de la vérité, d'une certaine vérité. Celle dont on ne cesse de se réclamer en philosophie ou dans les milieux qu'il côtoyait de par sa profession d'avocat. Justice et vérité souvent vont de pair.

--------------------------------

# 6 Feux ardents

Le père de Fabien avait abhorré le jeu, toutes sortes de jeux. Ce fut un homme simple et intelligent, de condition modeste qui savait qu'un ouvrier pouvait laisser sa paye au jeu. Il disait souvent que les jeux, y compris celui des rois, profitent surtout à ceux qui en connaissent les secrets et les ficelles. Pourtant Fabien avait appris les échecs par son père, sans doute celui-ci voulait-il conjurer le mauvais sort. L'apprentissage avait été des plus basiques, mais il n'avait pas pour but de faire un champion. (Quelques débuts, *la partie italienne*, et puis surtout ne pas se faire *surprendre par le coup du berger ou humilier par le mat du "sot"*, mais rien de plus.) Le père de Fabien qui prétendait ne jamais jouer se méfiait des joueurs et des jeux, il avait expliqué en long en large et en travers à son fils qu'il n'y avait rien à attendre de ce jeu, que les joueurs de club entraînés et aguerris étaient d'un niveau bien supérieur à tout ce que Fabien pouvait imaginer et qu'il aurait vite fait de se faire ridiculiser dès qu'il franchirait la porte d'un club d'échecs .

"Les joueurs de club ne jouent pas comme tout le monde, tu verras, ils  prennent, ils échangent, ils nettoient le terrain, t'as pas le temps de dire ouf et c'est fini, ya plus rien sur l'échiquier et t'as perdu!" Paix à son âme, il avait sans doute raison, Fabien orphelin à trente cinq ans, se disait au fond que son père avait bien fait de le mettre en garde. Ainsi donc, il allait demander au Jeu de l'aider, en quelque sorte de lui rendre la pareille. Pas banal! Le Jeu allait remplacer ce père absent dont les conseils fussent-ils mauvais étaient tout au moins nécessaires à Fabien.

A chaque fois que la vie lui poserait des questions auxquelles, il ne saurait pas que répondre, Fabien avait décidé de se tourner vers le Jeu, de jouer si nécessaire,  pour se donner le temps, pour avoir des réponses. Le temps de ne pas décider, de laisser faire la mécanique du Jeu qui opère dans le cerveau et oblige in fine le réel à se découvrir. C'était un peu risqué, mais pas plus que de prendre des décisions à l'emporte pièce quand on ne sait rien. Et puis au fond, c'était plus agréable que de se triturer les méninges pour appréhender ou comprendre une réalité compliquée obscure, pour ne pas dire cachée.

Bizarre? Oui peut-être, mais avec le crâne fracturé, on a parfois des idées bizarres. C'est ce que pensait Fabien qui ne se méprenait pas au fond sur les mots, sur les idées, fussent-elles siennes.

Quand Boudinov fit son retour dans la chambre d'hôpital, Fabien en était là de ses cogitations et il décidait de mettre en application sa nouvelle méthode face à l'incertitude et le facteur plus ou moins aléatoire de sa vie. Au Jeu de répondre et il verrait bien où ça allait le mener !

Bien sûr les questions allaient porter là dessus : la Dacia? Datcha oui c'était bien de ça dont il s'agissait, c'était lors d'un séjour dans une "datcha", des relations, des amis de Tatiana, de très grands champions des échecs que Fabien s'était vu proposer, cette super occasion. Il s'en rappelait bien sûr. Les questions de l'inspecteur portaient là dessus bien entendu :

-La voiture? Qui s'en servait? L'aviez vous acheté neuve ou d'occasion, à qui?

Fabien restait très prudent et se contentait de répondre aux questions les plus directes.

-Moi, vous savez, question auto, je ne suis pas très connaisseur. Tatiana vous en dira plus, nous étions chez des gens, des amis, des relations des échecs, quand on nous a proposé cette fichue auto. Une superbe occasion, c'est ce qu'elle disait; je ne me rappelle plus le nom du vendeur, mais ce qui est certain, c'est que nous sommes repartis avec la voiture!

Voilà qui était fait, il avait parlé du Jeu, et l'inspecteur n'avait qu'à faire avec! Que pouvait-il faire de plus en fait ?Et d'en rajouter :

-Nous étions invités avec Tatiana, c'était un grand tournoi, et vraiment très excitant pour moi de rencontrer des très grands champions. Cependant nous étions un peu en dehors de la ville hébergés par des amis et nous avons côtoyé beaucoup de monde. Vous dire qui, est pour moi une tâche impossible. Je n'entendais rien au bulgare et mon anglais est très approximatif...

Fabien ayant fait parlé Boudinov était plutôt content de lui, il avait su de cette manière que la voiture intriguait quelque peu l'inspecteur. Mais comme avocat, il savait aussi se méfier des policiers, c'est pourquoi il se limitait vraiment à répondre aux questions.

De plus concernant la Dacia, Fabien ne savait pas vraiment où il mettait les pieds. Enfin, il trouvait que sa nouvelle idée de mettre le Jeu au *centre* de tout était excellente. Le *centre* dans la stratégie échiquéenne est un élément très important alors autant commencer par là. C'était comme *le mat du sot*, l'inspecteur avec son air dominateur n'avait pas pu en placer une. Ce n'est pas que l'inspecteur était sot, bien sûr, mais seulement qu'il ne raisonnait pas du tout comme Fabien. (*Le mat du sot* concerne une partie d'échecs extrêmement courte qui se termine par un mat rapide, le plus rapide qui soit.) Merci le jeu pensa Fabien en son for intérieur.

Boudinov n'avait pas trop insisté, car il sentait que son interlocuteur était fatigué de répondre aux questions.

*Topalov*, topez là ! Oui il s'en rappelait, il avait vu le *grand Topalov* ce jour là, sans pouvoir lui parler. Tatiana connaissait le grand joueur, comme beaucoup de grands joueurs d'ailleurs, mais bien sûr à part le fait de l'avoir vu au tournoi, il était clair que Fabien ne pouvait rien dire de plus. Non rien à voir avec ce dénommé Goudunov que Tatiana connaissait aussi, un russe semble-il et qui leur avait proposé cette voiture. Goudunov ne jouait pas aux échecs, mais il était bien présent, comme beaucoup d'observateurs importants qui gravitent dans ce petit monde à part. Le grand Topalov était un compatriote de Tatiana, la fierté de la nation bulgare, il était dans ce tournoi de haut niveau auquel Tatiana était invitée avec d'autres Grands-Maîtres. Lui Fabien avait participé à un *tournoi open* qui se tenait au même endroit, les mêmes jours. Rien à voir avec la datcha où ils avaient résidé, rien à voir avec l'auto qu'ils avaient achetée chez des amis.

Cette histoire de voiture commençait à ressembler à une variante rare de la *Défense Slave* qui conduit au *Système Botvinnik* dont l'exceptionnelle rareté faisait qu'il était au fond presque inutile de l'avoir étudiée. Un système des plus *aigus* imaginé par l'école russe, pour embrouiller ses adversaires.

Au delà du quinzième coup ou plus, pour qu'une *suite* se reproduise, il faut un concours de circonstances plutôt rare. Cette *variante* supposait que les adversaires des noirs jouent les coups les plus agressifs, voire les meilleurs. Fabien se disait que si c'était cette variante qui lui venait à l'esprit, cela signifiait qu'il y avait un concours de circonstances qui supposait un jeu tranchant et qu'il fallait dans ce cas là être très prudent! Dans les *lignes les plus aiguës* mieux vaut s'y reprendre à deux fois pour vérifier une hypothèse. La position complexe qui était la sienne ne tenait qu'à un fil. Certes il était encore en vie, mais tout pouvait basculer d'une seconde à l'autre. Fabien était convaincu à présent que le Jeu son compagnon d'infortune lui avait donné quelques clés. Cette partie donc avait commencé il y a fort longtemps et la position était des plus compliquées. Le système auquel conduisait le Jeu pour alerter Fabien, c'était un peu le rêve du joueur. La partie que l'on rêve de jouer et qui ne se réalise jamais, que seul les grands parmi les grands ont connu. Et pourtant, il fallait bien le constater, Fabien était en train de la vivre. Aussi inconfortable que soit sa position, elle recelait encore des possibilités. Il lui était difficile de distinguer le vrai du faux, le dangereux du plus sûr et pourtant il savait qu'il lui faudrait jouer son prochain coup et que cette fois-ci ce ne serait plus Boudinov qui serait en face de lui, mais Tatiana l'exceptionnelle personne, dont il connaissait les facultés d'analyse. Étonnant en fait de passer ainsi de l'abc au summum de la stratégie échiquéenne en n'ayant rien fait, et quasiment rien dit, juste penser et rien d'autre. (Tatiana?) Fabien culpabilisait de ne rien dire à Tatiana de son idée. C'était déjà faire une entorse au contrat. Devait-il changer quelque chose dans sa relation avec son épouse? Il verrait bien in fine, c'était précisément à ce genre de questions auxquelles il ne savait pas répondre. Des questions qui ont l'air de ne pas se poser mais qui se posent tout au long de la vie.

Tatiana avait grandi au milieu des Maîtres et des Grands-Maîtres, dans le cercle très fermé des champions bulgares qui l'avaient pour ainsi dire adoptée. Elle était très secrète sur ses origines et Fabien ne savait pas grand chose de son histoire. Elle même ne cherchait pas vraiment à savoir d'où elle venait, ni qui étaient ses parents biologiques. Son père adoptif l'avait initiée dès sa plus tendre enfance à ce jeu machiavélique comme elle disait. Elle était devenu *maître des échecs* un peu par la force des choses, car elle avait grandi dans ce milieu. Tatiana était une "pro" des échecs, elle n'avait rien donné aux échecs, mais les échecs lui avaient tout donné. Argent gloire et amitiés de toutes sortes. Tatiana aimait ce jeu pour ce qu'il lui rapportait, pas pour lui-même comme Fabien. Lorsqu'elle avait rencontré Fabien, elle avait compris que ce qui lui manquait à elle, et qu'elle n'aurait jamais c'était l'amour du jeu. Fabien aimait ce jeu et dans le regard qu'il avait posé sur elle, elle si tranquille et si sûre de son art, elle avait compris qu'il y avait ce souffle, cette admiration, cet engouement qui lui avait toujours fait défaut. Elle la championne, elle la calculatrice hors pair ne savait pas faire le lien entre le jeu de Charlemagne objet d'art par excellence et un diagramme d'échecs paru dans les colonnes de la Pravda. Elle se savait talentueuse mais inculte des échecs. Une des ses qualités principales était la lucidité et elle avait cru trouver chez Fabien toute la culture échiquéenne qui lui manquait. C'était sans aucun doute un peu exagéré, mais comme Fabien était plutôt bel homme avec son air d'y comprendre quelque chose, elle s'était laissée séduire et était tout ouïe, quand il lui racontait des histoires d'échecs, dont elle n'avait pas entendu parler. Tout y passait depuis les romantiques et Philidor, le musicien écossais compositeur de la Cour de France jusqu'aux histoires des championnats du monde avec leurs anecdotes toutes plus étonnantes les unes que les autres. (Hypnotiseurs, rejet des caméras, controverses à couper le souffle des plus aguerris etc.) C'était un comble : un amoureux des échecs pouvait apprendre quelque chose sur son art à une joueuse chevronnée bien meilleure que lui, mais qui ne savait au fond que gagner des parties. Cependant elle avait appris aussi et avec plaisir le français bien plus important de son point de vue que la connaissance des échecs au sens culturel et artistique du terme. Bien sûr, elle avait étudié *les parties immortelles* des super champions, mais ce n'était que pour y trouver quelques idées qui la faisaient progresser dans son jeu. Elle n'avait fait qu'étudier et jouer, suivant les conseils de ses maîtres. Tatiana n'y allait pas par quatre chemins, devant l'échiquier, elle était plus que percutante aux dires des plus grands joueurs...

Après avoir embrassé son mari, la question qu'elle lui posa directement était toute simple :

-Que t'a dit l'inspecteur ?

Bing bang ! Fabien savait bien ce que l'inspecteur avait dit, mais cette question était comme une épée pointée sur lui, l'indisposait.

Son épouse visiblement ne voyait pas l'état de faiblesse général dans lequel il se trouvait. Il avait senti à travers ses baisers brûlants venus du dehors, du monde des forts et des vivants que la différence, venait de l'emporter, qu'elle était tout autre, comme femme mais surtout comme personne, inapte à comprendre ce qu'il ressentait à cet instant. Que cette sensation d'impuissance qui vous envahit quand vous êtes diminué et souffrant est incompatible avec la force de l'extérieur, avec ce souffle qui vient du dehors. Fabien qui comptait sur le Jeu pour lui suggérer l'attitude à avoir, la réponse à donner était désarçonné par la question de son épouse. Un seul mot lui vint à l'esprit, un mot qui n'avait de sens que par rapport à ses analyses personnelles: le mot "configuration". Et il répondit comme un automate par une question, la question qu'il se posait lui même.

-Dans quelle configuration sommes nous?

En effet Fabien n'était sûr de rien et surtout pas d'avoir à dénouer une position de type *Botvinnik* face à son épouse qu'il savait beaucoup plus forte que lui.

-Quelle quoi ? Configuration?

Elle répétait impassible, avec son accent des steppes de l'Asie Centrale qui faisait fondre Fabien comme un glaçon. S'il n'avait eût cette minerve autour du coup et ses pansements plein la tête nul doute que Fabien aurait complètement oublié son idée saugrenue. La langue de bois n'était pas dans ses habitudes et Tatiana ne pouvait que comprendre autre chose.

-Configuration!

-Configuration?

-Oui

Fabien déroulait ainsi son jeu comme on déroule une pelote de fil, c'était cousu de fil blanc et pourtant ça marchait! Tatiana semblait rassurée qu'il n'y ait rien d'autre à dire et passa à autre chose. Elle s'avisa de voir avec les infirmières, si son mari ne manquait de rien, si tout était fait pour lui assurer un meilleur confort. Comme on fait toujours autour d'un lit d'hôpital. S'il était bien surveillé, de jour comme de nuit...et puis à nouveau elle reprit le fil de son raisonnement :

-Configuration?

Elle était visiblement agacée

-Mais,croit-il que tu en saches suffisamment cet inspecteur? Est-ce à toi de lui dire ce qui s'est passé? N'est-ce pas à lui de trouver les coupables ?

Tatiana était repartie dans ces interminables questions restées sans réponse qu'elle avait l'habitude de poser. De ce point de vue rien de nouveau pour Fabien. A cet instant, il lui vint une idée soufflée par le Jeu. (La personnalité singulière de son épouse ne semblait pas s'exprimer par rapport à lui , le mari, mais virtuellement par rapport à l'inspecteur) Sa réplique fut dictée par cette constatation :

-L'inspecteur a trouvé quelque chose, j'en suis certain mais, il ne veut pas le dire. Soyons prudents et restons à l'écoute.

Cette fois-ci Tatiana parut quelque peu désemparée durant une fraction de seconde, mais elle savait rapidement ne pas le montrer. Fabien pouvait voir cela, car il connaissait bien son épouse. Il comprit que c'était elle, qui savait quelque chose. Il avait fait mouche. La suite de leur entretien allait de soi...

-Veux-tu que je vienne demain avec les enfants?

Il aurait peut-être bien voulu les voir, mais déclina cette proposition, ajoutant qu'il ne voulait pas être vu dans cet état par ses enfants.

-Plus tard, je veux bien...

Il avait l'impression de refuser une proposition de nulle, comme il le faisait souvent quand il jouait avec ses enfants toujours prompts à proposer l'égalité. C'était un choc terrible que cette idée soudaine ait pu lui venir à l'esprit:

-Non pas pour l'instant !

Reprit-il.

Rien de tout cela n'avait de sens pour Tatiana, elle se préoccupait seulement de satisfaire les moindres désirs de son mari. Remettant machinalement les draps en place quand les infirmières venaient faire les soins au blessé. Elle ne montrait pas la plus petite parcelle d'inquiétude et restait très sereine. Pour la première fois de sa vie Fabien remarquait cela, l'attitude quasiment princière de son épouse. Elle avait senti que ce n'était pas un joueur qui était là, pas seulement son mari, mais aussi le Jeu lui même. Ce jeu qu'au fond elle n'aimait guère, tellement on lui en avait rabâché les oreilles depuis sa plus tendre enfance. Elle décidait de réfléchir plus tard à cela! Évidemment, il n'était pas possible de se confronter au jeu, ni même de lui opposer un autre jeu, ce que certains croient possible mais qui ne donne rien d'intéressant. Opposer le Go ou le Bridge aux Échecs n'a aucun sens, ce sont des jeux un point c'est tout, ils ne jouent pas, ils ne font qu'exister et distraire les gens...Tatiana et Fabien avaient souvent entendu des gens affirmer de manière péremptoire que tel jeu est mieux que tel autre. Ils avaient tout deux la même opinion: tous les jeux se valent, il n'y a pas de différence intrinsèque entre eux, ils ne sont qu'une façon d'échapper du réel, de s'amuser à deux ou à plusieurs. Une fillette qui joue à la marelle fait plus pour son insertion personnelle dans la société que tous les enfants qui rêvent de gloire dans les stades ou sur les écrans, ils en étaient sûrs l'un et l'autre. Tatiana se disait que l'on peut changer de jeu, mais elle était trop engagée dans cette voie, ça lui était presque impossible, elle pensait qu'un jeu plus basique, comme le poker ne lui conviendrait pas. Les dés encore moins. S'en remettre au pur hasard ne l'inspirait guère, même sans enjeu. Pouvoir dire j'ai gagné le plus souvent possible, voilà ce qui la motivait vraiment. Tard dans la soirée elle repartit se coucher, non sans s'être assurée que Fabien dormait tranquillement. Là, elle n'avait pas gagné, mais elle ne jouait pas, elle.

--------------------------------

# 7 Qui est qui ?

Lorsqu'elle se retrouva en face de Boudinov, Tatiana n'était pas du tout préparée à ses questions, ce qui est très difficile pour un joueur d'échecs.(De ne pas être *préparé*) Celui-ci lui avait demandé de passer au commissariat. Elle entendit l'inspecteur lui demander tout de go, qui était ce Monsieur Topalov, le seul nom que Fabien avait accepté de prononcer, sans en dire plus.

Complètement stupéfaite de cette question, Tatiana ne sut que répondre. Les professionnels de ce jeu vivent dans leur monde à eux, ils ne s'imaginent pas un instant que l'immense majorité de la population ne s'intéresse pas du tout aux échecs et ignore superbement les noms des hyper champions de tous les pays. C'est à peine si on a entendu parler de Bacrot et Kasparov dans les médias français alors Topalov n'en parlons pas. Cela revenait à demander à Tatiana qui est Jules César .

La réponse de Tatiana dénotait d'un art de l'esquive propre aux meilleurs.

-Vous savez, c'est quelqu'un de très bien, mais je le connais à peine.

Elle se demandait si Boudinov ne se moquait pas un peu d'elle comme font certains humoristes à propos des célébrités.

-Vous lui avez acheté une Dacia et vous ne le connaissez pas ?

Décidément Boudinov n'avait rien compris, Fabien lui aurait jeté ce nom à la figure pour se débarrasser de lui , c'était certain....

-Non, bien sûr que non, nous l'avons achetée à Victor Goudunov. Tenez voici les papiers, et l'acte de vente.

Et puis n'y tenant plus, elle se mit à parler, pour dire ce qu'elle avait sur le cœur:

-Je veux être certaine que vous aller poursuivre cette enquête jusqu'au bout et que vous trouverez bientôt les coupables et les raisons de cet, euh! ...accident, qui a failli coûter la vie à mon mari! (La meilleure défense c'est l'attaque, adage bien connu.)

-Oui bien sûr! Répondit l'inspecteur

-Je vais alerter Interpol.Nous recherchons des suspects, qui sont peut-être dans votre pays. Ce Goudunov? Vous le connaissiez bien, vous ?

Tatiana se mit à raconter toute l'histoire pour finir par dire que l'homme  était apparu comme par enchantement lors de leur séjour en Bulgarie dans la datcha d'un cousin, pour proposer l'affaire du siècle et qu'il avait disparu du paysage pour toujours. D'ailleurs, c'était à se demander si Tatiana avait vu le visage du vendeur. Heureusement que les gens originaires des pays de l'Est arrivent à se comprendre à demi mot, car sans cela Boudinov qui devenait tout rouge aurait fini par exploser comme une baudruche. Et puis flatté de se voir assigner une tâche aussi noble que de trouver le coupable de l'accident, Boudinov reconduisit madame à la porte avec la plus extrême amabilité. (Pas sot l'inspecteur)

Tatiana avait fait semblant de ne pas connaître Goudounov dont le nom était mal orthographié dans l'acte de vente. Ceci ne pouvait que compliquer les recherches de l'Inspecteur. Une fois rentrée chez elle, elle ne fut pas surprise de recevoir un coup de fil de ce dernier lui demandant si elle avait les coordonnées du vendeur.

-Non, Inspecteur je ne les ai pas, mais je peux essayer de me renseigner si vous pensez que c'est important...de contacter cette personne.

Boudinov voulait dissuader Tatiana de faire des recherches et répondit rapidement, un peu gêné, presque de nourrir des soupçons sans doute infondés :

-Non, non c'était juste pour savoir, ne vous en faites pas, je m'occupe de votre affaire.

Derrière son téléphone Tatiana était devenu toute rouge. Bien sûr qu'elle connaissait le vendeur. Petite fille son père adoptif l'avait envoyé à Moscou suivre un stage d'échecs de compétition dans la célèbre école Botvinnik et son contact sur place, la personne qui s'était occupée d'elle s'appelait Victor Goudunov. En ce temps là, c'était encore l'URSS et elle pensait que jamais plus elle n'entendrait parler de Victor. Les jeunes joueurs ou joueuses un peu doués étaient vite repérés par le système soviétique de l'époque et l'entraînement comportait en plus une mise au point d'un autre ordre qui faisait de chaque joueur d'échecs talentueux un agent potentiel du KGB. Et puis le système soviétique s'est un peu délité et les réseaux tissés par le pouvoir communiste ont été laissés à l'abandon par Moscou. Tatiana n'aimait pas Victor et n'avait pas vraiment fait attention au nom du propriétaire. Cette voiture lui avait été proposée par une cousine éloignée vivant en Suisse et ça lui avait suffit à l'époque pour inciter son mari à signer. A présent elle était inquiète et craignait une histoire pas claire impliquant les services secrets. Elle se savait libre de toute obligation en la matière ne jouant plus aucun rôle, mais dans ces domaines là, mais elle savait aussi que l'on n'est jamais complètement libéré. En tant que joueuses du top niveau, elle était à une époque souvent en déplacement et avait joué un rôle d'intermédiaire qui était loin d'être anodin. Cependant, elle n'était plus du tout en service depuis au moins dix ans, date à laquelle elle avait épousé Fabien Darquin. Lors de l'achat de la Dacia, elle n'avait pas fait le rapprochement entre sa cousine qui était en Suisse et Victor. Elle s'en voulait d'avoir négligé ce détail. Tatiana joueuse de renom ne craignait rien de ce petit officier plus ou moins entraîneur des échecs, mais elle savait que beaucoup d'entre ces hommes s'étaient recyclés dans des affaires pas claires plus ou moins liées aux ventes d'armes. Et savoir sa cousine toujours en lien avec eux ne lui disait rien de bon.

Il y avait comme une odeur de soufre rétrospective et pour tout dire, pour elle c'était beaucoup plus compliqué qu'il n'y parait. Comme dans toutes les histoires où des destins se croisent, des destinées contrariées peuvent se rencontrer sur des aspects contradictoires. Tatiana n'avait jamais parlé de tout cela à son mari, elle n'en voyait pas l'utilité, la partie émergée de l'iceberg et connue de sa vie était suffisante à ses yeux et elle ne voyait pas l'intérêt de ressasser avec son époux les vieilles histoires d'un passé révolu. D'autant plus qu'elle se savait bien intégrée à l'Ouest. Goudunov et Goudounov, on lui avait appris à l'école des échecs que c'était la même chose, la même personne, elle le savait, point final. La mémoire d'une joueuse d'exception, n'en souffrant par définition aucune, Tatiana ne pouvait pas, n'aurait pas dû, avoir oublié cela.


-------------------------------

# 8 En troisième semaine

Fabien encore mal en point redoutait cet instant, mais il savait qu'il n'allait pas tarder à voir débarquer son associé Hubert Lorquet.

Celui-ci s'inquiéterait très vite de son absence au Cabinet d'avocats. D'ailleurs il avait pris les devants en le faisant prévenir par les services hospitaliers, non sans mal. Téléphoner lui même était un effort qui lui était difficile dans son état, mais l'hôpital rechigne parfois à effectuer ce genre de besogne même si le patient ne peut le faire.

Ce cher Hubert n'allait rien comprendre à ces histoires d'inspecteur de police et vu le nombre d'affaires en cours, il était clair que les questions allaient être nombreuses de ce côté là.

Là aussi, suivant son idée, Fabien décidait de s'en remettre au jeu, un peu comme dans une partie qu'il avait étudiée *(Défense Française)* , il constatait que le jeu parfois se déroule au centre, mais qu'il arrive qu'il se déroule sur *les deux ailes*, ou une seule ... *(Centre bloqué)* En l'occurrence, l'aile gauche c'était plutôt Tatiana (Aile dame, le côté de l'alliance) et l'aile droite plutôt Hubert, côté travail. ( Aux échecs, il jouait avec la main droite...) Au fond ceci n'avait guère de sens, il en était conscient puisque c'était lié à la couleur, mais il décidait quand même qu'il laisserait faire le jeu, ne sachant trop quoi faire, mais sachant qu'il n'était pas en mesure de jouer son propre rôle. Il est parfois plus astucieux de jouer la pendule en se servant de quelques coups anodins qui n'engagent à rien. Le point fort de Fabien c'est qu'il avait le temps, et laisser son associé gamberger un peu lui procurait un plaisir étrange. N'avait-il pas quelques doutes sur cette personne aussi? Gagner du temps ne pouvait qu'aller dans le bon sens. Les bons joueurs savent utiliser le facteur temps à leur avantage, surtout contre des joueurs peu habitués aux compétitions.

Après avoir refusé plusieurs fois de recevoir Hubert, au motif que cela l'aurait trop fatigué, il finit par accepter sa visite.

Hubert qui semblait très préoccupé questionna Fabien, presque immédiatement, comme un joueur qui place sa dame au milieu du jeu.

-Bonjour, Fabien, je suis venu avec Henriette. Tu sais, elle a eu Tatiana au téléphone et elle était anxieuse et souhaitait te voir aussi, pour te souhaiter un prompt rétablissement. Ça ne t'ennuie pas, j'espère?

-Non, non, bien sûr. Bonjour Henriette, comment ça va?

Et Henriette de répondre:

-Bien, bien! Pauvre Fabien, dans quel état tu es?

Et Fabien qui avait pris soin de paraître encore plus mal qu'il n'était!

-Là tu l'as dit, je me demande bien où je suis, et pardon, comment je suis ?

L'art et la manière de ne rien dire. Pourtant Fabien avait déjà l'impression d'avoir trop parlé, cette pipelette d'Henriette pouvait faire une histoire avec rien, il le savait et dans son milieu socio-professionnel Fabien ne souhaitait pas faire parler de lui.

-Comment vont les enfants?

-Les enfants? Ça va, ça va! J'ai fait la liste des affaires que je dois reprendre en ton absence, mais j'ai besoin de ton accord et puis...je ne suis pas sûr qu'elles y soient toutes. Peux-tu me dire ce qui peut attendre ton retour et ce qui est urgent?

Bizarrement, ce fut d'une simplicité biblique. C'était un peu comme si tout cela avait été prévu à l'avance, comme s'il s'agissait de l'organisation matérielle d'un grand tournoi qui allait se dérouler dans cette configuration nouvelle.

Fabien se disait à cet instant que son idée lui suggérait des choses étranges. Tout ceci n'avait pas beaucoup de sens, la plupart de ses dossiers pouvaient être suivi par sa secrétaire...

Mais il finit par savoir ce que voulait son associé. Hubert avant de prendre congé se mit à parler d'un dossier en particulier. Il allait disait-il, faire le point et revenir pour discuter d'une affaire pour laquelle semble-t-il, il ne savait pas quoi faire.

-L'affaire Desprit? Ah oui bien sûr...on en reparlera. Bon retour! Répondit Fabien.

Ce client avait été amené par Tatiana et c'était sur ce dossier que Hubert ne savait pas quoi faire. Desprit était une sorte d'ensemblier, un éditeur, concepteur de logiciels d'échecs et il avait un litige avec un fournisseur étranger. Il s'agissait d'un marché de fournitures avec une société bulgare où les livraisons prévues n'avaient pas été faites. Fabien avait accepté ce dossier pour faire plaisir à Tatiana, mais il s'était très vite aperçu que les tribunaux français ne pourraient pas être saisis pour un litige commercial de cette nature. Desprit souhaitait obtenir des indemnités pour non respect des dates de livraison, mais son contrat ne stipulait pas quels tribunaux pouvaient être compétents.

Les problèmes de livraisons en général se finissaient par un accord amiable et Fabien s'était contenté de faire une lettre à en tête de son cabinet pensant que ça suffirait et qu'il n'aurait rien d'autre à faire. (Pas même une facture d'honoraires tant cette affaire lui paraissait futile et sans intérêt. Juste un petit service à rendre à une relation de Tatiana...)

Ce dossier qui portait sur des sommes limitées avait intrigué l'associé de Fabien. Il lui avait suggéré de revenir avec les éléments. Il n'allait tout de même pas s'en référer au Jeu, pour répondre à une question dont il était supposé pouvoir se débrouiller tout seul, lui l'avocat d'affaires bien connu des média. (Du moins à Grenoble)

Deux semaines déjà que Fabien était alité et tout semblait s'organiser autour de lui un peu comme ci, un peu comme ça, avec l'esprit du jeu comme seule certitude et des personnages qui tournaient autour de lui; semblant jouer leur propre jeu, sans qu'on sache très bien lequel.

L'agriculteur, les deux inconnus, les thérapeutes, Tatiana, l'inspecteur Boudinov, le vendeur de la Dacia toujours introuvable, l'associé Hubert, les femmes et enfants, et puis à présent l'affaire Desprit qui était sortit de l'esprit même de Fabien. Ce qui impliquait également le fournisseur de ce dernier à qui Fabien avait adressé un courrier de réclamation.

Ceci se mettait en place dans la tête de Maître Darquin à la manière d'un ensemble de pièces comme dans un jeu d'échecs à la différence près, que ces pièces constituaient ensemble une position bien particulière et n'étaient pas du tout disposées comme au début d'une partie. Une position intéressante s'il en est, mais que Fabien savait ne pas pouvoir jouer puisqu'il était lui même un des éléments du jeu. Si jeu il y avait en la circonstance, il n'y avait guère que le Jeu lui même qui puisse en détenir la clé. Admettre que ce jeu subtil puisse avoir quelques similitudes avec le jeu d'échecs était une approximation, mais dans son état Fabien Darquin ne cherchait pas si loin.

Il était somme toute un peu inquiet mais il se dit que cela le changeait un peu de toute ces parties ennuyeuses qu'il jouait sans trop savoir pourquoi depuis dix ans, depuis qu'il s'était marié avec Tatiana.

---------------------------------

# 9 Face au risque

Boudinov n'était pas du tout satisfait de la tournure des événements. Il ne comprenait rien à la configuration et un inspecteur qui ne comprend pas finit toujours par se mettre en colère. Son sens du service public ou du devoir, lui intimait un ordre supérieur qui était de transmettre à la hiérarchie et obtenir des moyens supplémentaires pour disait-il : "Protéger Fabien qu'il croyait toujours menacé de mort. Le crime parfait en somme, puisque la victime était encore vivante..." Son sens de l'humour était sa seule façon de se calmer lorsqu'il s'énervait contre sa hiérarchie.

Lors d'un entretien avec ses supérieurs, il avait souhaité que des recherches soient entreprises à propos de Goudunov, l'homme qui avait vendu la Dacia à Fabien. On lui avait répondu que son affaire n'intéressait nullement les hautes autorités. Mais Boudinov qui avait des bons copains dans les services du contre espionnage français avait quand même fini par savoir qui était Goudunov. En fait : "Un individu connu des services qui cachait sous ce nom des activités compliquées d'import export". Il se demandait si le Cabinet de Fabien n'était pas partie prenante dans quelques procès impliquant cet homme.

Boudinov pensait qu'il devait creuser le sujet, même si au fond il ne voyait rien. (Un peu comme dans une partie d'échecs : quelque fois on ne voit rien mais on a l'impression de tenir quelque chose d'intéressant.)

Fabien, lui était toujours dans ses pensées échiquéennes. Il se disait que son idée, c'était un peu comme si il jouait une *simultanée*. Il n'avait donné de *simultanée* comme on dit, qu'une seule fois contre neuf joueurs dont cinq enfants en bas âge. Sorti vainqueur sur les neufs échiquiers, il en avait gardé un souvenir étrange et il était convaincu que les joueurs qui lui étaient opposés n'avaient pas joué à leur meilleur niveau. Ce genre d'exercice en général était plutôt réservé aux Grands-Maîtres pour donner à plusieurs joueurs l'occasion de les rencontrer. Tatiana acceptait volontiers de se prêter à cet exercice quand elle participait à des événements liés au jeu d'échec. Pour elle c'était un peu ennuyeux, mais elle ne pouvait s'y soustraire d'autant plus que cela lui avait été demandé à une certaine époque pour identifier ses contacts avec certitude.

A cette époque, elle ne savait ni quoi ni comment, mais se contentait de faire ce qu'on lui demandait, transmettre ou recevoir quelque chose. Cette période pour elle était bien révolue et puis Fabien n'en savait rien. Fabien savait seulement que son épouse était capable de jouer jusqu'à trente parties quasiment en même temps contre autant de joueurs différents et avec des niveaux différents, tout en oubliant pas de les gagner toutes.

Lui, il n'avait jamais fait cela. Passer d'un échiquier à l'autre et toujours trouver le bon coup après un rapide coup d'œil, lui paraissait aussi extravagant que de changer de paysage et d'environnement à chaque seconde. Dans son état semi comateux, il lui avait semblé que plusieurs parties se jouaient en même temps autour de lui sans qu'il puisse savoir lesquelles. Des *Slaves*, des *Françaises*, des *Espagnoles* , des *Russes*, des *Prussiennes* et bien d'autres, avec toutes les variantes possibles, oui en effet c'était bien ça , il y avait un peu de tout ça , et ce n'était pas lui qui jouait. Il ignorait qui et se refusait de s'asseoir pour participer au grand jeu, même si tout l'y incitait en fait.

Pour savoir qui et quoi Fabien décidait de ne pas changer de stratégie, le Jeu lui avait plutôt bien réussi jusque là. Il oubliait une seconde qui pouvait être le personnage qui jouait seul contre tous et dirigeait ses pensées vers les participants de cette *simultanée transcendantale*.

L'infirmière par exemple qui était là et s'occupait au mieux de Fabien. Elle devait le honnir car il lui donnait beaucoup de travail. Il était bloqué et obligé d'accepter les soins intimes et tutti quant. Elle jouait un peu sur le registre des plaisanteries de même que ses collègues infirmiers qui soulevaient Fabien comme une plume pour changer les draps.

Le Chirurgien Professeur de son état, quant à lui était un peu sur le même registre, ce n'est pas plus mal de rire un peu. Il faut dire que l'opération qu'il avait dû mener sur la personne de Fabien nécessitait une maîtrise parfaite. Il en était assez fier, à juste titre quand il expliquait ce qu'il avait fait. C'était comme Tatiana lorsqu'elle commentait une des ses parties devant un public d'amateurs enthousiastes. La qualité des gens hyper talentueux, ce n'est pas seulement ce qu'ils font mais c'est aussi la façon qu'ils ont de communiquer sur le sujet, souvent avec simplicité.

A la différence des échecs cependant, côté chirurgien c'est *gagnant gagnant* car lui il s'adresse à son patient et ceci  mériterait un autre type d'analyse qu'une analyse de type *échec* où il y a nécessairement un perdant.

La *simultanée* qui se jouait cependant devait bien avoir un sens se dit Fabien. Restait à savoir pourquoi. Lui même n'était peut être que l'un des participants auquel le maître du jeu ne prêtait pas attention. Oui sans aucun doute, ayant échappé à cet accident stupide, il serait bientôt à nouveau dans la partie, peut-être même en face de sa dulcinée véritable *déesse du Jeu*.

Quelque chose lui disait qu'on ne pouvait plus le tuer à présent, que toutes ces parties étaient commencées et que tout le monde était occupé autour de lui, chacun sur sa partie. Son seul adversaire identifiable était la maladie, et  de ce point de vue, il n'était pas le seul à faire face...

---------------------------------

# 10 Méthode sans discours

Fabien Darquin avait appris à l'université qu'il fallait avoir une méthode et depuis ce temps là, il ne faisait rien sans penser à la méthode. Pour une fois il avait donc essayé autre chose, autre chose que la méthode et ça lui plaisait, à défaut d'être sûr du résultat. Boudinov lui, était un homme méthodique. On n'a pas besoin de méthode quand on est méthodique.

C'est ce que pensait Darquin tout en réfléchissant à ce qu'il pourrait bien dire à l'inspecteur : "Celui-ci allait revenir avec ses soupçons et sa théorie, c'était certain. Que dire? Simple! Quand un inspecteur vient vous voir c'est qu'il veut savoir quelque chose. D'abord il convient de savoir quoi et puis de décider si on doit le lui dire ou pas."

Puisque Fabien était presque sûr de ne plus être en danger, grâce au Jeu, il se disait qu'il n'avait rien à gagner avec cet inspecteur qui jouait sans aucun doute sa partie à lui. Cependant, en tant que professionnel, l'avocat qu'il était se devait d'être cohérent.

Il fallait donc que toutes les questions précises relatives à cet aspect des choses reçoivent une réponse sans que le Jeu s'en mêle. Pour le reste si Fabien ne savait ni que dire ni que faire : "Place au Jeu en somme !"

-Import Export ?

Diable voilà une question à laquelle Fabien ne s'attendait pas! Il se retint une seconde car il avait failli répondre:

"Qu'est ce que vous voulez que ça me fiche." Et puis se ravisa. Il répondit qu'à part une affaire bizarre d'un certain Desprit, il n'avait aucun contact avec des spécialistes de l'import export et aucune affaire en cours qui y ait *trait*. Et puis prononçant ce mot soudain il se mit à repenser échecs. *Avoir le trait!* Tous les joueurs savent ce que c'est que *l'avantage du trait*. (Celui à qui c'est le tour de jouer) Boudinov n'avait donc rien dans son dossier, Fabien allait pouvoir se servir de lui pour faire avancer sa propre partie...Voila donc un point critique. Un certain nombre d'éléments qui comme aux échecs exercent une pression sur un point particulier. Le jeu encore une fois venait au secours de Fabien lui conseillant la prudence.

-M. Darquin vous avez dit comment ? L'affaire Desprit?

-Oui, mais ça n'a rien à voir avec l'automobile, ce sont des problèmes de software ou de matériel informatique non livré. C'est un peu compliqué voyez vous...je suis tenu au secret professionnel.

Et puis reprenant:

-Secret professionnel oblige, je ne peux rien divulguer sur ce dossier épineux. Mon associé doit venir me voir demain car il ne sait pas quoi faire de cette affaire que j'ai accepté de prendre pour...

Il s'interrompit effrayé à l'idée qu'il avait failli impliquer Tatiana dans l'affaire Desprit comme si elle y était pour quelque chose. Il prit conscience soudain de la gravité de la situation. Tout cela avait été amené par Tatiana, la voiture, l'affaire Desprit, il eut soudain un frisson et s'adressant à nouveau à l'Inspecteur il lui dit qu'il était fatigué et qu'il lui en dirait plus dès qu'il en saurait plus.

Boudinov pris congé une fois de plus sans être satisfait des réponses de Fabien. Il était persuadé qu'il y avait eu tentative d'assassinat, mais il ne soupçonnait pas les proches de Fabien. Pour lui, il s'agissait en toute vraisemblance d'intérêts financiers de trafic de drogue éventuellement au milieu desquels la victime ne serait au fond qu'une pièce rapportée. Un peu faiblard comme raisonnement, mais comment expliquer les indices conduisant à la thèse criminelle? Pas de coupable, pas de mobile...c'est humain de faire des hypothèses.

L'Inspecteur aussi savait jouer aux échecs et se débarrasser d'une pièce mal placée lui paraissait un stratagème un peu grossier même si c'était une tactique parfois efficace. Une pièce importante, peut-être la seule qui vaille devait être exclue du raisonnement, c'était pour le moins étrange. En son for intérieur Boudinov se dit que la belle Tatiana lui avait tapé dans l'œil, et qu'il commençait à voir trop de pièces d'échecs dans sa tête. Peut-être valait-il mieux penser à autre chose...La métaphore échiquéenne est parfois à l'œuvre dans l'inconscient collectif qui consiste dans une situation donnée à évoquer une notion bien connue du joueur d'échecs ou tout simplement inhérente au jeu lui-même. (La diagonale du fou par exemple, ou le grand échiquier, terrain de jeu favori des chefs d'états...) Ceci n'était même pas dans les habitudes de Boudinov sauf à s'inspirer des raisonnements étranges qui émanaient subitement du cerveau blessé de Fabien. Le délire de Fabien était contagieux comme le rire. Curieusement, tout le monde lui apparaissait comme dans un rêve, assis derrière un jeu d'échecs et comme figé dans une profonde réflexion. C'est ainsi également qu'il voyait ses enfants qui eux, cependant, commençaient à lui manquer sérieusement. Lorsqu'il pensait à son épouse, il ne pouvait que penser à eux.

Le petit Justin avait dix ans et la petite Tina en avait onze. Fabien savait que ses deux enfants l'avaient déjà égalé aux échecs. A dix ans un enfant est capable de jouer comme un bon joueur de club, s'il a été bien formé et s'il montre quelques dispositions au jeu. C'était le cas de ces deux là. Même si leur connaissance du jeu était plus tactique que théorique, ils avaient acquis l'essentiel du savoir faire et avait autant de talent que leur mère. Leur mère qui connaissait les pièges de la théorie leur avait enseigné le jeu tactique et les principes fondamentaux.

Et puis ces deux là s'entendaient comme larrons en foire, ils avaient pris l'habitude de jouer ensemble de très jolies parties et avaient acquis un sens du jeu qui s'accommodait parfaitement de la mixité. Garçon ou fille pour eux cela n'avait pas de signification devant l'échiquier. Ils trouvaient d'autres sources de motivation dont la principale était ce qu'il appelait le "fun". Le fun était un mot à eux, une sorte de code qui leur permettait de se comprendre sans parler. Ils savaient se dire l'un à l'autre quand une partie atteignait des sommets que c'était le fun...Fabien pensait à ses deux enfants qui en plus de jouer, de pousser du bois, comme on dit parfois, avaient acquis une maîtrise parfaite de l'utilisation des logiciels d'échecs. Leur maman leur avait même installé un système innovant à la maison. Ceci était fait disait-elle pour l'entraînement, pour le jeu, le partage d'informations avec les analyses des Grands-Maîtres. Elle affirmait que ce genre de dispositif pouvait "révolutionner la pratique des échecs dans le futur" Mais elle ajoutait aussitôt prudemment: "De l'idée à la mise en pratique, il y a parfois un monde. Un jour on parviendra à dématérialiser le jeu d'échecs comme bien d'autres choses, mais on n'en est pas là." Fabien un peu réfractaire à l'utilisation de l'informatique écoutait et regardait cela de très loin. Pour lui rien de tel que des bonnes et belles pièces bien lestées sur un jeu bien concret fait de bois, de pierre ou d'autres matériaux. Il affirmait que tout ceci n'était qu'une mode passagère et que l'on reviendrait tôt ou tard aux bonnes vieilles habitudes. Il invoquait ce qu'il appelait le sens du jeu, la "jouerie" qui donne du plaisir à jouer et qui selon lui ne pouvait pas exister sans un minimum de matérialité... Les enfants n'étaient pas loin d'être d'accord avec leur père. C'était cela qu'ils assimilaient au "fun". Si pas de fun pas de plaisir et même parfois le contraire. Mais ils savaient rester neutres dans toutes les discussions qui opposaient parfois leur père et leur mère et dont ils ne saisissaient pas toujours les nuances subtiles.

-------------------------------------

# 11 La visite familiale...

Août était bien entamé et ni la télé, ni Internet qui lui permettait de suivre les Championnats de France à distance n'avaient suffisamment de pouvoir d'attraction pour Fabien. Cette sensation bizarre que le jeu lui était en même temps étranger et familier, ne pouvait le quitter. Il était comme subjugué par une idée fixe. Une approche particulière , une

méthode inédite de résolution de problèmes qu'il croyait suffisante pour sa recherche effrénée de sens et de vérité. Fabien avait toujours cru que pour battre les meilleurs, il fallait avoir préparé quelque chose. Il en est ainsi de tous les systèmes conçu pour combattre efficacement un système de jeu ou une ouverture bien connue. On connaît *l'anti Nadjdorf,* ou *l'anti Méran* par exemple. Cependant le plus célèbre des "anti-quelque chose" a sans doute été Anatoli Karpov qui fut sacré champion du monde sans avoir joué pour le titre contre Fischer. On a pu dire de lui qu'il était "l'arme anti-Fischer des russes". Fabien se voyait bien dans la peau d'un "anti" comme cela et non pas d'un nanti comme certains. Or dans sa situation, toutes confusions mises à part, il devait bien admettre qu'il n'avait rien préparé et cependant rien n'était perdu.

Il n'avait rien imaginé qui puisse s'approcher de près ou de loin de ce qu'il vivait. Pourtant ce sont ses capacités de calcul et d'analyse acquises grâce à la pratique du jeu d'échecs qui allaient lui être utiles. Toutes les visites au fond, outre le fait qu'elles prouvaient une certaine empathie à son égard le confortaient dans l'idée qu'il était une pièce importante d'un jeu subtil dont il ne détenait pas les clés.

Raison de plus pour laisser faire les choses, laisser faire le jeu normal, sociétal si on peut dire.

Même si ce n'était pas à proprement parler une méthode, Fabien se rappelait que le champion des échecs dont il est fait mention précédemment était dans une voie analogue que certains ont résumé en un raccourci saisissant : "Il était passé maître dans l'art de ne rien faire."

La visite de ses enfants fut un grand moment d'émotion pour Fabien. Il n'osait leur dire quoi que ce soit, mais se devait de leur prodiguer des paroles rassurantes à propos de ce qu'il appelait par euphémisme une erreur de conduite.

Un peu comme on conduit une partie, Fabien considérait qu'il avait peut-être commis une erreur de pilotage. Tout en expliquant à ses enfants, ce qu'il croyait être une faute d'inattention, il se remémorait le cours des événements

Une image lui revenait toujours en tête, c'était l'image du GPS allumé indiquant de façon curieuse que la route était toujours bien droite au lieu de l'accident. L'appareil n'avait pas affiché le virage manqué. La plupart des véhicules étaient déjà équipés de ce genre d'appareil permettant de se diriger et de s'orienter sur les routes de France et d'Europe. Fabien se disait que son système de géo localisation était peut être défectueux ou inadapté à la France et pourtant il fonctionnait bien la plupart du temps. Un autre point intriguait Fabien c'était qu'il ne se rappelait même pas avoir eu le temps de freiner, un peu comme si la voiture s'était dirigée toute seule vers les deux arbres qui avaient stoppé sa chute .Il y avait bien un virage et une flaque d'huile ceci ayant été confirmé par la police.

Il est vrai qu'il avait cette mauvaise habitude de conduire en s'aidant de son GPS, au point qu'il anticipait les moindres changement de la configuration de la route se fiant à cet appareil plus que de raison.

Au fond, ce problème de GPS relevait d'un phénomène bien connu que l'on appelait autosuggestion. Il avait remarqué que son jeu aux échecs était parfois entaché d'erreurs grossières qu'il ne s'expliquait pas. Après réflexion, il avait conclu qu'il s'agissait en fait d'un problème de cette nature. Il lui arrivait de ne plus très bien savoir où il en était, étant donnée la multitude d'images qu'il voyait dans sa tête (insight). Était-ce la réalité bien concrète et bien matérielle du jeu qui était devant lui ou bien était-ce encore des constructions de l'esprit, une sorte de rémanence dans le cerveau qui conservait des visions plus ou moins auto suggérées ou même encore des images externes fabriquées par d'autres ou par des machines, virtuelles. La suggestion aux échecs est un phénomène complexe au point que les rencontres entre les champions du monde ont souvent été le théâtre de contestations et de discussions sur des détails insignifiants comme la présence d'écrans ou de caméra voire même de médiums supposés dans l'aire de jeu.

Finalement le simple fait d'avoir vu ses enfants avait réveillé chez Fabien quelque chose qui était dans son tempérament. L'envie de savoir, la soif de vérité, une certaine curiosité intellectuelle, dans le bon sens du terme qu'il avait toujours voulu transmettre à ses enfants. Le comportement du GPS pouvait donc être la cause de l'erreur et intriguait de plus en plus Fabien. En embrassant ses enfants qui rentraient à la maison avec leur mère, il fut soudain requinqué une bonne fois pour toutes et se décidait de collaborer avec la police de manière plus active.

Ce que Tatiana lui avait rapporté ce jour là ne pouvait que l'encourager dans cette voie :

L'Inspecteur de police, avait questionné Tatiana sur sa cousine Olga et avait appris certaines choses, notamment que celle-ci vivait en Suisse et travaillait pour une multinationale des télécommunications. Tatiana et sa cousine avaient suivi les mêmes études ponctuées par un mastère de sciences modernes appliquées à l'université de Sofia. Cependant les similitudes s'arrêtaient là car leurs parcours avaient étés très différents. Tatiana s'était orientée très jeune vers le sport échecs et sa cousine dans l'informatique. Tatiana avait affirmé à l'Inspecteur que Olga était une personne de toute confiance et qu'elle ne se serait jamais prêtée à une manipulation consistant à faire passer des marchandises illicites par son intermédiaire. Elle n'avait fait que parler de cette occasion automobile à ses hôtes lors de leur séjour en Bulgarie.

Lorsque Boudinov revint à la charge auprès de Fabien Darquin, celui ci ne fut donc pas surpris, il voulait manifestement comprendre.

-Mais bon sang! M. Darquin pourquoi s'en prendre à vous s'il ne s'agit que de récupérer une marchandise cachée dans ce véhicule? Les protagonistes n'avaient qu'à fracturer le véhicule et récupérer le contenu, ce ne sont pas les occasions qui manquent !

Fabien continuait de ne rien faire, mais avec brio.Que pouvait il faire face à l'adversité qui semblait présente au sein même de son propre camp?

-Quelle marchandise et pourquoi vouloir me supprimer?

Demandait Fabien d'un air innocent.

Les deux hommes échangeaient de plus en plus leurs impressions, mais Fabien restait coi le plus souvent et l'inspecteur bouillait d'impatience, car il pensait qu'on ne lui disait pas tout.

En fait le problème du GPS, c'était un peu comme si quelque chose dans l'environnement n'avait pas fonctionné, quelque chose qui venait d'ailleurs. Pour Fabien, cet appareil était doté d'un logiciel qui permettait de signaler la position du véhicule au conducteur à partir des informations transmises par les satellites, c'était évident! Et si ce n'était pas le satellite qui ait transmis les informations à l'appareil, se demandait Fabien, alors l'intention de nuire serait avérée de ce point de vue là aussi...

-Voyez vous, Inspecteur, j'ignore qui pourrait m'en vouloir à ce point, mais je voudrais vous demander un service. Vous avez fait poser des scellés sur ma voiture, pas de problème mais je voudrais récupérer le système "GPS" de l'auto qui de toute façon ne servira plus à personne. Quelque chose m'intrigue concernant cet appareil, je me demande comment il a été configuré et je voudrais le faire examiner...

-Le faire examiner?

-Oui, il m'a donné des images fausses de la configuration de la route et j'aimerais bien savoir pourquoi ?

Boudinov ne se fit pas prier, il répondit qu'il ferait le nécessaire avant de prendre congé de Fabien pour la énième fois.

Alors qu'il attendait encore la visite de son associé Hubert, Fabien n'en avait pas fini avec toutes ses suppositions. Il se disait qu'une autre partie était en train de se jouer et que seul le Jeu lui permettrait de savoir laquelle.

Import export, nouvelles technologies, télécoms, GPS, échecs, pilotage, conduite assistée, Tatiana, Olga, Desprit, la Dacia, la datcha , impossible de savoir ce qui pouvait relier ensemble tous ces éléments et surtout de quel jeu il s'agissait.

Tout se bousculait dans la tête de Fabien et il dût s'excuser une fois de plus auprès de Hubert, invoquant une fatigue soudaine et des vertiges. Celui-ci repartit comme il était venu, non sans quelques mots bien pesés de réconfort et des souhaits sincères de retour à meilleures santé. Il semblait toutefois un peu contrarié, mais Fabien ne remarqua rien ne songeant à cet instant qu'au bonheur de se retrouver seul avec ses idées folles et son Jeu sublime. Ce Jeu qui encore une fois qui lui avait soufflé de ne rien faire.

Trop parler avec Hubert cela aurait signifié "travailler" et c'était précisément cela qu'il avait évité...Mieux valait qu'il laisse l'homme en question jouer son propre jeu comme tout un chacun, d'ailleurs.

--------------------------------

# 12 Codes sublimes

Raisonner simplement sur des problèmes complexes. Fabien avait appris à le faire. Qui dit logiciel dit programme et qui dit programme dit sources! Fabien savait que la "valeur" dans ces domaines est souvent partie liée avec les programmes "source" et pas autre chose. Bien souvent, seul celui qui possède et maîtrise ces éléments de base est en mesure de tirer quelques ficelles. L'affaire Desprit vis à vis de son fournisseur étranger, portait sur un différent en termes de livraison, mais il y avait une ambiguïté concernant la nature même des produits...En fait, coïncidence curieuse, il y était plus ou moins question de matériels et programmes appelés "SYS-SPG firmware" qui n'avaient pas étés fournis à temps.

D'un autre côté, l'accident n'avait pas livré tous ses secrets. Les deux inconnus en moto aperçus par l'agriculteur avant et après le crash avaient semble-t-il un téléphone à la main, du moins c'est ce que croyait avoir vu le vieil homme du haut de son engin agricole. Il n'était pas sûr que ce soit un téléphone, peut-être autre chose, mais alors, pourquoi l'avoir porté à l'oreille après l'accident ?

A se demander si même sa voiture n'avait pas été radio commandée. Tout était possible mais là, Fabien se disait qu'il commençait à divaguer sérieusement. Et si l'huile avait été rajoutée après pour faire croire à un dérapage? Tout était possible et Fabien n'en finissait pas d'échafauder les hypothèses les plus farfelues conduisant inéluctablement à la même conclusion, à savoir que rien n'était clair.

Etait-il possible que lui et Tatiana aient été à leur insu les complices involontaires d'un trafic illicite comme semblait penser l'Inspecteur ?

Nul doute que la suite de l'enquête permettrait d'en savoir plus, mais il fallait tirer au clair cette histoire de SPG, dont le sigle rappelait étrangement celui des appareils installés dans les voitures.(Système programmé de géolocalisation?) A ce point de ses réflexions Fabien se disait qu'il devait réentendre l'Inspecteur avant de se remettre au travail pour Desprit.

En demandant à la police de s'intéresser au dispositif de géolocalisation de son auto, il avait mis ainsi l'Inspecteur au centre du jeu. Des affaires récentes avaient montré qu'il était possible d'utiliser ces systèmes pour tout autre chose que le guide routier. Le Cabinet d'avocat avait eu à traiter de nombreux dossiers où ce genre de dispositif avait été utilisé pour pister, surveiller et suivre des gens à leur insu. Par exemple confondre une personne qui s'est éloignée de son lieu de travail ou de son domicile pour y commettre quelques infractions... Fabien se demandait s'il n'avait pas été pisté de la sorte, ce qui aurait pu expliquer les soubresauts intempestifs de son système de navigation embarqué. Etait-il possible que Hubert se soit servi de cela pour le faire suivre ? Hubert avec qui il s'était associé pour diminuer ses frais de fonctionnement n'était pas toujours facile à vivre. Ils leur arrivaient souvent de s'opposer sur ces sujets, mais de là à se méfier ainsi l'un de l'autre, il y avait de la marge... Hubert était un juriste devenu avocat et Fabien un avocat qui faisait parfois un travail de juriste.

Fabien songeait également aux accusations de fraude avec des téléphones portables qui gâchaient parfois les grandes compétitions d'échecs.

Cela avait commencé par une rencontre célèbre entre un joueur russe champion du monde et son challenger bulgare. Le fameux *Toileting gate* qui avait défrayé la chronique provocant l'intervention du Président de la Russie pour que la compétition continue. En effet, le champion en titre accusé d'utiliser un téléphone portable dans les toilettes et se sentant offensé, sans aucun doute à juste titre, avait décidé d'arrêter de jouer. Seul son Président avait pu le faire changer d'avis.

Quand la suspicion plane sur ce genre de compétition où des millions d'euros sont en jeu, on se demande si la rigolade est de mise, au fond. Tout est jeu, le jeu des affaires, le jeu politique le jeu et les enjeux de pouvoir. Fabien le savait bien, mais il voulait rendre au jeu son caractère aléatoire ; sans doute pour avoir cru trop[1] longtemps et à tort aux vertus prédictives de ses propres analyses.

Fabien était un peu amer de constater que Tatiana considérait ce genre de tricheries comme de simples anecdotes et ne semblait vraiment pas offusquée à l'idée que ceci puisse exister et même se répandre. Elle ne voulait même pas en parler se contentant de dire que c'était quasiment impossible d'imaginer qu'un champion se mette à risquer sa carrière sur ce genre de plaisanterie douteuse.

Dans les positions symétriques, le jeu d'échecs est d'un ennui profond et seuls quelques joueurs ont la patience d'attendre le moment propice, la faute de l'adversaire qui va tout changer. Fabien le savait, il n'était pas de ceux là, il était un amoureux des échecs et rien de ce qui ne fût le résultat d'un joli plan ou d'une belle combinaison ne méritait gloire à ses yeux. Ne rien faire lui en coûtait un peu, mais quand la vie est au bout du chemin, on n'hésite pas à changer de stratégie. Les nombreuses questions qui se posaient, les nombreux indices qui semblaient vouloir ou pouvoir dire quelque chose ne conduisaient nulle part. Fabien pensait à toute ces histoires où une personne innocente et au courant de rien, était au centre d'un jeu complexe impliquant d'importants enjeux financiers.

Il pensait à certains dossiers juridiques avérés où une personne n'était impliquée que parce que c'était quelque chose qui lui appartenait qui était utilisé par les fraudeurs. (Un téléphone, une voiture ou une boite aux lettres...) il se demandait s'il n'était pas lui même au centre d'une affaire similaire à son insu. Les soubresauts de son GPS étaient peut être un indice de cette nature...

Le retour de Boudinov fut des plus rocambolesques, il semblait plus gai et plus ouvert :

-Bonjour M. Darquin. Alors comment va le blessé ?

Enfin ! Pour une fois qu'il n'observait pas Fabien comme un cadavre en sursis...

-Bien, Inspecteur, de mieux en mieux !

-Vous vouliez me voir ?

-Oui.

-A quel propos ? J'espère que vous ne voulez pas que je vous parle de l'enquête, elle piétine. Je ne comprend pas certaines choses et je doute que vous puissiez m'aider, car vous êtes en fait la seule victime de ce qui ressemble de plus en plus à un simple accident. J'ai fait surveiller votre chambre et je vais finir par me faire remonter les bretelles par ma hiérarchie. Le problème de la flaque d'huile est la seule chose concrète or il s'avère que vous n'avez même pas freiné. De plus on a retrouvé d'autres flaques d'huiles à un kilomètre d'intervalle ce qui laisse penser à une fuite provenant d'un véhicule.

-Ah bon, vous voyez que vous avancez, Inspecteur, et pour ce qui concerne le GPS?

-Le GPS? Je pensais que vous l'aviez, on ne m'a rien dit! On ne me dit rien dans cette maison! On ne vous l'a pas rendu ?

-Non!

Le départ de Boudinov fut fulgurant! Dieu sait pourquoi mais sa réaction fut immédiate, un peu comme dans une partie d'échecs, quand on voit quelque chose d'important. Comme son nom l'indique hélas, l'Inspecteur était un homme d'un certain embonpoint, mais il avait la souplesse d'un fauve et savait se mouvoir avec célérité. En fait il subodorait une peau de banane judicieusement bien placées par des collègues des services internes.

En voyant partir l'inspecteur qui ronchonnait Fabien se dit qu'il n'avait pas pris au sérieux sa "demande d'expertise" du GPS .

Il commençait à se dire qu'il lui fallait recevoir Hubert, lequel sinon finirait par s'énerver. Hubert avait appelé plusieurs fois, car il voulait savoir s'il convenait de porter l'affaire Desprit devant les tribunaux? Avait-il besoin de son aval ? Fabien se refusait à donner des instructions ou des éléments par téléphone sans avoir tous les éléments du dossier et travailler sur son lit d'hôpital sur un dossier quel qu'il soit lui semblait au dessus de ses forces. Ne rien faire lui semblait toujours être la meilleure solution, mais Hubert ne l'entendait pas de cette oreille et voulait absolument avoir une discussion avec lui. Associé oblige!

Lorsque Hubert fut reçu à nouveau dans la chambre d'hôpital Fabien allait mieux et avait pu le recevoir habillé et même assis. Il avait obtenu de l'infirmière qu'elle l'aidât à se poser autour d'une petite table ronde et bleue qui était installée dans un coin de la chambre individuelle sous la télé.

-Alors Hubert te voilà encore? (La meilleure défense c'est l'attaque. Fabien ne voulait rien montrer de son désarroi et surtout ne plus apparaître trop affaibli aux yeux de son partenaire de travail.)

Hubert était un homme qui portait beau. Il semblait assez content de son état et se donnait des airs de "Clifford Barnes" francisé, accentuant ainsi une ressemblance physique qu'il croyait utile à ses affaires. Juriste de métier, il faisait partie de ces hommes devenus avocats de façon quasi automatique lorsque les deux professions ont fusionné. Ce n'était pas le cas de Fabien qui, lui était un maître du barreau qui avait toujours plaidé. Le juriste et l'avocat s'étaient associés aussi, pour pouvoir mieux répondre aux attentes de leurs clients respectifs... Hubert parut étonné de voir son associé habillé et fin prêt :

-Mais tu te portes comme un charme!

La stratégie de Fabien était simple: cette affaire de livraison manquée ne l'intéressait pas et il n'avait qu'une idée en tête repousser un maximum toute forme de décision. En l'occurrence, il se savait décideur et ne voulait pas trop s'en remettre au Jeu. Ce qui se jouait entre les deux hommes était bien sûr d'une autre nature. Hubert avait visiblement un double objectif: tester de visu son associé pour évaluer ses chances de retour et obtenir une décision à propos du dossier Desprit. En fait Hubert voulait en savoir plus sur ce client bizarre qui attendait une livraison importante pour laquelle son fournisseur avait fait défaut, lequel n'était lui même qu'un intermédiaire. Les ventes de logiciel ont ceci de curieux que l'on ne sait pas toujours exactement en quoi consiste la marchandise, tout au moins pour un observateur non averti.

Desprit affirmait avoir acheté des codes "source" de logiciels et le droit d'en exploiter la licence. Le contrat signé avec un intermédiaire russe stipulait que des éléments pour ses interfaces lui seraient livrés au fur et à mesure des besoins. Un retard était à l'origine du différent mais impossible de savoir quoi exactement. Il s'agissait donc d'intenter un recours auprès d'un tribunal international. Desprit réclamait un dédommagement pour un retard de développement causé par le fournisseur. Il aurait reçu un colis qui contenait des éléments utiles mais pas vraiment les éléments des codes source. Affaire compliquée, s'il en était, trop technique et impossible à évaluer pour un juriste qui n'était pas de la partie. Avoir recours à un expert semblait incontournable et Fabien voulait en rester là. En effet, ils étaient un peu dans le flou. Comment défendre un client si l'on ne peut démontrer et évaluer son préjudice devant un tribunal?

Devant l'insistance d'Hubert cependant, Fabien se mit à relire le contrat signé par Desprit avec son fournisseur et vit apparaître à plusieurs reprises le mot de géo localisation. Ceci auparavant n'avait pas attiré son attention. De plus Desprit avait communiqué une pièce nouvelle à Hubert dont Fabien n'avait pas eu connaissance auparavant. Il s'agissait d'une annexe au contrat, un document assez général qui stipulait que le tribunal compétent sauf stipulation contraire pouvait être à Sofia. Dans les contrats internationaux c'est souvent un tribunal étranger aux deux parties qui est prévu, ce n'était donc pas le cas. Cela ennuyait vraiment Fabien de devoir aller plaider en Bulgarie pour défendre les intérêts de Desprit. Il commençait à voir cette affaire d'un autre œil. Sofia la ville natale de Tatiana, quelle coïncidence! Il constatait une fois de plus que d'accepter une relation personnelle de son épouse comme client n'avait pas été une bonne idée. Mélanger les affaires et sa famille n'était pas du tout dans ses habitudes. Hubert lui demandait l'autorisation d'agir, mais lui en tant qu'avocat savait très bien que rien ne l'obligeait à accepter de défendre une cause quelle qu'elle soit.

-Au jour d'aujourd'hui, je ne signerai pas pour ce type, Hubert. Je garde le dossier sous le coude et s'il est vraiment pressé dis lui que je m'en occupe et que je reviens bientôt. Bref fais le poireauter comme les autres. D'ici que j'aille mieux, peut-être qu'il aura reçu son matériel.

Après cela, il signa diverses procurations pour des affaires courantes et Hubert dût repartir bredouille du moins en apparence. En partant, il eut un regard appuyé sur l'interne de service, une très jolie brune aux yeux d'ébène qui venait s'enquérir de l'état de son patient. Ce jour là Hubert avait juste réussi à réveiller les doutes de son associé à propos de tout et en particulier à propos de Desprit .

Refuser un dossier était chose courante pour un avocat contrairement à un joueur d'échecs qui ne peut refuser de jouer l'adversaire qui lui est opposé. Le génial Bobby Fischer en savait quelque chose, lui qui fut destitué de son titre mondial pour avoir refusé de le remettre en jeu dans les conditions requises par les organisateurs et face à l'adversaire qui devait lui être opposé. En fait cet homme en allant très loin dans ses exigences a peut-être obtenu ce qu'il voulait : être champion du monde des échecs et le rester devant l'éternel. Dans l'histoire de ce jeu nul ne pourra dire qu'il a eu tort ou raison ni si, il aurait perdu ou gagné face à son challenger. C'est un peu comme si, il avait eu un accident qui l'aurait empêché d'accepter les cartes rebattues sans cesse. Nul doute que cet épisode du refus n'a pas arrangé ses affaires et qu'il fut la seule victime expiatoire de ses actes. La motivation d'un joueur est parfois à la limite du supportable .

Pour un avocat, il suffit de refuser l'affaire, mais la stratégie de Fischer inspirait Fabien. Il tergiversait sans prendre de décision, car il était hésitant et surtout il craignait de se dévaloriser au yeux de son épouse, en se lançant dans un procès qu'il ne pensait pas gagner. Encore une fois le Jeu servait de référence à Fabien...Le Jeu continuait son office le plus simplement du monde. Quant à savoir pourquoi son associé s'intéressait à ce dossier, cette question, Fabien ne se la posait pas:

"Hubert gérait les demandes les plus pressantes, c'était évident!".

--------------------------------

# 13 Une affaire de cœur

Il existe un jeu de carte qui s'appelle *réussite* et que l'on peut jouer en solo. Le jeu d'échecs ne consiste pas à réussir ni à échouer même si l'analogie peut faire penser le contraire. Le couple Tatiana, Fabien, n'était pas vraiment de ceux qui fonctionnent à merveille, mais il tenait. Fabien était très amoureux et surtout, il ne pouvait pas imaginer une seconde que son épouse ait pu échafauder un plan machiavélique qui aurait eu pour corollaire de le faire disparaître. Si parfois son couple lui posait question, il lui était impossible de penser le couple comme un affrontement. La sexualisation d'un conflit qui aurait pris naissance sur un échiquier n'était pas de mise. D'ailleurs si cela avait été le cas, il n'aurait jamais rien obtenu de Tatiana bien plus forte que lui au plan tactique et stratégique. Or, il avait réussi à avoir deux beaux enfants qui leurs donnaient à tous deux de grandes satisfactions. Certains pensaient peut-être qu'il avait obtenu cela en qualité d'homme et du fait de sa situation! Quelle hérésie !

Tatiana aimait par dessus tout la manière d'être de Fabien, qu'il soit devant ou derrière un échiquier n'avait pas d'importance. Il savait jouer des manches et qui plus est, il savait se mouvoir avec grâce, ce qui n'est pas donné à tout le monde. Fabien assumait le moindre de ses propres gestes, c'était un homme de conviction et cela se voyait. Tatiana était pour tout dire transcendée par la simple présence de Fabien et se croyait imbattable lorsqu'il était là auprès d'elle. Imbattable dans la vie. Sur un échiquier, c'était un peu plus compliqué, mais cela était vrai aussi. Les grands sportifs sont parfois superstitieux. La vérité c'est que hommes et femmes constituent ensemble l'unicité profonde de l'être, l'unique réalité tangible de l'humanité. Quelques êtres d'exception peuvent ressentir cela, Tatiana en faisait partie. Il suffisait que Fabien existe, que l'idée même de sa présence lui effleure l'esprit, pour qu'elle se sente prête à tous les calculs, tous les sacrifices qui font la nature profonde de ce jeu. Pour elle Fabien n'était pas du tout étranger aux échecs, il était les échecs, son bouclier fétiche sa protection rapprochée. Femme oblige! Comme Judith Polgar qu'elle admirait beaucoup, Tatiana disait aussi qu'elle n'avait "pas d'idole aux échecs". Pas d'idole certes mais pourtant un modèle.

Tatiana venait tous les jours rendre visite à son époux dans la chambre d'hôpital. Elle lui prodiguait soins et tendresses comme si rien de ce que faisait le personnel soignant ne pouvait suffire à son rétablissement. Elle s'inquiétait auprès des employés et de l'intendance qu'il fût bien traité et ne manquât de rien. Elle lui donnait mille conseils, se montrant impatiente de son regain de santé, brûlante du désir qu'il la prenne à nouveau dans ses bras.

Fabien pouvait-il imaginer une seconde que son épouse soit au centre d'un système mafieux ou de tricherie organisée. Certes non et d'ailleurs rien ne pouvait à ce stade l'en convaincre. Pourtant il se méfiait un peu. Chat échaudé craint l'eau chaude...Aurait-elle pu risquer de mettre en danger la vie de Fabien, elle qui ne pouvait pas se passer de lui? Non, non, certes non! Fabien en était sûr et encore une fois c'était le Jeu lui même dans toute sa complexité intellectuelle et psychologique qui l'avait convaincu de cela. Il s'en voulait même de faire des cachotteries à son épouse, de paraître plus mal qu'il n'était. Tatiana ignorait ce qui s'était passé. Il pouvait donc se confier à elle. S'en remettre à son jugement pour échapper à toutes ses angoisses post-traumatiques. Il l'aurait fait, c'était très clair, il allait le faire mais au moment ultime, le mobile placé sous son oreiller se mit à vibrer bruyamment et c'était l'Inspecteur qui était au bout du fil :

-Monsieur Darquin, en effet, vous aviez raison, votre GPS ne fonctionnait pas normalement. Nos services examinent l'appareil en ce moment même. C'est un modèle inconnu du fabriquant de la Dacia qui pourtant a été posé en usine nous ne comprenons pas! De plus, on a constaté la présence de toute une câblerie spécifique qui relie l'appareil à la porte arrière dont je vous ai parlé. Je passe vous voir, dès ce soir, car je souhaite vous interroger sur ce point. A tout à l'heure.

-Je vous attends, euh ?

Ce fut la seule phrase prononcée par Fabien qui était pour ainsi dire interloqué.

-Ah Tatiana, c'était l'inspecteur, il veut m'interroger à nouveau! Il ont trouvé quelque chose de bizarre...dans...!

Et il s'interrompit une fois de plus. En voyant Tatiana qui buvait littéralement ses paroles Fabien vit rejaillir le doute. Un doute qui avait le visage de Desprit et le charme de Hubert...Et puis il ajouta un peu perplexe :

-...l'affaire !

Bling boum, badaboum, voilà que l'accident devenait une affaire. Voilà bien le mot clé, une affaire.

-L'affaire? Demandait Tatiana un peu étonnée.

-Mais oui, tu sais bien. Une affaire c'est comme une partie d'échecs où on ne serait pas obligé de jouer. Pas de *zeitnot* (manque de temps). L'affaire si on ne s'en occupe pas trop ou si on tergiverse un tant soit peu *(louvoiement)* finira bien par être classée un jour ou l'autre. Ah ces fonctionnaires!

Tatiana savait bien que lorsque Fabien employait ce mot, ça voulait dire, un dossier qui sera classé ou qui traîne dans un bureau ou bien un truc énorme, mais jamais entre les deux. Et puis en attendant qu'un hurluberlu vienne ressortir une affaire classée, ça pouvait dormir longtemps. Ceci laissait aux coupables éventuels du temps pour effacer les indices... Tout le monde le savait. Surtout les coupables.

Rien de ce que Fabien disait jusqu'à cet instant ne semblait évoquer une affaire, mais sa référence permanente au Jeu lui avait commandé de dire ce mot plutôt que le mot "auto" qui aurait tout de suite alerté Tatiana. A cet instant il n'avait pas la moindre idée de ce que cela pouvait avoir comme effet sur son épouse. Au fond, il fallait bien dire quelque chose un peu comme quand on est obligé de jouer son coup aux échecs. Piéger son adversaire est une tactique courante, parfois voulue parfois involontaire, et pourtant c'est souvent une erreur. (Tel peut être pris qui croyait prendre) Dans la vraie vie, Fabien n'avait jamais essayé de piéger Tatiana ni volontairement, ni involontairement. Mais à cet instant précis, sa façon de réagir, le ton allusif de sa voix, ajoutés à l'ambiguïté du terme, constituaient véritablement une chausse-trape pour son épouse? Tatiana réagit au mot affaire en évoquant l'affaire Desprit ce qui pouvait laisser supposer une certaine implication de sa part ou tout au moins une sorte de curiosité pour ne pas dire un intérêt. Elle demanda à Fabien si la police s'intéressait à l'affaire Desprit et pourquoi. Cette fois-ci Dieu sait pourquoi, peut-être à cause de l'effet de surprise, Fabien répondit immédiatement, *(a tempo)* et sur un ton un peu rude qui ne cachait pas sa déception :

-L'Inspecteur s'occupe d'une affaire d'homicide sur ma personne.Tu ignores sans doute cela! Tentative d'homicide! Certes ce n'est pas un homicide puisque je suis vivant, mais il n'empêche que...

-Oui mais est-il certain que l'on ait voulu te tuer?

Ce point semblait bien avoir de l'importance pour Tatiana. Fabien ne fit pas attention à l'usage du mot "on", en lieu et place de quelqu'un. Il avait pris l'habitude de ne pas reprendre son épouse si elle commettait une imprécision de langage, considérant qu'il n'était pas son professeur de français et que c'était désobligeant de le faire trop souvent.

-Rien n'est sûr, Tatiana. Rien. La plaque d'huile était peut-être là par hasard...

Après cet échange, Fabien s'en voulait de n'avoir pas dit la vérité à Tatiana. Il l'avait laissée partir, sans rien dire, comme si elle était de trop, c'était bien la première fois qu'il agissait ainsi avec elle. Il se rassurait en se disant que ce n'était pas utile de l'inquiéter pour rien, que tout finirait bien par s'éclaircir et que ses soupçons s'en iraient comme ils étaient venus. Ce satané coup de fil avait fait mouche, certes le jeu venait à son secours quand il ne savait que dire ou que faire mais accepter ainsi la sonnerie du téléphone au fond, ce n'était pas le fait du hasard, c'était voulu. Depuis peu, Fabien répondait toujours au téléphone en présence de son épouse. Comprendra qui voudra mais pour un homme comme lui ce n'était pas anodin, cela montrait une forme d'indifférence, voire même une sorte de refus. Lui, il considérait que le temps passé avec ceux que l'on aime est trop rare et trop précieux pour être conditionné de cette façon et puis pour lui, c'était une question de savoir vivre. La société moderne détruisait l'intimité des couples, avec ces objets qualifiés de "progrès" technologique. Cela changeait souvent la donne, mais nul ne s'en préoccupait. Ça faisait partie de la vie et du conditionnement de l'homme par la modernité. On arrête pas le progrès pour tous, on éteint pas les portable, on ne coupe pas le téléphone, on décroche !

Lorsque Boudinov se fit annoncer dans l'après midi, Fabien revenait de sa promenade dans les immenses couloirs de l'hôpital et tentait de déchiffrer les nombreux messages qui s'étaient accumulés sur son téléphone mobile dernier cri.

-Bonjour M. Darquin. Je vois que vous semblez bien occupé...Avec les technologies modernes tout le monde est bien embêté, même la police y perd son latin.

-Oh non, ne vous en faites pas, on est toujours plus avancé qu'on le croit soi-même! Mais, dites moi, Inspecteur vous n'êtes pas venu pour me parler de mon téléphone. Qu'est ce que c'est que cette histoire de câblage?

Boudinov se prenant le menton entre le pouce et l'index expliquait la raison de sa venue avec d'infinies précautions.

-Euh, il y a fort à parier que...la personne qui vous a vendu la voiture ne savait pas ce qu'elle contenait. Sans doute une sorte de boite noire, posée en usine ou un serveur itinérant qui pour n'être pas localisable était dissimulé dans une voiture. Les services d'investigation qui s'intéressent à ce genre de matériel, (J'entends de la police, qui veut identifier et localiser certains serveurs) ne pensent pas à priori à une voiture. Tout semble indiquer que vous étiez un livreur involontaire, "une mule" comme on dit dans notre jargon. Comme il s'agit de matériel de haute technologie, ça dépasse un peu mes compétences. Nous pensons que votre véhicule pouvait avoir été télécommandé et que les bidons d'huile étaient juste là pour égarer les soupçons. Le véhicule devait semble-il être brûlé avec vous dedans, après que les malfaiteurs aient récupéré le matériel qu'il contenait. D'où la présence des bidons d'essence à proximité. Pourquoi ne l'ont ils pas fait? Nous l'ignorons, peut-être ont ils été dérangés plus tôt que prévu. Qu'en pensez vous M. Darquin?

-Que voulez vous que je pense? Cette histoire est complètement loufoque comment être sûr de quoi que ce soit?

Et puis devant le visage goguenard de l'inspecteur :

-Donc selon vous, il y avait un dispositif intégré dans ma modeste auto relié au GPS et qui aurait permis de télécommander la voiture? C'est ridicule! La voiture de James Bond, si je comprends bien?

Et puis Boudinov avec un air de celui qui ne dira pas tout :

-Pour la télé-commande ce n'est pas certain...

Fabien qui cette fois ci oubliait carrément le Jeu :

-Je me souviens parfaitement, Inspecteur que le GPS s'est mis à clignoter, ce qui a détourné mon attention de la route au moment de l'accident. A cet instant précis l'appareil indiquait une route droite, je n'ai donc eu ni le temps de tourner, ni même celui de freiner, avant de me retrouver dans le fossé à l'aplomb du précipice...

Dans certaines positions, on peut *répéter les coups ;* aux échecs cela montre que l'on est disposé à accepter la nulle. Parfois cela fait faire une erreur au joueur d'en face qui se croit gagnant. Fabien pensait à cela tandis qu'il répétait tout bêtement à l'inspecteur ce qu'il lui avait déjà dit. C'est comme au tarot ! Jeu blanc, partie nulle ! Sans rien dans son jeu que pouvait il donc espérer?

-Je suis en  blanc, je suis dans une chambre d'hôpital et vous ne cessez de me poser des question sans rien me dire de concret.

L'inspecteur repris:

-M. Darquin, cette affaire dépasse mes prérogatives d'officier de police, mais je vous crois innocent de tout. Les Renseignements Généraux vont reprendre l'enquête, mais avant que ces gens là vous mettent le grappin dessus, je tenais à vous voir pour éclaircir certains points. J'ajoute que, pour moi, vous êtes la victime et la seule chose qui m'intéresse est de confondre celui ou celle qui a essayé de vous tuer. J'ai besoin de savoir exactement ce que votre voiture a fait depuis votre retour de Sofia où, quand et comment. Votre itinéraire, vos habitudes avec l'automobile nous donneront des indices...Je vous écoute.

-J'utilisais très peu la voiture, cher Inspecteur, à part des déplacements en dehors de l'agglomération. La plupart du temps, elle était au garage.

-Ah?

Boudinov croyait peut-être que cette voiture avait pu servir à autre chose  que le transport sans  savoir à quoi...

Fabien ne comprenait pas visiblement pourquoi sa voiture était truffée d'électronique au point que même le pilotage de la voiture pouvait en être affecté. Il se disait intérieurement qu'il tirerait lui-même cette affaire au clair, sans avoir besoin des policiers pour cela. Après ces révélations de l'Inspecteur , il ne faisait plus aucun doute pour lui que Tatiana savait quelque chose et il se promettait bien de la faire parler, dès sa prochaine visite.

Les gens de L'Est sont extrêmement discrets, volubiles parfois mais discrets sur tout ce qui a trait à l'ancienne URSS.

Bien sûr, ils ont acquis leur autonomie par rapport à l'ancien bloc soviétique, mais ils restent viscéralement attachés à ce que l'on peut définir brièvement comme des liens ou des relations de maître à élève. Ces liens tissés entre les gens durant quatre vingt ans de communisme étaient peut-être bien le seul coté positif, ou vécu comme tel dans un système totalitaire, pour des millions de gens. C'est aussi un peu ce qui fait leur charme. Tatiana faisait partie de cette élite des classes dirigeantes qui avaient vu venir le vent bien avant la fin du communisme et sa position personnelle ainsi que celle de ses proches n'avait jamais été très claire.

Boudinov bien que français depuis toujours avait cette qualité, de savoir rester en retrait sur certains sujets lui aussi.

-Je comprends que vous voulez m'aider et me protéger cher Monsieur, ...euh ?

Fabien constatait qu'il ne connaissait pas le prénom de l'inspecteur, ce qui lui semblait étrange, quelque chose comme une dissonance...

-Alexander Boudonov pour vous servir !

-Ah oui, pardon, M. Boudonov !

Se retenant de l'appeler Alexander tellement ils étaient devenus intimes depuis ces cinq semaines passées à se consulter mutuellement.

Boudonov ou Boudinov, décidément ça ne changeait pas grand chose et Fabien eut un air goguenard mais s'abstint de tout commentaire.

-Au fait, puisque nous en sommes aux mondanités, il y a une question qui me taraude l'esprit depuis que je vous ai vu pour la première fois.

-Ah bon, laquelle ?

-Qu'est ce qui vous plaît tant que ça dans les échecs ?

-A quel point de vue ?

-Vous reveniez d'un tournoi, j'imagine que pour participer à ce genre de compétitions, il faut être au minimum un fervent adepte du jeu ?

Diable voilà que Boudinov semblait avoir tout saisi, pensa Fabien !

-Oui vous avez raison, j'aime bien ce jeu , c'est le seul truc ; pardonnez moi l'expression , mais c'est vraiment le seul truc où on ne me demande pas d'être en représentation, de jouer un rôle si vous préférez. Vous voyez c'est bizarre mais pendant une partie d'échecs, je n'ai pas l'impression de jouer à être quelqu'un !

-Vous m'en direz tant ! Répondit l'inspecteur avant de prendre congé avec tact , comme à son habitude .

Il eut un petit geste à la Colombo, semblant se raviser ce qui interpellait l'intelligence de Fabien :

-Euh à propos d'échecs, veuillez transmettre mes hommages à votre épouse. Elle en revanche quand elle joue, elle joue...

Cette remarque un peu acerbe plongea Fabien dans une profonde méditation, il ne lui restait plus qu'à interroger son épouse, ce que Boudinov ne pouvait pas savoir.

---------------------------------

# 14 Complications

Ce jour qui avait suivi les révélations de Boudinov était un jour de canicule. Fabien était encore dans sa chambre d'hôpital et bien que mieux, il avait souffert de la chaleur, tout le jour durant. En attendant la visite du soir de son épouse, il songeait à tout ce qu'elle pouvait représenter pour lui et pour son entourage, à qui elle était et surtout quelle stratégie adopter vis à vis d'elle.

Tatiana était ce que l'on peut appeler une jolie femme et elle savait en plus se mettre en valeur. Rien de trop, juste un maquillage discret, des sourcils fins et bruns qui accompagnaient un regard profond de la même couleur que l'ambre des forêts. Son visage aux traits réguliers lui donnait presque un air de madone, mais s'illuminait étrangement et séduisait hommes et femmes lorsqu'elle ébauchait à peine un sourire. Fabien ne savait pas résister aux charmes de son épouse, car lui, en plus, il savait ce que cette personne pouvait être dans l'intimité : une perle rare, une once de douceur et de fermeté, une mère, une femme comme il n'en connaissait pas d'autre.

Le charisme et la séduction que pouvait inspirer Tatiana ne jouait pas que sur Fabien bien sûr. Elle inspirait du respect à tous les gens qui la côtoyaient, un respect mêlé d'admiration et de considération, mais aussi quelque fois, elle inspirait du désir...désir de lui plaire, désir de se lier d'amitié avec elle.

Fabien le disait souvent: "Lorsqu'on a épousé le charme en personne, il faut accepter l'idée que cela puisse plaire à d'autres."(Sous entendu aux hommes, même si ce n'était pas très clair)

Boudinov à coup sûr, comme tout un chacun n'était sûrement pas insensible à l'aura de madame l'épouse de Maître Darquin, mais il se gardait bien de le montrer.

Il savait lui aussi que le régime soviétique avait tenu d'une main de fer les ressortissants des pays alignés et qu'il en restait toujours quelque chose. Une sorte de crainte éphémère, mêlée d'un sentiment trouble qui s'apparente à la reconnaissance et au refus en même temps. L'image du père ou de la mère patrie contrariée. Bien que contrôlés de très près par le régime soviétique et ses apparatchiks, moult sportifs de cette époque qui avaient la possibilité de voyager ont pris la tangente lorsque l'occasion s'est

présentée. Tatiana s'apprêtait à le faire comme beaucoup et elle l'aurait fait si la ligne Gorbatchev n'était advenue juste à ce moment là. Un moment clé pour elle, car c'est à cette époque qu'elle avait rencontré son mari. Celui-ci subodorait quelque chose, quelque chose plus en rapport avec la période qui a suivi la Glasnost où les Apparatchiks du régime soviétique ont pu prendre les postes les plus importants dans les entreprises privatisées. Tatiana Petrovna Ilieva aurait-elle eu quel qu'intérêt dans un commerce quelconque? Cela n'aurait pas étonné Fabien. Ils ne parlaient que très rarement business ensemble. Chacun son truc. Fabien, l'avocat, ne savait pas grand chose du travail de Tatiana la championne, et réciproquement. A part que dans un cas comme dans l'autre, il convenait de faire preuve d'une certaine maîtrise. Cependant Fabien se demandait parfois si la passion des échecs ne l'avait pas rendu aveugle et si son amour pour Tatiana ne venait pas de là. C'était très curieux en fait, que les communistes soviétiques aient accordé autant d'importance à ce jeu, considéré comme le jeu des rois beaucoup plus que le roi des jeux. Plus encore que le faible coût du matériel, c'était la facilité d'apprentissage des règles qui semblait avoir mobilisé les passionnés et les dirigeants de cette immense contrée sans qui le jeu aurait été mis au ban des accusés. S'approprier ce jeu pour montrer ou démontrer que le peuple était tout aussi capable que les exploiteurs de tous poils n'était en fait que la version officielle. Ce qui apparaissait peut-être comme le joujou idéal pour petits et grands était donc devenu une véritable affaire d'état en Union soviétique. Le jeu d'échecs recèle en lui-même des possibilités cachées et il n'a pas fini de surprendre ici, là bas ou ailleurs .
Tatiana aurait-elle eu un intérêt dans cette transaction automobile que ça ne surprendrait pas plus que ça son mari et encore moins Boudinov, mais l'un comme l'autre ne pouvaient pas croire qu'elle soit impliquée dans "l'accident". Être pris pour une "mule" ne faisait pas plaisir à Fabien, ça c'était clair! Il devait en avoir le cœur net, foi d'avocat, foi de Darquin. Le temps de l'attente était fini, il fallait agir et comme dans une partie d'échecs agir c'est valoriser ses points forts et se débarrasser ou minimiser ses points faibles. *Transformer un avantage minime en avantage tangible*, comme l'avait expliqué le grandissime Kasparov dans son livre. Il avait

l'information, il savait des choses, c'était son seul avantage. Comment valoriser cela? Son idée de laisser faire le Jeu ne fonctionnait pas, à moins que le jeu ne soit tout autre, qu'il s'agisse en fait d'autre chose que les échecs. Les échecs avaient pour ainsi dire déjà rempli leur rôle de conseil. Échanger, poser des questions au moment opportun. Aux échecs on dit parfois que *poser une question* à la dame ou à une autre pièce est une stratégie intéressante pour passer d'une position donnée, peu prometteuse à une autre position où les possibilités de jeu sont meilleures. Il ne s'agit pas uniquement de vouloir gagner par ce biais ni d'une question de sémantique, mais bel et bien d'une stratégie. Pour le bon joueur une position insipide où presque rien n'est possible ne peut pas être satisfaisante, il essaie donc de changer la position et cela passe souvent par des *questions*. Cela suppose *une possibilité d'échange* pour l'adversaire, souvent difficile à évaluer reste à savoir si la *proposition d'échange* est acceptée ou pas. C'est ainsi que l'on peut passer d'une situation à une autre. Il fallait donc soumettre Tatiana à la question, ce qui rendait Fabien un peu nerveux, car il savait son épouse redoutable. Il devait être des plus incisifs, s'il voulait obtenir des réponses, et surtout aborder le sujet qui le préoccupait le plus. Ayant à peine effleuré le doux visage Tatiana en guise de bonjour, il s'exprima immédiatement :

-Tatiana, comment se fait-il que cela n'aille plus très bien entre nous? Je te sens inquiète. Aurais-je fait quelque chose qui ne convienne pas qu'est ce donc qui te rend si distante vis à vis de moi ?

Tatiana, complètement effarée:

-Bien sûr que non, qu'est ce que tu racontes, que dis tu?

Et puis Fabien, immédiatement plaçant son argument, sa pièce maîtresse:

-L'inspecteur pense qu'il y avait des marchandises suspectes dans la voiture. C'est ta cousine qui nous l'a fait acheter à Sofia. Qu'en penses-tu?

Transformer une question de confiance en un problème de couple, voilà bien une chose étrange que Tatiana ne pouvait pas contrer facilement.

-Des marchandises ?

-Oui, quelque chose qui ait une certaine valeur marchande! Bon sang, je parle français, n'inverse pas la question s'il te plaît? Tu n'as pas idée de quoi, il peut s'agir?

-Pourquoi aurais-je une idée là dessus?

L'art de ne pas dire non! La voie était ouverte, Fabien pouvait placer son idée, jouer sa carte, avancer *une pièce* importante...Tatiana refusait de répondre franchement, il allait donc agir sur le thème de la confiance.

-Moi non plus je n'ai pas d'idée sur ce mystère. J'aurais besoin de voir ma secrétaire. Pourrais-tu lui demander de passer demain en tout début de matinée. Je ne veux pas l'appeler au bureau, tu sais qu'elle habite à deux pas de chez nous. S'il te plaît, va sonner à sa porte ce soir et demande lui de passer me voir vers neuf heures demain matin avant d'aller à son travail. Je veux lui dicter un courrier pour l'affaire Desprit!

-Mais ta secrétaire, je ne la connais pas !

-Mais si tu la connais, c'est mademoiselle Sitter, Angèle, notre voisine qui habite dans le cottage du bas, elle a emménagé cet été près de chez nous... avec sa vieille mère dont elle s'occupe.

-Non?

-Si! Ah excuse moi, je croyais te l'avoir dit! Ça n'a pas d'importance.

Cette femme que Tatiana ne connaissait pas avait à peine trente cinq ans, c'était une jolie blonde qu'elle avait croisée parfois en rentrant chez elle. Elle la saluait souvent en pensant se lier d'amitié avec elle dès qu'elle aurait un peu de temps...Pourquoi pas ? Et c'était la secrétaire de Fabien la fameuse Angèle !

-Ah oui en effet, j'ai entr'aperçu cette personne dans le voisinage! Mais dis moi ce n'est pas possible , je croyais que ta secrétaire était plus âgée ?

-Ah bon et qu'est-ce te faisait croire ça ?

Tatiana eut un de ces sourires qui renversent les cœurs et sauta immédiatement du coq à l'âne, si on peut dire bien que l'âne ne soit pas un bêta.

-Mais à propos de Desprit, qu'est ce que tu comptes faire? Son dossier est sérieux tu sais c'est un personnage très connu dans le monde des échecs...

-Je dois lui écrire pour lui présenter mes excuses...et avoir quelques précisions qui me manquent.

-Ah bon! Ne t'inquiètes pas mon chéri, je suis avec toi, je serai toujours là ! Je passe prendre les enfants à l'école et j'irai trouver ta secrétaire pour lui dire de venir te voir!

Et puis, dans la seconde qui suit avec l'air de rien:

-Je vais tâcher de me renseigner par la bande sur les gens qui nous ont vendu la Dacia et je te tiendrai au courant. Ceci me parait très étrange, qu'il puisse y avoir aiguille sous roche! L'inspecteur ne t'a rien dit de plus?

Fabien un peu agacé:

-Anguille ! Non, il compte sur nous pour en savoir plus. Mais Desprit ? Tu dis qu'il est sérieux ?

-Oui mais j'ignore ce qu'il en est de son affaire. C'est un éditeur de logiciels, une grosse tête de l'informatique. C'est quelqu'un qui vend des produits aux joueurs d'échecs et à la Fédé. Les affaires d'argent ce n'est pas son point fort...

Euphémisme s'il en est. Fabien commençait à trouver cette discussion trop longue et il proposa à sa charmante épouse de se retirer d'autant plus qu'on venait déjà lui servir son dîner un peu tôt. Les horaires de l'hôpital ne sont pas toujours en adéquation avec le reste du monde.

Tatiana bien que troublée par la soudaine froideur de son mari, lui posa encore un joli baiser sur la bouche avant de quitter la chambre. Un de ces baisers qui vous tranquillise pour la nuit à défaut d'autre chose.

Énorme surprise pour Fabien *l'échange des dames* du parloir n'était pas accepté, contrairement aux apparences. Changement de cap, changement de posture, changement de position . Comprendra qui voudra! *Complication ou piège tactique?* Tatiana tenait la rampe et ne lâchait pas.

Décidément, le Jeu n'avait pas fini de lui réserver des surprises. Fabien du point de vue de son épouse restait hors jeu, comme un anti-héros car c'était plus qu'évident, une autre partie se jouait ailleurs pour elle, sans lui, même si elle se gardait bien d'en parler.

---------------------------------

## 15 Instant critique

Le père de Fabien avait été un homme grand d'un mètre quatre vingt six, une force de la nature, il s'appelait Luca. Fabien n'était ni petit ni grand, il était normal et avait épousé une Bulgare qui prêtait peu d'attention à ses attributs physiologiques, du moins en apparence. Orphelin de père et de mère, car il les perdit tous les deux dans un accident de voiture, Fabien n'avait que ses enfants, son épouse et une vieille tante au fin fond du Beaujolais à Beaujeu.

Fabien, en fait, était un homme seul, d'un certain point de vue, contrairement à Tatiana qui avait moult cousins et cousines, même si elle vivait loin de chez eux.

Le positionnement type du joueur d'échec lui convenait à merveille, car c'est un jeu où l'on est vraiment soi-même. Comme disait Vishy Anand le seul champion de l'époque qui parvenait à contester la suprématie aux joueurs russes :

"Personne ne voit comment vous jouez, alors jouez !"

En effet rares étaient ceux qui regardait les parties de Fabien ou sa façon de jouer et quand bien même cela aurait été, aurait-il mieux joué pour autant? Pourtant la posture du joueur lui était familière. Il se sentait réconforté quand il se posait devant un jeu d'échecs.

Pour l'amateur, jouer aux échecs est une récompense qui vient après le travail et non pas l'inverse. Pour le professionnel, la récompense ce n'est pas de jouer, elle est d'un autre ordre, financière ou glorifiante. L'amateur et le professionnel se rejoignent quelque part dans le jeu, quelque part où brillent les coupes, la notoriété et le prestige qui les attirent parfois et récompensent leurs efforts.

Une *dame mal placée* c'est très ennuyeux, il fallait en avoir une autre qui puisse agir... Aux échecs, il y a *la promotion*. Un *pion* qui atteint la dernière *rangée* peut être transformé en *dame,* la pièce la plus puissante des échecs.

Tatiana jouait un autre jeu que le jeu de son mari, il en était plus ou moins conscient, car il comprenait son épouse légitime à demi mot. Cette femme, qui avait toujours été la secrétaire de son mari était donc devenue sa voisine, sans même qu'elle en soit avertie! Nul doute que ceci allait la faire gamberger un tant soit peu de ne pas l'avoir su, même si c'était relativement récent. Pour Fabien c'était comme qui dirait une sorte de *compensation* à la souffrance que lui causait ses doutes et il en savourait les effets en termes d'impact. Pourtant Tatiana à son niveau d'entendement avait bien assez de répondant pour relativiser cette *nouveauté*..

Le Jeu, se disait Fabien, est plus fort que les plus forts joueurs car il vit sa propre vie et ne cesse d'en montrer à tous sur ses propres capacités. Nonobstant la légende bien connue qui a trait au jeu d'échecs dont les origines sont un peu confuses, Fabien avait sa propre interprétation du phénomène. Il voyait ce jeu comme une sorte de clin d'œil des civilisations antiques qui selon lui l'auraient inventé, certes pour se distraire, mais avec l'idée de transmettre un message plus ou moins codé aux civilisations du futur : *"Voyez quel degré d'abstraction nous sommes en mesure de concevoir avec ce combat imaginaire entre deux royaumes. Comprenez vous ceci, vous qui serez là sur cette terre, dans quelques milliers d'années?"*

Pas sûr que d'autres que Fabien aient vraiment compris le message, pas sûr non plus que le message soit bien passé. D'un certain point de vue, on cherche encore la vérité, peut-être même du coté des extra-terrestres. Mais voilà, on ne connaît pas les inventeurs, on sait seulement que ce jeu vient des temps les plus reculés et qu'il a évolué. Peut-être que le Jeu s'est auto-inventé puisqu'il est si puissant. Comment se fait-il qu'un jeu ait pu occuper les esprits les plus aiguisés, les plus avertis, dans toutes les civilisations qu'il a traversées? La Perse, la Chine, les Indes, l'Europe certes en évoluant au fil du temps mais toujours avec la même idée. Est-ce que l'on se rend bien compte qu'aujourd'hui encore, il asticote les chercheurs de tous poils qui voudraient bien en finir avec lui ? L'informatique ne l'a pas tué, bien au contraire, elle lui a donné un champ inexploré, un nouveau champ d'analyses où il continue son chemin, en dehors des humains et de leurs calculs. Les batailles entre les logiciels et microprocesseurs qui s'affrontent à travers lui sont tout aussi intenses que les batailles entre les humains. Toujours présent depuis des millénaires dans la vie des humains, le voilà à présent dans la vie des ordinateurs et des robots qu'il parvient certainement à distraire de leurs tâches fastidieuses. *(Sic transit gloria mundi)* Il a changé la vie de bon nombre de personnes, mais ça c'est comme tous les jeux, toutes les passions, comme les arts et les sports. A la différence cependant qu'à lui, personne ne lui en tient grief. On n'entend personne se plaindre d'une addiction aux échecs qui aurait eu des effets pervers. A part peut-être Fabien qui cherchait des *compensations* à un amour sans failles, qui "l'aurait" entraîné au bord d'un précipice. Il en était là de ses pensées quand il fixa son regard sur un film télé ultra violent où tout le monde trucidait tout le monde sans que l'on sache très bien pourquoi, juste pour passer dans une rue bloquée! Trop compliqué pour moi, se dit Fabien et il éteignit la télé avant de s'endormir.

*Garry Kasparov, un des rares champions du monde connu de tous, a écrit que dans une partie d'échecs, il y a toujours un instant critique.* C'est peut-être l'aboutissement d'un processus de *transformation* évoqué également par le même homme.

Fabien avait-il atteint un point critique? Le savoir lui eût permis d'y voir plus clair. C'est à cela qu'il pensait en se réveillant le matin : "Point critique ou pas? Est-ce l'instant de crise qui intervient souvent aux alentours du trentième coup dans une partie? Et puis, à quoi bon s'en faire puisque c'est le Jeu qui joue, c'est lui qui détient les clés de l'énigme. Où en étais-je, à quoi diable jouait-on?" Ceci en voyant arriver sa secrétaire accompagnée de l'infirmière de service. Renseignements, amour, jeu, business, rien n'était clair pour Fabien Darquin, rien !

-Bonjour Maître, je suis heureuse de vous voir en meilleure santé, j'ai eu des nouvelles par votre associé, elles n'étaient pas bonnes.Comment allez vous à présent?

-Ah, il vous a inquiétée inutilement, je vais mieux Angèle, beaucoup mieux!

Sans savoir pourquoi, Fabien appelait sa secrétaire Angèle et non pas Angela. A la longue, elle s'y était faite même si elle n'aimait guère ce prénom francisé. Angela était née dans une famille d'immigrés allemands, ce n'était pas vraiment une demoiselle, elle était inconsolable, car l'homme de sa vie était mort dans un accident d'avion. Pour la circonstance elle avait revêtu un joli tailleur bleu turquoise qui soulignait merveilleusement bien ses formes arrondies et son teint clair. La jupe courte et seyante, légèrement fendue au dessus du genou contrastait quelque peu avec les robes longues et grises sur chemisier blanc qu'elle avait coutume de porter au Cabinet. Fabien, lui avait bien remarqué ce changement, mais il n'en dit rien, il avait enfilé une très belle robe de chambre offerte par Tatiana? Cela lui donnait un air de samouraï avec ses pansements. La lettre n'était qu'un prétexte et il ne s'attendait pas à voir venir Angèle aussi vite. Elle engagea habilement la conversation :

-Vous savez, votre épouse a été charmante. Nous avions déjà bavardé auparavant, elle ne savait pas. Je ne lui avais rien dit, car je ne voulais pas compliquer vos relations familiales. Il est vrai qu'elle aurait pu être étonnée que je m'installe si près de chez vous, comme ça sans raison.

-Écoutez Angèle, rappelez vous, je vous avais demandé de ne rien dire, car je ne voulais pas entendre parler boulot à la maison.

-Ah oui, c'est vrai vous faites bien de me le rappeler, j'avais oublié. Angela était proche de son patron, elle l'admirait beaucoup. Hélas pour elle, Fabien ne la considérait que comme une secrétaire sans que cela soit péjoratif de son point de vue. Il n'imaginait pas qu'elle puisse faire autre chose que de répondre au téléphone et taper ses comptes-rendus ; la vieille école en somme. Il était un peu vieux jeu de ce point de vue. Angela était une femme intelligente et discrète, elle pouvait donc lui être utile à d'autres tâches. C'était à cela qu'il pensait en la voyant ce jour là, alors qu'il se demandait comment lui expliquer la situation. Il repensait à cette idée *d'échange de dames* et se sentit soudain un peu gêné de se retrouver avec elle dans une chambre, fût-ce une chambre d'hôpital. Le jeu lui avait suggéré cette idée folle qu'il lui fallait une *dame active*. Il pouvait songer à une *promotion* pour Angela, il devait lui en parler mais c'était un peu délicat étant donné les circonstances. Pour se donner un peu de contenance, Fabien commença à dicter un courrier:

-Voulez vous bien prendre notes Angèle ?

-Oui bien sûr je suis là pour ça, n'est-ce pas ? Répondit-elle en ouvrant gracieusement son attaché-case.

-Monsieur, Comme suite à notre affaire, je suis au regret de ne pouvoir donner suite à votre requête d'un recours en justice. Les éléments du dossier ne me paraissent pas suffisants pour engager une...

Il n'eut pas besoin de continuer plus avant car Boudinov venait d'arriver et il semblait très agité :

-Habillez vous, je vous emmène avec moi au Commissariat, j'ai l'autorisation de vos médecins. Nous venons d'arrêter deux trafiquants d'armes et leur signalement correspond aux personnes entr'aperçues par l'agriculteur. Même si vous n'avez pas vu les individus peut-être que leurs visages ou leurs voix vous diront quelque chose et je dois enregistrer votre déposition. J'ai besoin de savoir si vous les avez déjà vu, ils sont bulgares.

-Vous ne prenez même plus la peine de me téléphoner, Inspecteur ! Vous tombez mal, je suis avec mon Assistante, Angela...Euh, je veux dire Angèle qui est là !

Celle-ci avait eu un regard aussi vif que l'éclair en direction de Fabien. C'était la première fois qu'il l'appelait ainsi, par son vrai prénom et qu'il prononçait le terme d'Assistante pour la présenter. D'habitude c'était à peine s'il tenait compte de sa présence en public. Elle était "Angèle qui est là pour prendre des notes". C'était à peu près tout ce qu'il savait dire quand quelqu'un faisait mine de lui parler ou de lui être présenté. Tout en saluant l'Inspecteur, Angela venait de comprendre que son patron avait changé et avait vraiment besoin d'elle.

-Ah oui, bonjour madame excusez moi, je suis Inspecteur de police, je vois bien que je dérange, mais il y a urgence.

-Le courrier?

-Oui Angela ...Laissons cela pour l'instant, ça peut attendre, si Desprit se manifeste encore dites lui que rien ne presse que nous reverrons tout cela ensemble très bientôt. Pas la peine de déranger Hubert, je me chargerai personnellement de ce dossier. Pour le reste vous savez quoi faire vous avez l'habitude. Je n'en ai plus pour longtemps à être ici, appelez moi demain.

Et puis se tournant vers Boudinov.

-Je suis à vous inspecteur, je m'habille et je vous rejoins à l'entrée dans un instant.

Dans la voiture, Fabien expliquait qu'il n'avait vu personne et qu'il lui serait bien difficile d'accuser qui que ce soit. Ce n'était visiblement pas le problème de Boudinov.

L'inspecteur voulait seulement faire impression, car il ne s'y retrouvait pas. En arrivant au commissariat Fabien crut apercevoir Tatiana qui en sortait.

-Ai je bien vu?

-Oui c'est votre épouse, nous l'avons interrogée, elle aussi et elle ne reconnaît pas les suspects. Ne vous en faites pas votre épouse n'est pas soupçonnée dans cette affaire ...

-Ah, bon!

-Au fait vous ne m'aviez pas dit qu'elle utilisait aussi la Dacia, elle n'était pas toujours au garage!

-Ah oui, c'est vrai, elle la prenait parfois pour faire les courses et acheter du pain. Il y a une boulangerie qui est assez loin de chez nous et qui fait du bon pain...Et puis, il fallait bien faire tourner le moteur de temps en temps pour pas que la batterie se décharge...

-Tous les jours ?

-Oui mais pas pour rouler. Pourquoi toutes ces questions à propos de la voiture ?

-Moins vous en saurez, mieux ça sera pour vous !

La confrontation avec les trafiquants fut assez rapide et Fabien n'était pas en mesure d'affirmer quoi que ce soit. Il croyait reconnaître un joueur d'échecs entr'aperçu mais n'en fit pas mention. Après que la police eût pris la déposition, l'inspecteur se fit un plaisir de raccompagner Fabien, puis, plus détendu il se mit à faire quelques confidences.

-Vous savez Maître, nous soupçonnons ces hommes de faire partie d'un réseau de trafiquants d'armes, mais nous manquons de preuves, ils seront sans doute relâchés. Ils ont été arrêtés à la frontière italienne avec entre autres marchandises des GPS dans leur camionnette. Deux, pour être exact et qui correspondent au modèle qui équipait votre voiture. C'est un modèle qui provient d'un stock volé, (cent exemplaires) en France à Gorges les Gonesse et qui étaient destinés à des véhicules de l'Otan. Ces appareils assemblés en France possèdent des composants en provenance des USA qui sont interdits à la réexportation et ces individus sont soupçonné d'en connaître la provenance. Cependant il y a fort à parier que ce soient comme vous de simples "mules" plutôt innocentes.

Cette fois-ci, Fabien se faisait tout petit au fond de son siège auto. Décidément la police française était au top, avoir fait ce rapprochement aussi vite lui semblait vraiment exceptionnel. Il se dit que ses histoires de jeu d'échecs étaient bien ridicules au regard de ce qu'il venait d'entendre.

-Matériel interdit, mais pourquoi?

-Il y a un enjeu planétaire, ces équipement n'étaient destiné qu'à équiper des véhicules militaires et le seul fait qu'une puissance étrangère ait pu mettre la main dessus était une vraie catastrophe.

-Étaient ?

-Oui étaient, bref je vous en dirai plus si besoin est, sachez seulement que ce type de matériel est indétectable par les radars et tout autre moyen de repérage ou de communication que ceux programmés par l'utilisateur. C'était le cas de votre Dacia, en somme quelqu'un voulait éviter à tout prix que votre véhicule puisse être repéré d'où la présence de cet équipement. La question est qui et pourquoi? Elle apparaît pourtant relativement secondaire par rapport aux enjeux militaires...

Fabien plutôt interloqué et malgré son désir de poursuivre s'avisa encore une fois de se taire non sans avoir lancé une boutade à l'inspecteur.

-C'est pas un peu de la frime tout ça ?

-Non, sûrement pas, sans votre témoignage et votre idée d'expertiser le GPS nous n'aurions pas pensé à regarder ça et à ressortir ce dossier qui dormait depuis trois ans. C'est sérieux.

Fabien réalisa subitement que l'enquête ne faisait que commencer.

---------------------------------

# 16 Dame !

L'échange des dames ayant été évité par les intéressées et peut-être même avec brio, il ne restait plus à Fabien qu'à trouver autre chose. Le Jeu n'allait pas tarder à lui en donner l'occasion. Bien que cela ne plaise pas à Fabien, il fallait qu'il continue de ne rien faire. Évidemment le terme *ne rien faire* est une façon de dire les choses qui n'avait rien à voir avec le "far niente". Ne rien faire, donc, ou bien louvoyer ; la configuration d'ailleurs ne se prêtait guère à autre chose. Louvoyer avec Angela qui allait revenir, louvoyer avec son épouse mais aussi avec l'Inspecteur pourtant coopératif, cela lui semblait un peu étrange. Cependant, il continuait dans cette voie de calculs furtifs, ce qui lui évitait tout engagement personnel qui aurait été à la limite du raisonnable.

Lorsqu'il rejoignit sa chambre, il fut d'abord surpris d'y trouver Angela. Il lui avait pourtant dit de partir, que la lettre pouvait attendre, mais elle était encore là.

-Ah vous êtes là, je vous avais dit d'y aller !

-Euh, oui ! J'avais quelques courses à faire dans le quartier, j'en ai profité et puis, je me suis dit que vous seriez peut être satisfait que je sois encore là. Ce matin nous n'avons pas pu avancer vraiment! Et puis je m'inquiétais un peu pour vous. Cet inspecteur n'a pas l'air commode, un peu brusque non ?

Fabien se sentait  incommodé par tant de sollicitude :

-Non, non pas de problème, ne vous inquiétez pas tout va bien !

Et puis plutôt ennuyé de devoir dicter cette lettre qui n'était qu'un prétexte pour faire venir Angela:

-Je vous ai fait demander, non pas pour dicter la lettre, mais parce que je voulais vous voir...

-Me voir ?

-Oui, pardonnez moi cette manœuvre, mais je voulais faire comprendre à mon épouse qu'il y a d'autres femmes dans ma vie, car elle semble croire qu'elle seule peut m'aider dans la situation présente.

Cette phrase sibylline fit un effet terrible sur Angela, bien que légèrement déçue elle voyait qu'elle pouvait jouer un autre rôle dans la vie de son patron. Elle réalisa qu'il pouvait se servir d'elle à son insu et cela ne lui plaisait pas du tout .

-Vous êtes incroyable, vous ne savez donc pas ce que vous représentez pour moi ? Il y a cinq ans que je travaille avec vous, cinq ans que je brûle d'entendre un mot gentil de votre part et voilà que vous me parlez de vous aider. Mais bien sûr que je vais vous aider! N'avez vous pas remarqué que...je ne demande qu'à vous servir...Fabien !

C'était la première fois qu'elle prononçait son prénom. Elle s'approcha de Fabien qui s'était assis tout près de la petite table, elle posa délicatement sa main sur son épaule, puis la fit glisser doucement à l'intérieure de sa chemise entr'ouverte. Se ravisant, elle fit un pas en arrière :

-Si vous n'étiez pas si distant, si mal en point comme aujourd'hui, le savez vous, j'y pense depuis toujours, j'ai énormément d'affection pour vous... je vous aime !

Fabien eût une moue réprobatrice qui pouvait être interprétée de différentes façon et Angela reprit en posant sa main sur la bouche de son patron:

-Ne vous inquiétez pas, je vous suis dévouée, si c'est cela qui vous chagrine. Ce n'est pas vraiment de l'amour mais si vous le vouliez....

Être aimé de Angela, l'amour, en voilà une découverte, en voilà une idée que ce jeu bizarre venait de révéler à Fabien.

Très souvent, l'amour du jeu est considéré comme une sorte d'addiction, mais quand on aime et que l'on se sait aimé, tout change. Le Jeu se retrouve à sa juste place à savoir ailleurs, il devient un art ou un divertissement. Voilà que Fabien à présent se savait aimé, alors qu'avec Tatiana, il s'était toujours posé la question. Sa femme ne lui disait pas je t'aime. Peut-être ignorait-elle le sens de ce mot, peut-être que dans la langue bulgare ça ne se disait pas? Tatiana était surtout démonstrative, elle montrait plus qu'elle ne disait.

Fabien se devait de freiner les ardeurs de son assistante, bien sûr c'est ce qu'il fit, mais elle lui plaisait aussi. Il ne fit rien pour la mettre mal à l'aise, mais il fit mine de s'en aller ce qui eut pour effet de la déstabiliser.

-Bon, si vous n'avez rien d'autre à me dire, je vais y aller... Je serai au Cabinet demain matin.

-Je compte sur vous, Angela pour suivre les dossiers, et surtout me tenir au courant de ce qui se trame. Hubert n'a pas à trop fourrer son nez dans mes dossiers, d'accord? Je suis sûr que vous vous y prenez très bien et que vous pouvez allégez sa charge de travail en mon absence. Faites attendre le maximum de choses, j'ai besoin d'y voir plus clair avant mon retour. Nous nous reverrons très bientôt...

Tout cela venait d'un quiproquo. Ce n'était pas pour la voir qu'il avait choisit ce prétexte du courrier, mais ce message était passé par Tatiana et cela suffisait à Angela, c'était clair, elle faisait désormais partie de son cercle rapproché. Inutile de louvoyer encore, pensa Fabien, je ne pourrai pas inverser la vapeur, c'est irréversible, je vais avoir une liaison avec Angela un jour ou l'autre. Il s'en fallut de peu qu'ils n'échangent quelques baisers, mais au regard d'Angela, il voyait bien que c'était possible.

"Aimer ! Savons nous vraiment qui nous aimons, et qui nous aime ?" Bien sûr Fabien se disait qu'il n'aimait pas Angela, pas vraiment. Pourtant, d'un certain point de vue, elle commençait vraiment à lui plaire.

Tatiana, elle, de son côté, avait d'autres chats à fouetter. Elle se savait suspectée, surveillée, même après son interrogatoire mais elle n'en dit rien à Fabien qui ne lui était d'aucun secours. Elle devait mener son enquête pour essayer de dénouer les fils d'une énigme. Pourquoi cet accident, était-ce un accident ou une tentative de meurtre? Qui savait quoi? Elle fit ce qu'elle avait dit à Fabien: se renseigner auprès de ses compatriotes, mais elle était dans une toute autre configuration que son mari, son problème était ailleurs. Au téléphone avec sa cousine, Olga, elle ne mâchait pas ses mots :

-Mon mari a failli être tué! Qui savait quoi, qui pouvait savoir qu'il y avait du matériel dans cette Dacia, à par toi et ceux qui l'ont posé ?

Questions inutiles, la cousine raccrochait et Tatiana n'obtint rien de plus, rien de plus que ce qu'elle savait déjà. Pour elle la partie était de plus en plus difficile. Son moral vacillait, elle était à deux doigts de craquer. Quand survint un événement des plus étranges : Elle reçut un appel. Quelqu'un qu'elle ne connaissait pas et qui se disait envoyé par ses amis russes, ses amis d'antan.

-Je suis un entraîneur indépendant, un coach, j'ai déjà entraîné de très bons joueurs comme assistant. Je fais partie d'une Organisation indépendante. Nous voulons gagner le titre mondial féminin et nous pensons à vous. Nous connaissons vos talents et il nous faut une joueuse très forte capable d'utiliser les logiciels.

-Ah bon, mais je ne suis pas russe, je suis française, enfin, j'ai la double nationalité bulgare et française et puis moi, vous savez les logiciels, c'est pas ma tasse de thé !

-Ce n'est pas un problème de nationalité. Nous voulons commercialiser un système qui peut être utilisé pour l'entraînement des Grands-Maîtres et des joueurs de compétition et si nous parvenons à faire de vous une championne du monde c'est le succès assuré. Vous n'aurez ensuite qu'à en faire la promotion.

Tatiana répondit qu'elle ne comprenait pas cette démarche qui lui paraissait bien étrange surtout au jour d'aujourd'hui. Elle se dit flattée de cette proposition mais répondit qu'elle ne pouvait accepter. Elle savait combien il est difficile d'arriver à un tel niveau affirmant que si elle avait pensé en être capable, elle aurait essayé avant d'avoir trente cinq ans. Les sacrifices qu'il fallait consentir pour se préparer à de telles confrontations lui paraissaient insurmontables. En fait, même si elle s'en sentait capable, elle n'était pas prête à gâcher sa vie pour y parvenir.

A partir de cet instant les événements prirent une tournure des plus étranges. Jeu d'acteurs et de machines, ce jeu de nos jours ressemble plus à un théâtre d'ombres qu'à autre chose. Tatiana le savait et ne souhaitait plus vraiment s'intéresser au très haut niveau qu'elle avait pour ainsi dire délaissé progressivement comme beaucoup de joueurs professionnels. Trop dur, pas assez rentable était le leitmotiv habituel entendu partout. Elle n'eut donc aucun mal à convaincre que son refus était justifié.

En fait pour Tatiana ce coup de fil était doublement étrange. Elle avait un tant soit peu collaboré avec Desprit à la mise au point d'un prototype de type logiciel destiné à l'entraînement des meilleurs, mais elle n'en dit rien à ses interlocuteurs venus d'ailleurs. L'affaire Desprit, dont elle savait peu de chose avait peut-être un lien avec cette offre de collaboration. "L'homme de l'affaire"soupçonnait ses fournisseurs bulgares de vouloir lui voler son logiciel, mais il n'imaginait pas que ce soit fait, encore moins qu'une Organisation parallèle soit déjà à même d'utiliser ou même de commercialiser son concept...Si tant est que ce soit le même, ce que Tatiana ignorait cependant.

Ce qui lui paraissait surréaliste cependant c'était d'être ainsi contactée par des individus inconnus et qui prétendaient lui offrir la couronne mondiale sur un plateau. Elle avait l'impression que les clés de son avenir étaient en train de lui échapper.

Fabien, plutôt perturbé, se demandait où il en était avec son partenaire, le Jeu et surtout avec sa femme, dont il était encore très épris. Il aimait Tatiana même s'il était conscient qu'elle ne lui rendait pas tout à fait la pareille. Elle le considérait comme un cadeau du ciel. Un peu comme si la fée des échecs s'était intéressée à elle et avait mis cet homme séduisant sur son chemin. La déesse Caïssa ou sainte Marie, qui sait, Dame de tous pouvoirs ou les deux qui auraient été sensibles à ses prières. Elle avait eu du plaisir avec Fabien et remerciait la vierge Marie pour cela. Étonnant cependant, qu'ayant eu une éducation tournée vers la lutte des classes et la dictature du prolétariat elle soit devenue aussi pieuse. Étonnant, mais fréquent, parmi les hérétiques du communisme qui cachaient bien leur jeu. Comprendre ce que signifie être bien, bien vivre n'était pas chose facile pour un peuple si longtemps en proie aux souffrances et aux privations. Avoir accepté de jouer le jeu, dans le contexte de l'URSS, ne signifiait pas pour Tatiana qu'elle en acceptait les règles et les contraintes. Elle ne savait que trop ce que pouvait représenter la perte des libertés, la soumission de tout un peuple à un régime totalitaire. Elle avait compris très jeune que le simple fait de pouvoir passer une frontière représentait quelque chose d'essentiel pour la liberté.

Fabien, c'était différent, lui, il aimait les échecs, l'histoire des échecs qu'il suivait depuis sa plus tendre enfance avait fait de lui un adepte fervent. Il voyait la pratique de ce jeu comme une religion. Un jour, disait-il, il y eut un homme, une sorte de messie et pendant des siècles et des siècles tous les adeptes, qu'ils soient de l'Église ou pas se sont réclamés de cet homme et de son génie. Aux échecs on ne peut raisonner seulement au présent ou par rapport à la mode; il faut intégrer *les parties immortelles*, intégrer les origines du jeu et ceux qui l'on fait entrer dans l'histoire, la grande histoire du monde. Il peut paraître étonnant que Fabien ait été attiré par une femme championne des échecs au point de l'épouser. Ces femmes là sont loin d'être les plus sexy et cependant elle en ont séduit plus d'un. C'est peut-être dû à leur façon d'aborder la question relative à l'enseignement. Judith Polgar meilleure joueuse de tous les temps disait cela simplement : "Je n'ai pas d'idole aux échecs!". C'est bien cette citation plus que tout autre qui avait marquée l'esprit de Fabien, lui qui avait tendance à mettre les meilleurs sur un piédestal. Il avait été tenté par une forme d'idolâtrie étant jeune et remettre le jeu et ses adeptes à leur place de cette façon, lui était apparu comme quelque chose d'essentiel. Dans bien d'autres domaines comme aux échecs, ce sont les femmes qui remettent les choses à leur place, Fabien en était convaincu. Tatiana pas plus que la championne du monde ne semblait avoir d'idole (Il suffisait de suivre son regard pour comprendre cela). Cela lui paraissait insensé,contrairement à certains joueurs à l'ego surdimensionné, prompts à s'enflammer, à faire du numéro un, un dieu vivant, un dieu des échecs. C'est pour cela sans doute qu'il lui était possible de vivre de sont art, car elle ne rêvait pas de gloires et de félicités sur les soixante quatre cases.

"Championne du monde?"

Bien sûr elle avait senti la manipulation à plein nez, mais elle ne pouvait s'empêcher d'y repenser. "Comment ces individus pouvaient être si sûrs de leur coup? Que pouvaient-ils lui apprendre qu'elle ne sache déjà? Qu'est ce qui les avait conduit à entrer en contact? A qui s'adresser pour en savoir plus?" Elle se sentait vraiment seule à cet instant précis en proie au doute avec toutes ces questions pour lesquelles elle n'avait pas de réponse. Ceci ayant un rapport direct avec la discipline qu'elle pratiquait, elle décidait d'en parler avec Julien, son coach, qui était également le Président de son club, un joueur de classe internationale. Cet homme jouxtant la quarantaine au crane dégarni et à l'allure d'une cadre moyen était un excellent joueur et entraîneur ; toutefois ses rapports avec les joueuses féminines étaient parfois ambigus. Tatiana se méfiait un peu de lui surtout quand il affirmait devant elle de façon un peu allusive : "Grand-Maitre des échecs, on en est pas moins homme, n'est-ce pas ?" Pourtant dans sa situation c'était bel et bien la personne la mieux à même de la conseiller...

-Sans doute, ils veulent essayer de te vendre quelque chose, j'ai déjà entendu parler de ce genre de démarche. Des logiciels pour l'entraînement, c'est très probable. Demande leur d'être plus précis. Être championne du monde! Rien que ça!

Ce fut sa réponse un peu évasive.

Tatiana ne pouvait qu'acquiescer.

-Probablement, ils ont quelque chose à vendre mais, euh? Ils m'ont laissé un numéro, je rappellerai pour en savoir un peu plus...ça peut peut-être valoir le coup ? Non ?

Silence prudent de l'intéressé, on garde bien ses secrets pour soi dans le monde feutré des échecs. Tatiana avait l'habitude de ce genre de déviations de la part de son coach, qui ne risquait pas de s'intéresser à ses problèmes. C'était plutôt le genre à vous enfoncer la tête dans l'eau quand vous n'êtes pas au top, quand vous n'avez pas le moral quand ça ne tourne pas rond. Au lieu de l'aider et de l'encourager, compte-tenu de ce qu'elle était entrain de vivre, il l'incitait tout bêtement à se jeter dans la gueule du loup. Toute une conception du sport de haut niveau était résumée par la réponse de cet homme.

-Mais ?

-Prends ce qu'il y a à prendre en fait !

Tatiana était bien habituée à ce genre de raisonnement qui consiste à "botter en touche".

Elle savait bien ce qu'il convient de prendre et de laisser en pareille circonstances, ce n'était pas son problème...Cet homme décidément ne lui était d'aucun secours, rien de nouveau à l'horizon, pas la moindre information qui eût pu l'orienter ! Pire même, il semblait vouloir profiter de son désarroi de cette faiblesse passagère qu'elle ne pouvait cacher.

Alors qu'elle s'en allait, et lui tendait la joue comme d' habitude, il s'approcha de tout son corps, semblant offrir une alternative impossible...Et puis, Il prononça la phrase qu'il ne fallait pas dire :

-Si je te disais d'accepter. Est-ce que tu le ferais ?

Elle fit un pas de côté et lui souffla dans l'oreille :

-Dame ! Julien, comme tu y vas ! Moi, je viens d'un pays où les hommes sont rois, mais crois-tu qu'ici ils puissent être Dieu ?

Et puis elle repartit comme elle était venue...laissant, ainsi, son coach en face de ses propres conviction masculines de Grand-Maitre éconduit.

---------------------------------

## 17 Péril en la demeure

Pour beaucoup de chose, il convient de savoir dans quel ordre elles se présentent  et doivent être considérées. Parfois au début d'une partie certains joueurs essayent *d'inverser l'ordre des coups* pour tromper l'adversaire sur leurs intentions. La seule différence par rapport à *la ligne principale* c'est que l'opposant a l'impression d'avoir obtenu cette position de manière forcée, alors que c'est précisément la position qui était recherchée par le joueur  et pour laquelle il s'était préparé. Un adversaire très sûr de lui est, bizarrement, plus facile à surprendre que celui qui hésite et se méfie.

Qu'y avait-t-il au fond que le jeu normal, dans l'ordre n'aurait pas pu offrir à Fabien ? Rien, tout était évidemment préexistant, mais tous les éléments de la situation n'étaient pas connus par Fabien, ce qui ne lui permettait pas d'en tenir compte. Sa secrétaire, assistante dévouée était amoureuse de lui sans qu'il s'en soit douté ne serait-ce qu'une seconde. Cette femme qui était tout près de lui, pouvait donc éprouver de tels sentiment, c'était renversant. Sans le jeu, sans cette tactique de louvoiement et d'inversion, il ne l'aurait certainement jamais su. Il n'était pas sûr que ce fût un avantage mais sûr d'une chose, c'est qu'il valait mieux le savoir. L'ennui c'est que Fabien n'était pas amoureux d'elle et que lui jeter cette personne dans les bras lui apparaissait désormais comme une facétie, une blague du Jeu. Drôle de truc se dit-il, n'aurais-je pas contracté avec le Diable plutôt que le bon Dieu? Ça pouvait fonctionner bien sûr mais à quel prix. L'art des échecs comme l'art de la politique avait peut-être quelques accointances avec les méthodes d'un certain Machiavel. Dans ce contexte là les sentiments risquaient de ne plus y trouver leur place. Fabien reprit donc son destin en main, car de ce point de vue, il n'entendait pas solliciter les esprits malins du jeu.

Déjà huit semaines d'été s'étaient écoulées ainsi, septembre s'annonçait avec la fin des canicules, Fabien était mieux, beaucoup mieux , il avait des séances de kinésithérapeute et des séances de rééducation en piscine, coté boite crânienne c'était ressoudé , pourtant il se sentait encore sur la touche, hors de chez lui séparé de ses enfants . Il lui fallait rentrer à la maison, retrouver le lit douillet de Tatiana, ses enfants chéris et tout finirait bien par rentrer dans l'ordre, il en était persuadé ... (l'ordre habituel ou *naturel* qu'il croyait encore immuable)

Lorsque Tatiana vint le chercher, accompagnée de l'ambulancier, Fabien eut une sorte de regret, comme une sensation diffuse de mal être, et ceci juste pour avoir douté d'elle. Pire encore d'avoir utilisé le Jeu pour réaliser ce qui ressemblait de plus en plus à une manipulation. Elle était si séduisante, si attirante, si prompte à le rejoindre, lui le mari. Comment avait-il pu s'interroger ainsi sur sa...loyauté ? Lui presque infidèle en pensée, n'avait-il pas confondu fidélité et loyauté? Ce n'est pas la même chose. Elle n'était pas une collaboratrice pour lui, ni une collègue, elle était tout simplement la femme de sa vie, une épouse légitime et il n'avait rien à lui reprocher à part qu'il doutait. Il doutait de tout, de lui même aussi parfois.

-Où en es-tu avec Desprit ?

-Nulle part, où veux-tu que j'en sois ? Je n'ai pas très envie de m'occuper de son affaire mais si tu insistes...

-Non laisses tomber. Je ne préfère pas. J'ai été contactée par des gens un peu bizarres et je pense qu'il est peut être derrière eux. On veut m'impliquer dans un truc pas clair. Cette manœuvre ne sent pas bon du tout et ça ne m'intéresse pas.

-Cette manœuvre?

-Oui, tiens toi bien, ils prétendent faire de moi la future championne du monde et à les entendre, ils en auraient les moyens, je ne vois vraiment pas comment.

-Mais dis moi, Desprit, moi je ne l'ai jamais vu avant qu'il me soumette son dossier,  ses programmes d'échecs,  je ne les connaissais pas ? Comment l'as tu connu ?

-On ne le voit que rarement sur les lieux des tournois. Je l'ai rencontré sur le site des olympiades, il faisait la promotion de ses logiciels. Il m'a beaucoup parlé de son travail, de sa façon de programmer. Ses programmes ont gagné des compétitions, ils ont servi à d'autres que tu connais. Je pensais bien le connaître mais je commence à avoir des doutes. Il avait des contrats importants qui n'ont pas été honorés, c'est tout ce que je sais. J'avais pensé qu'un bon avocat pourrait lui être utile, mais je ne comprend plus très bien, alors ne te sens pas obligé, il peut aller voir ailleurs si c'est vraiment son problème.

Sur ces mots Fabien pris la main de Tatiana. Ses mains étaient glaciales, il la sentait inquiète mais sa confiance en elle revenait petit à petit. A cette instant précis, Tatiana la tendre épouse était désemparée. Elle ne savait plus que dire ni que penser. Elle s'autorisa une profonde respiration, comme si elle était derrière un échiquier de marbre et puis plongeant son regard d'ébène dans les yeux de Fabien, elle eut des mots qui allaient changer le cours des choses pour ne pas dire le cours de la *partie.(Instant critique*, moment clé, génie de l'intelligence ou simplement intuition féminine) Qui peut dire pourquoi ou comment une femme brillante trouve ce qu'il faut faire, ce qu'il faut dire à un moment donné ?

-Tu penses vraiment, que quelqu'un a essayé de te tuer? Qui pourrait y avoir intérêt ? T'es-tu posé cette question sérieusement ?

C'était bien la seule chose qui semblait tracasser Tatiana et qu'elle ne comprenait pas. Tout le reste lui semblait futile au regard de cette simple question.

-J'évite de trop y penser, je laisse faire le...Euh, l'Inspecteur.

-Ah oui au fait, il en est ou celui là, ce Bougonov ?

-Boudinov! Tu le sais mieux que moi, il t'a interrogée ...

-Oui mais, il ne m'a rien dit de l'enquête! Il se focalise sur la voiture !

-Tu n'avais jamais vu les suspects qu'il t'a montrés ?

-Quels suspects ?

-Ah bizarre, je croyais. En effet cet homme me raconte des histoires, il me dit des choses et ce n'est pas vrai! A moi, il m'a montré des personnes que je ne connaissais pas.

-En photo?

-Non en vrai! Changeons de conversation, je t'en prie. Et les enfants comment vont ils ?

-Tu vas les voir, ça va bien !

Fabien se faisait une joie de retrouver ses enfants dans le giron familial. Il en oubliait sa promesse de demander des comptes au Jeu, lequel savait se faire discret quand l'homme reprenait le dessus. Laisser faire le Jeu dans ces moments là n'aurait pas eu de sens. Chaque chose en son temps semblait être l'idée qui s'imposait à cet instant. Cependant Fabien avait subrepticement changé l'ordre des coups comme on dit, en termes de communication. Cela consiste à aborder le sujet le plus important à la fin, ce qui émousse l'interlocuteur qui perd quelque peu de sa superbe au fil du temps et devient moins bon quand vient le moment de l'être. C'est toujours un avantage de jouer en premier. Sans trop savoir pourquoi, ils avaient parlé des enfants non pas en premier, comme ils en avaient l'habitude, mais après. Cela ne changeait rien à la résultante de leur discussion sauf pour Tatiana peut-être, qui sait ? Le Jeu tout au moins n'était pas hors jeu, il était au centre de tout. S'en faire un allié était une excellente idée de Fabien, finalement. Sa connaissance du jeu lui était utile, le rassurait dans sa vie de tous les jours. C'est du moins ce qu'il pensait.

*L'instant critique* survient parfois très vite, et il peut y avoir plusieurs *inversions de coups* qui conduisent à des positions compliquées et difficiles à reconnaître. Même avec une excellente mémoire, il est parfois impossible de s'y retrouver si l'on n'a pas étudié la question. Dans ce cas, il faut déployer un art consommé de la prévision et être capable de visualiser mentalement *les positions* qui peuvent résulter de chaque *coup* envisagé, tout en calculant des suites plus ou moins compliquées, ce qui est encore plus difficile.

Ce parallèle entre les échecs et la rhétorique, n'était pas une nouveauté pour Fabien ; il y avait déjà songé auparavant. Sa réflexion à propos des échecs était postérieure à sa formation d'avocat et il n'avait pas eu besoin du jeu pour devenir un maître du barreau. Cependant il faisait souvent une parallèle entre la situation de l'avocat et celle du joueur d'échecs. Dans les prétoires, il convenait de réserver les effets de manche, s'ils étaient requis, disons aux circonstances qui le méritent, au bon moment, instants critiques , s'il en est. En fait c'est comme le geste du joueur d'échecs qui soudain se fait plus ample, comme pour suggérer à autrui, l'importance de ce qui va suivre. Il n'était certes pas une référence pour les échecs, mais les échecs n'étaient pas non plus une référence pour le droit. Il se contentait d'aimer ce jeu, plus encore que son métier, ce jeu qui en revanche ne ressentait rien pour lui.

Il avait tout compris à présent. Après cette période post-traumatique, il savait ce qu'il en coûte d'aimer "qui" ne vous aime pas. Il avait un vague souvenir de cette période de coma, car il avait vu une lumière blanche au centre d'un jeu. Et aussi Tatiana qui semblait apparaître comme dans un rêve au milieu d'un jeu en marbre blanc et noir, au centre d'un système. Cette femme énigmatique et silencieuse qu'il avait vu en rêve, c'était peut-être Tatiana, peut-être sa mère à lui, il ne savait plus très bien au fond. Cette femme vêtue d'une robe d'un blanc pur comme le diamant, cette femme aux yeux d'ébène qui regardaient les jolies pièces taillées dans le marbre, cette femme qui semblait analyser en une fraction de seconde des dizaines de million de variantes, cette femme soudain lui semblait si distante! Était-ce Tatiana ou un rêve évanescent? Non certainement pas, Tatiana était loin de tout ça, elle était bien trop réelle, on aurait dit une muse, la muse d'un poète qui s'ignore ou qui sait peut-être Alice super star ou bien Caïssa, la déesse des échecs. Influences diverses et fugitives, images du mondes, les frontières du réel pour l'amoureux des échecs sont parfois indéfinissables; il convient d'en être conscient, rien n'est plus soudain et furtif qu'une pensée de joueur d'échecs.
Tatiana plaisait beaucoup à Fabien, elle le savait bien, elle savait se faire désirer par son mari. Il l'aimait, mais pourrait-il continuer de l'aimer comme avant, s'il ne la comprenait plus ? Cela le désolait de penser cela, de devoir réfléchir à la nécessité d'aimer, de devoir décider d'aimer ou pas. Il n'en avait pas l'habitude, car pour Fabien, l'amour c'était comme le bonheur, ça ne pouvait pas se décider. Au rang des influences diverses, en bonne place, il y avait Georges Sand à qui l'on prête cette affirmation : "Un amour ne s'arrête pas, il s'éteint petit à petit..." Pourvu que que le mien ne s'éteigne pas se disait Fabien, sauf si j'avais à en souffrir trop ou si mes enfants devaient avoir à en souffrir.
-Bonjour les enfants ...!
"Que seraient nos mornes existences sans les enfants, sans la lumière qu'ils nous apportent chaque jour qui passe." C'est ce que pensait Fabien, heureux enfin d'être chez lui...

--------------------------------

# 18 Jeu au centre

Les enfants ne sont pas le centre du monde mais ils sont bel est bien au centre de quelque chose d'essentiel, au centre des préoccupations plus ou moins conscientes de leurs aînés et parents. Fabien dans son long séjour en milieu hospitalier avait eu le temps de relire ses classiques, le dialogue qu'il avait institué avec le Jeu n'était pas seulement imaginaire , il relisait volontiers les citations que l'on prête aux grands joueurs d'hier et d'aujourd'hui. Dans le jeu comme dans la vie il convient parfois de se poser la question : où est *le centre* qu'est-ce donc qui est central ? Ce qui caractérise les grands champions, ce n'est pas seulement leur jeu mais aussi ce qu'ils ont dit du jeu. Dans le monde des échecs les superlatifs abondent et on ne craint pas les pléonasmes. Les grands prédécesseurs de nos contemporains savaient en très peu de mots, parfois une seule phrase transmettre et faire comprendre des choses essentielles et très profondes.

Par exemple cette phrase sibylline que l'on prête au grandissime Siegbert Tarrasch :

*"Les échecs sont un jeu terrible. Si vous n'avez pas le centre, votre adversaire a une position plus libre. Par contre, si vous avez le centre, alors vous avez vraiment quelque chose pour vous inquiéter !"*

Quelque chose? Ce quelque chose qui semblait très anodin, n'était-il pas pour Fabien la clé de l' énigme? Humainement le centre c'était l'idiosyncrasie, la personne et ce qui la caractérisait. En milieu hospitalier, l'entourage de Fabien  ne raisonnait pas "échecs" mais c'était un peu la même chose. La personne était au centre des préoccupations, il avait pu le constater, et cela lui rappelait par analogie une  autre grandissime personnalité ( Claude Bernard) qui avait donné aussi quelques phrases à la postérité. Ce professeur émérite avait développé des thèses fort intéressantes sur le le raisonnement humain. Il avait distingué notamment le raisonnement déductif plutôt habituel chez tout un chacun et le raisonnement inductif qui caractérise la démarche des  chercheurs. Et puis aussi, il avait évoqué ceci qu'il appelait  *"l'idiosyncrasie individuelle"*. Par transposition dans sa vie, pour Fabien, il s'agissait de savoir si c'était quelque chose de collectif ou d'individuel. Les joueurs d'échecs et en particulier les joueurs de compétition constituent un groupe de personnes, identifiable comme tel et avec des caractéristiques qui lui sont propres. Celles-ci ne sauraient être assimilées aux caractéristiques individuelles de chacun. Pour ce qui est de l'idiosyncrasie individuelle, il s'agissait effectivement de ce qui est propre à chacun. Pas comme le raisonnement puisque c'est précisément de cela dont il s'agit.

Au fond Fabien face au danger n'était que lui-même, il en avait la pleine conscience et ce qui lui était propre était tout à fait caractéristique pour lui-même. Sa façon de réagir à ses blessures, à combattre la "maladie", ou ce qui lui arrivait, était quelque chose qui était en lui, quelque chose qui lui fut révélé dans l'épreuve. Il s'agissait de tout ce qui était lui et pas quelqu'un d'autre. Ceci était "central" mais *le centre* pour lui comme pour son entourage n'était pas visible au premier abord.

A propos du *centre* sur un échiquier qui est constitué par quatre cases ou seize selon les cas, les deux grands théoriciens des échecs que sont Nimzovitch et Tarrash ne pouvaient pas se contredire sur le caractère déterminant de cette notion. D'ailleurs ils ne l'ont pas fait. (C'est généralement admis donc collectif). Pourtant, l'un des deux ayant mis l'accent sur les vertus de *la centralisation*, l'autre martelait avec délectation que le *centre* est aussi un objectif d'attaque...Outre le fait que ces deux joueurs de légende étaient rivaux et prêchaient chacun pour ses propres conceptions, n'hésitant pas à se contredire parfois, il y avait évidemment des points sur lesquels ils ne pouvaient pas s'opposer, même s'ils en brûlaient d'envie.

La logique de Fabien dénotait une extrême prudence comme celle prônée par Tarrash. S'en remettre au jeu, puisque jeu il y a, au centre de tout, semblait bien être, l'idée directrice du malade. Comment dire, *la centralisation* selon Nimzovitsch aurait consisté à mettre les pièces *au centre* pour qu'elle aient plus *d'activité*. Tarrash n'avait fait qu'inciter à la prudence. Le Roi Soleil dans son royaume était bien au *centre* et se situait toujours en un lieu bien choisi d'où il pouvait à loisir observer tout ce qui vit et bouge quelque part. Il pouvait contrôler et agir, le temps des châteaux forts était bien passé et plus que les armes c'étaient les personnes et la diplomatie qui étaient devenues prépondérantes, qui étaient *au centre* de tout. L'excès de confiance de la noblesse de France, trop en vue, trop arrogante et imbue d'elle même, cependant qu'elle méprisait ou négligeait le peuple qui souffrait, a peut-être été la cause principale de sa chute. Dans la petite histoire de Fabien les personnes, elles y étaient, au centre de tout mais c'était tout aussi bien, celles de l'adversaire, tous ces éléments inconnus de lui... Il est inutile de connaître la stratégie échiquéenne pour comprendre, qu'une position centrale est plus exposée qu'une position de retrait ou un peu à l'écart. Pire encore, il est facile de comprendre que si on ne connaît ni l'adversaire ni ses atouts on est désavantagé et on a un problème plus compliqué à résoudre ou alors il faut dire pouce comme font les enfants quand ils jouent. Les enfants savent où est la frontière qui sépare le jeu de la réalité du moins ils le savaient encore à l'époque des faits.

Il y a beaucoup de choses qui sont différentes d'un individu à l'autre. Pointer les différences est à la portée de tout le monde. Définir un tant soit peu ce qui est propre à chacun est beaucoup plus difficile.

Fabien savait aussi que, tenir le centre avec des pièces, des éléments non *coordonnées*, ne servait pas à grand chose. Qui donc était au centre si ce n'est le jeu, si ce n'est Desprit dans le jeu. Laisser faire le jeu, c'était donc laisser faire Desprit.

Cet homme un peu pataud Fabien ne l'avait rencontré qu'une fois à son Cabinet, mais cela lui avait suffi. Il avait vu briller dans son regard cette lueur d'intelligence qu'il savait déceler en tout homme qu'il voyait pour la première fois. Ce jour là Desprit lui avait parlé de ses programmes d'échecs. Ces gens qui ont conçu des logiciels d'échecs se sont inspirés bien sûr de la pratique des Grands-Maîtres, ils ont utilisé leur savoir, leur expérience pour concevoir des systèmes plus forts, capable de battre les meilleurs joueurs. Ceci ne serait sans doute jamais arrivé sans les progrès de l'informatique qui ont permis l'augmentation des capacités de calcul et des capacités des mémoires des ordinateurs. Desprit ajoutait pourtant à cela un art consommé de l'analyse ce qui lui permettait d'écrire des algorithmes adaptés à ce jeu. Il savait déterminer les critères essentiels d'une position pour les intégrer dans les calculs comme par exemples l'espace disponible, le nombre de *cases* dont dispose une *dame*. Dans le cours de la conversation, il avait fait remarquer à Fabien qu'une *dame* qui ne dispose plus que de deux ou trois *cases* pour sa mobilité est nécessairement en danger. Desprit ou pas Desprit, homme ou machine, quoi qu'il en soit, c'était donc bien l'esprit humain qui était au centre du jeu. Desprit était de ces hommes pour qui l'important était de faire gagner leur "bébé". Son"bébé" bien sûr battait les humains comme beaucoup de ces logiciels arrivés sur le marché, mais cela visiblement ne lui suffisait pas. Il voulait en plus qu'il batte les autres logiciels. Il avait présenté son "joueur de silicone" aux compétitions les plus élevées et obtenu de bons résultats. *"Computer with boss"* était le label de ce genre d'amusements à deux contre deux. (Homme machine contre homme machine) Desprit était donc un homme brillant capable de discernement, du moins il en donnait l'impression. Et puis quelqu'un qui songe à protéger la *dame dans le jeu* ne pouvait qu'être sympathique aux yeux de Fabien. A ce stade de ses réflexions, il décidait qu'il lui fallait prendre une décision. Quand on a décidé de ne rien décider qui ne soit suggéré par une entité virtuelle, il est parfois difficile de s'y retrouver. Il fallait convoquer Desprit et se fier un peu à son intelligence de la situation. On retombe comme on peut sur ses pattes dans ce bas monde des affaires qu'il ne faut jamais négliger...

-Ah! Bonjour Maître ! Desprit savait à qui il avait affaire.

-Comment allez vous, j'ai ouï dire que vous étiez très mal en point?

-En effet, assez grave, je suis en convalescence et je me suis rappelé que votre affaire est toujours en souffrance dans mon Cabinet, que puis-je faire pour vous?

-Ah oui, en effet, j'ai vu cela avec votre associé. Je vous réglerai le temps passé. Il est inutile d'assigner mon fournisseur, ils vont me livrer sous quinze jours. J'ai reçu un engagement de leur part et après tant de palabres inutiles, je vais enfin être livré.

-Ah bon très bien, je suis content pour vous!

-Une simple lettre de mon Cabinet adressée à votre fournisseur aura donc suffi à le convaincre de tenir ses engagements?

-Il semble que oui, en effet, comme aux échecs *la menace est parfois plus forte que l'exécution*. Ils n'ont pas l'habitude d'avoir affaire à des juristes et de plus je leur devais encore un peu d'argent. Merci encore pour votre intervention.

-Oui pas de problème, je ne vais pas vous facturer une simple lettre et puis vous étiez envoyé par mon épouse, vous vous rappelez?

-Oui bien sûr votre épouse est vraiment très bien, c'est une très grande championne...

-Et ...euh, au fait, pour ma gouverne,  en quoi consistait cette livraison?

-Ce sont des interfaces pour mes logiciels, des éléments essentiels pour mes applications sur mobiles.

Ayant appris à ne pas être trop curieux Fabien remercia Desprit de s'être déplacé chez lui se félicitant à nouveau de la tournure de cette affaire.

-Merci encore, vraiment je pense que votre lettre a joué un rôle. Un mauvais accord vaut parfois mieux qu'un long procès.

-Vous avez raison...Au revoir

Prononçant ces mots sur le pas de la porte, Fabien était cependant assez déçu de l'entretien, qu'il aurait souhaité  plus clair. "Les interfaces !" l'homme en avait trop dit ou pas assez. Cela le renvoyait à Tatiana, elle était *au centre* de ses préoccupations, elle était l'atout maître, celui qui avait fait rentrer les échecs dans sa vie. Elle l'avait épousé et initié à la compétition, sans elle, il ne saurait sans doute rien des échecs de compétition; il serait resté ce qu'il était et ignorerait tout de ce monde furtif qu'il comparait parfois à un théâtre d'ombres. Cette métaphore anodine, ce mot de théâtre qui évoque tant de choses y compris "le théâtre des opérations", résonnait comme une musique intérieure, un reste de nostalgie pour Fabien. Inconsciemment, il se faisait l'avocat de son épouse. Fabien le savait, il affectionnait les figures de rhétorique se laissant parfois entraîner par un brin de lyrisme, y compris en pensée, y compris sur le terrain des idées.Alors la perdre, elle l'actrice principale de ce cinéma muet dans lequel il jouait le rôle de l'époux, et bien oui, ceci lui était insupportable. Aucune des *suites* qu'il avait envisagées ne pouvait raisonnablement s'appuyer sur cette hypothèse, même s'il savait qu'il devait en tenir compte. Au delà des mots au delà des idées, pour lui, il y avait l'amour, il y aurait toujours l'amour. Impliquer les mots dans la pensée, dans les idées était chose facile pour un avocat. A contrario, il ne possédait pas vraiment la technique pour faire le contraire et de toute façon, il se refusait à faire de chaque mot un réceptacle à idées. Pour tout dire, impliquer sa pensée dans quelques mots, fussent-ils bien choisis, cela ne lui convenait guère. Il savait la portée des mots plutôt limitée. Dans un contexte échiquéen, comme à la cour du Roi Soleil, la valeur d'un bon mot, selon lui n'excédait pas deux dixièmes de pion. Pourtant *deux dixièmes de pion au bon moment,* comme l'aurait sans doute affirmé un certain Bobby Fischer, ça pouvait sans doute valoir son pesant d'or. Dans la vie comme dans le Jeu le *temps* est bien plus important qu'il n'y paraît. Ce que l'on peut penser quand on a le crâne fracassé ou le cœur qui bat la chamade, ça vaut peut être plus que *deux dixièmes de pion* stricto sensu.

-----------------------------------

# 19 Analy-tic

De retour chez lui et convalescent, l'avocat, joueur d'échecs se rapprochait un tant soit peu de sa famille. Il était là toute la journée et pouvait remarquer des choses passées inaperçues auparavant. Tout ce qui s'était passé en son absence continuait en sa présence. Il n'était pas le *centre* du monde, il le savait déjà mais il l'était d'autant moins qu'il ne l'était pas pour ses enfants. Cela en fait ne lui déplaisait pas de constater que sa fillette et son garçonnet se chargeaient merveilleusement bien des diverses tâches quotidiennes. Lui souvent absent à l'heure des devoirs n'avait pas remarqué que le frère et la sœur se partageaient certains travaux ménagers sous l'égide de leur mère. Il se réjouissait que cette maisonnée fonctionne aussi bien, même s'il s'étonnait de ne l'avoir pas remarqué plus tôt. Les enfants n'étaient autorisés à jouer qu'après les devoirs et avoir terminé de ranger leur chambre. Cette perspective de pouvoir s'adonner à leur jeu favori après les devoirs et rangements semblait décupler leur ardeur à la tâche et leur entrain. Plus vite c'était fait, plus vite ils pourraient jouer. Le Jeu se disait Fabien est vraiment le moteur du monde, c'est à se demander si les ordinateurs ne se dépêchent pas eux aussi de finir le travail de la journée pour avoir le droit de jouer ensuite. L'idée même du jeu contribuait à donner du plaisir dans le travail qui était fait avec entrain et enthousiasme. Des rires et des blagues jaillissaient à tout moment de la bouche de ses enfants, ce qui le laissait bouche bée. Ils concevaient les activités les plus simples comme un jeu, s'amusaient de tout et de rien et cela tout en montrant un respect infini à l'égard de toutes choses et aussi de leur père médusé. Lui qui avait l'habitude de rentrer tard, ayant à peine le temps de leur dire un petit bonsoir ou plutôt bonne nuit, voilà qu'il se trouvait pour un temps impliqué dans leur vie de tous les jours, partageant leurs rires et leurs échanges. Quel bonheur de les voir ainsi, autonomes et capables de se débrouiller à un point qu'il n'avait pas imaginé. décidément Tatiana était une femme extraordinaire ! Elle avait obtenu cela de ses enfants sans en avoir l'air, sans disputes ni remontrances trop visibles.

Fabien ne portait aucun jugement mais cette pensée le rassurait et lui procurait un brin de satisfaction personnelle, car il se félicitait d'avoir choisi cette femme là et pas une autre. De plus, près de ses enfants il se sentait beaucoup mieux et retrouvait peu à peu toutes ses forces ? C'était à se demander si ce n'était pas eux, qui lui apportaient toute cette énergie qui l'avait aidé à surmonter l'épreuve.

Tina et Justin étaient passionnés d'échecs, il leur arrivait bien sûr de jouer ensemble, mais aussi d'analyser des parties ou des positions "clés". Alors que Justin semblait jouer avec son téléphone, son père lui demanda ce qu'il faisait. Quelle ne fut pas la surprise de Fabien lorsque son fils se mit à lui expliquer une partie qu'il avait joué la veille et qui était enregistrée et analysée sur son téléphone portable. Cette partie avait été enregistrée par l'enfant de ses propres mains. Il avait rentré chacun des soixante coups les uns après les autres en se servant de sa feuille de partie. Cela était banal en fait, mais ce qui intriguait Fabien, c'était la dextérité de son enfant qui déplaçait pions et pièces en effleurant seulement l'écran avec ses doigts, tout en expliquant, où et à quel moment il avait pu commettre telle ou telle erreur, ou bien à quel moment son adversaire aurait pu l'emporter. De plus Justin jouait des parties sur son portable avec des joueurs du monde entier ce qui était une nouveauté récente. Fabien le savait déjà, mais il constatait de visu, sous son propre toit  que le jeu merveilleux auquel il avait été initié lui-même étant enfant et qui était matérialisé par de jolies figurines en bois et de rares adversaires disponibles, c'était bien fini. Il constatait que dorénavant, il était facile pour tous de trouver des partenaires de jeu puisqu'il y en avait à toute heure et sous toutes les latitudes, prêts à donner la réplique aux Internautes.

Fabien n'avait pas fait attention à ces détails auparavant car bien que joueur, il ne s'occupait pas de ce que ses enfants faisaient au point de vue échecs. Il faut dire qu'avec leur maman, ils étaient à bonne école et bénéficiaient des dernières avancées technologiques. Ce téléphone destiné à assurer simplement leur sécurité et les échanges avec les parents servait donc à d'autres choses et des choses assez étonnantes pour quelqu'un qui ne suivait pas de très près l'actualité  multimédia.

"Interfaces!Interfaces!" Les mots de Desprit résonnaient dans la tête de Fabien. Il y avait certainement beaucoup d'argent en jeu pour qui possédait ces logiciels, pour qui détenait les droits de diffusion de ce genre de produits. Cela devenait soudain une évidence pour Fabien. S'il s'agissait de cela, il s'étonnait quand même que le must de la technologie soit importé de Bulgarie par un certain Desprit à la tête d'une petite entreprise individuelle! Ce jeu était donc au centre d'un autre jeu qui se jouait un peu partout dans le monde et impliquait de grosses sommes d'argent.

Disposer ainsi sur un simple téléphone portable des logiciels permettant de battre les meilleurs, cela posait question pour Fabien. Il comprenait mieux l'histoire du *"Toiletgate"*, qui avait défrayé la chronique des échecs. Cet événement avait bien montré comment les nouvelles technologies avaient pu impacter l'état d'esprit des meilleurs joueurs. Plus de problème de médium ou de caméras comme on en avait connu dans le passé mais des problèmes de "Toilettes". Pas génial pour l'image d'un jeu qui méritait et mérite beaucoup mieux.

Fabien qui participait à des tournois homologués pensait à présent qu'il pouvait lui aussi avoir été victime de tricheries, ce qui était nouveau dans son imaginaire de joueur. N'importe qui pouvait le faire, il n'y avait pas besoin de moyens exceptionnels! Ces constatations confortaient encore Fabien dans son idée première, à savoir que le jeu était la clé d'une énigme qui se posait à lui. Parviendrait-il à tirer son épingle du jeu, sans avoir de quoi il s'agit ? Peut-être, pourtant il y avait une question qui le tarabustait un peu, une question en forme de si :

"Et si le jeu n'était pas le jeu? Si quelque chose d'autre se cachait derrière le jeu, quelque chose qui serait un autre jeu sans doute avec les mêmes règles en apparence, mais avec d'autres enjeux? Tatiana ne pourrait pas ignorer cela, elle le saurait à n'en pas douter! Interfaces? C'était quoi ces interfaces? Des hologrammes suspendus dans les airs représentant un jeu interactif ?"

Tout était possible au point où en était Fabien, plus rien ne l'aurait étonné.

Tatiana n'était pas toujours là, la journée elle donnait des cours d'échecs. Quand elle rentrait, elle n'avait pas envie de parler, elle saluait rapidement le malade et se mettait en cuisine pour préparer les délicieux plats de sa composition. La cuisine de Tatiana ressemblait beaucoup à la cuisine italienne, elle avait choisi de se tourner vers ce genre de préparations un peu par défaut, car, disait-elle, elle ne trouvait pas les ingrédients pour cuisiner comme dans son pays. Fabien se mettait de temps en temps en cuisine, mais en ces circonstances là, cela lui était difficile. Désorienté par les silences de Tatiana Fabien essayait de lui parler à table. Quand il se mit à parler des "interfaces de Desprit" qui allaient bientôt être livrées, elle eut comme une sorte de hoquet. Elle faillit tout d'un coup, avaler toutes rondes, les bouchées à la *reine* qu'elle mastiquait avec lenteur.

-Ses Interfaces? Mais que dis-tu. Je n'en sais fichtre rien moi de ses interfaces à Desprit! Il est venu me parler lors d'une rencontre d'échecs. C'est comme cela que je l'ai connu, je n'ai jamais acheté aucun de ses logiciels. Il m'a juste demandé de tester un prototype pour l'entraînement à distance des Grands-Maîtres Internationaux; quelque chose qui serait réservé aux meilleurs disait-il. Je n'ai pas encore eut le temps de m'y intéresser vraiment.Vois-tu ?

Et puis reprenant son souffle après avoir avalé un morceau de la bouchée récalcitrante:

-Hum! Qu'en penses tu, c'est bon! Non?

Manifestement, il fallait qu'elle en dise plus à son mari, mais elle était réticente à s'exprimer.

-Les logiciels aux échecs, moi, je n'y crois pas, je m'en sers un peu, mais si peu. Les informaticiens ont essayé de comprendre le jeu durant des décennies, mais ils sont loin du compte. Ils ont pu écrire des algorithmes qui fonctionnent, mais ils ont surtout réussi à asservir les jeux aux machines. (Du moins pour qui s'y laisse prendre...) Les calculateurs sont devenus assez puissants pour faire illusion, mais la vérité c'est qu'ils n'ont aucune notion de ce que sont les  bons principes et les lignes stratégiques. Tout est basé sur le calcul et ça ne devrait pas suffire.( Tout au moins à mon avis )

-Si c'est toi qui le dis...?

-Pas seulement moi.

-Les enfants par contre, ils sont tout à fait là dedans ?

-Ah bon ?

Au jeu des questions qui n'en sont pas, ça pouvait durer longtemps.

Le bonheur d'être rentré chez lui s'accompagnait, pour Fabien, d'une fâcheuse impression concernant son épouse. Tatiana n'était pas disposée du tout à faire le garde malade et son mari diminué physiquement lui tapait un peu sur le système; il y avait quelque chose qui ne lui paraissait pas *naturel* et comme elle n'avait pas sa langue dans sa poche, elle ne le cachait pas. De plus ça l'énervait copieusement que Fabien soudain veuille parler de Desprit et des échecs, en ayant l'air de la questionner,ce qu'il ne faisait jamais en temps normal.

-Tu n'es pas dans ton état normal !

Ceci avait fusé d'un seul coup de sa bouche comme un reproche, pour clore cette conversation qu'elle jugeait inutile. Cette phrase lâchée comme ça, à l'emporte pièce lui était apparu comme une flèche invisible décochée à son encontre. Son combat était certes invisible, mais si âpre et difficile, si dur en soi! Certes sa façon d'être un peu en retrait, se méfiant de tout et de tous n'était pas du goût de sa femme, ça pouvait se comprendre, mais il lui en voulu d'avoir été blessante.

Quelque chose était cassé, quelque chose qui semblait avoir été écrit sur les lèvres d'Angela avec son sourire rentré plein de convenances et de sous entendus. Fabien en était conscient à présent, il avait frappé fort en demandant l'aide d'Angela à un moment crucial. Tatiana ne lui pardonnait pas c'était évident. Elle n'entendait pas laisser la place, mais elle voulait faire payer à son mari ses cachotteries de voisinage.

Qui sait d'ailleurs s'il n'y avait pas quelque chose entre eux, entre lui et cette personne? Les femmes sentent ces choses là, et Tatiana devait se douter de quelque chose, croire que c'était possible. Bien qu'il n'eût rien à se reprocher, Fabien ne pouvait pas blâmer son épouse pour son attitude, d'autant plus qu'elle restait silencieuse et se gardait bien de montrer ses soupçons.

Pour Tatiana c'était sans doute énervant de croire son mari capable d'infidélité, mais pour Fabien c'était bien pire d'imaginer sa femme voulant se débarrasser de lui. L'un et l'autre n'en étaient encore pas là, mais la méfiance à présent était réciproque.

Le lendemain de ce dialogue un peu tendu, un autre détail incongru allait attirer l'attention de Fabien. Sa fille Tina à peine âgée de dix ans utilisait un stylo d'un genre plutôt "smart" tout ce qu'il y a de plus normal en fait, mais surprenant dans la main d'une jeune fillette. Quand Fabien lui avait demandé de le lui montrer, elle l'avait aussitôt rangé dans sa trousse d'écolière. Son père insistant un peu, elle avait répondu que c'était un secret et qu'elle ne voulait pas lui montrer, car elle avait promis de ne rien dire. Un cadeau ou quelque chose comme ça, s'était dit Fabien, mais un peu intrigué il insista :

-On a donc des secrets pour son Papa?

Puis se ravisant :

-C'est bien normal toutes les jeunes filles ont des secrets, beaucoup de secrets ...

Ce stylo avait attiré l'attention de Fabien, car il ne servait qu'à une chose:

Écrire des coups d'échecs sur une feuille de partie que Tina remplissait soigneusement, au fur et à mesure du déroulement, lors d'une partie jouée avec son frère.

Ceci n'avait pas l'air de les surprendre, ils jouaient et écrivaient tout deux, mais seul le stylo de Tina semblait venu d'ailleurs, il glissait facilement sur la feuille et ne laissait aucune trace visible de loin, juste une ligne très fine comme on en voit peu.

C'est toujours comme ça se dit Fabien, les enfants ont toujours une longueur d'avance, mais quand même ça l'intriguait vraiment. Il fit un signe à sa fille pour lui faire comprendre qu'il se désintéressait du stylo; la partie put reprendre et se terminer comme elle avait commencé. Tina un peu gênée vis à vis de son père se ravisa ensuite; elle lui fit promettre de n'en parler à personne, si elle lui montrait quelque chose. En vérité Fabien ne pensait pas que cela puisse avoir beaucoup de sens, il fit donc la promesse. Pour Tina en revanche tout cela avait un sens, plutôt éloigné du sens commun :

-Eh bien voilà, la partie que nous venons de jouer a été enregistrée sur l'ordinateur du salon au fur et à mesure grâce au stylo que j'ai utilisé !

-Enregistrée ?

-Oui, viens voir. Tu vois, il y a une petite boîte qui est raccordée sur notre ordinateur familial. Ça marche avec le stylo, c'est un émetteur, récepteur qui contient un petit logiciel de reconnaissance de caractères.

Tina alluma l'ordinateur et montra à son père tout le détail de la partie qu'elle venait de jouer, avec en plus, toute une série d'annotations qui apparaissaient indiquant de toute évidence que chaque coup avait fait l'objet d'une analyse par l'ordinateur.

-Alors ça, je n'en reviens pas! Tu peux donc analyser ta partie après coup à l'aide de l'ordinateur ?

-Oui, mais ce n'est pas moi qui ai choisi les coups, c'est l'ordinateur !

-Comment est-ce possible ?

-C'est très simple, quand je presse le capuchon du stylo, il m'indique le coup suivant qui apparaît sur le stylo et que je peux lire tout simplement ...

-Mais,je n'ai rien vu de tel ?

-C'est normal, j'ai mis un petit film sur mes lunettes grâce auquel je suis la seule à pouvoir lire ce qui s'affiche sur le stylo, quand je presse le capuchon.

Fabien n'en revenait pas, non seulement ce stylo était capable de reconnaître les chiffres et lettres écrits par Tina sur sa feuille, mais en plus l'information était transmise à l'ordinateur qui lui envoyait en retour le coup suggéré ou à jouer et qui n'était visible que par elle, seulement par elle. Il ne pouvait pas s'empêcher de penser aux interfaces de Desprit.

-Mais quel est l'intérêt de ce genre de dispositif ?

(Il ne faut jamais perdre une occasion d'apprendre quelque chose...parfois l'élève dépasse le maître.)

-C'est pour s'amuser, on a juste essayé pour voir si ça marche bien, ça évite ensuite de rentrer toute la partie pour analyser puisque c'est déjà fait. Mais c'est un secret.

-Un secret ?

-Oui Mam' nous a dit de ne pas en parler !

-Ah bon! Je tiendrai ma langue et ma parole, mais si vous n'avez pas le droit, il ne faut pas ...

-Oui, mais c'est que toi, qui le sais, c'est surtout en dehors d'ici que ça doit rester secret!

Tina avait cet air de constriction que peuvent avoir les enfants quand ils savent qu'ils ont dépassé les bornes, tout en mettant la main sur la bouche en signe de regret.

Fabien put constater en plus que sa fille, avant d'éteindre l'ordinateur prenait bien soin d'effacer la partie "Supprimer?" "OK". On n'est jamais trop prudent!

Ce satané jeu avait donc réussi cette performance bizarre de cloisonner cette famille de telle sorte que chacun avait des secrets pour les autres ! C'était le jeu d'échecs ou peut-être autre chose que l'on résume parfois sous un sigle des plus abstrait : (TIC-Technologies de l'information et de la communication)

Ces outils modernes avaient pris le contrôle de la maisonnée et du jeu de telle façon qu'une même information pouvait avoir une signification différente selon la personne qui en disposait pour un temps.

Fabien commençait à en vouloir au noble jeu, qu'il soit dématérialisé ou pas, de cultiver ainsi le culte du secret, au point presque de diviser sa propre famille. Il subodorait à présent quelque danger ou tricheries et savoir ses enfants au milieu de tout ça ne faisait qu'attiser son inquiétude.

Se pouvait-il qu'il ait aimé ce jeu autant que ses enfants, autant que sa femme pour que celui-ci se soit installé ainsi de façon clandestine dans son foyer, lui ôtant presque toute légitimité ? Non ce n'était pas comparable, bien sûr! Il fallait seulement lui faire régurgiter tout cela à ce jeu inquisiteur qui semblait avoir phagocyté l'esprit même des Darquins. Il était temps de le remettre à la place de simple divertissement, qu'il n'aurait jamais dû quitter.

Que pouvait dire le Jeu pour sa défense ? L'allié objectif de Fabien avait aussi des arguments et se moquait bien de n'être qu'un jeu :

"Je ne suis rien, rien qu'une idée, une vue de l'esprit humain destinée à distraire l'humanité. Je n'interviens que rarement faisant oublier à tout un chacun tout ce temps qu'il croit utile, qu'il croit consacré à ne pas jouer, à faire autre chose. De ces choses fondées et que l'on dit sérieuses et qui ne s'accommodent point du genre ludique."

L'ennui c'est que le jeu distrayait tellement certains de ses pratiquants qu'il les accaparait au point qu'il pouvait ainsi assujettir toute une famille. Curieusement la méthode du Jeu ressemblait à celle qu'utilisent les souverains et que Machiavel n'aurait pas réprouvée. Diviser pour régner, cloisonner autant que faire se peut, chacun ne sachant  en fait que le strict minimum nécessaire à la pratique de la chose. Juste ce qu'il faut pour se passionner, s'amuser et au fond rester dévoué à la cause cachée. C'était à se demander si ce n'était pas le Jeu lui-même qui gouvernait le monde depuis toujours.

--------------------------

# 20 Des châteaux en Espagne

La célèbre *partie espagnole ou défense Ruys Lopez* a ceci de particulier qu'elle conduit partout ailleurs qu'en Espagne, à *Berlin* notamment. Angela était bien loin de s'imaginer qu'il existât une petite cité russe appelée *Archangel*, qui avait donné son nom à une ouverture des échecs du simple fait, que c'est dans cette ville, qu'elle fut jouée pour la première fois. Fabien était entrain d'étudier cette variante  de la partie espagnole, pour se distraire, lorsque qu'il vit arriver chez lui son assistante accompagnée de l'inspecteur Boudinov en personne et suivi de son client Desprit !

Angela salua Fabien d'une poignée de main distante tout en ayant une moue de désapprobation à l'endroit de l'Inspecteur qui l'avait mise dans l'embarras; elle était vêtue d'un imperméable beige qui recouvrait en partie une jolie robe rouge plutôt courte et qui lui donnait un teint de jeune fille. Boudinov prit la parole sans attendre :

-Bonjour Maître. Vous semblez surpris de cette visite impromptue et je vous comprends. Pardonnez moi d'organiser cette confrontation chez vous mais si vous n'y voyez pas d'inconvénient je souhaite que cette entrevue ait lieu ici. Je dispose des éléments juridiques m'autorisant à le faire mais je vous en fais grâce...Nous sommes sur une affaire de la plus haute importance et cela justifie des procédures un peu particulières...Comme je vous l'ai déjà signalé le matériel qui équipait votre auto est du matériel volé, ce qui explique cette visite impromptue.

-Je vous en prie...

Boudinov avait découvert que le système acheté par Desprit à ses partenaires bulgares était en tout point identique à celui retrouvé dans la voiture de Fabien. Ce système et les câblages correspondants avec un GPS était destiné à être raccordé à des interfaces pour son logiciel prototype des échecs. Il savait à présent que le système de fabrication américaine était à même d'empêcher toute forme de géo localisation de l'émetteur récepteur qu'il contenait. Il avait été informé que le dispositif, permettait aux véhicules équipés de ne pas être repérable et que c'était une fabrication spéciale destinée aux forces de l'OTAN et à l'armée française. L'affaire était des plus sensibles étant donné qu'un stock important de ces systèmes avait été dérobé quelques années auparavant. Ces systèmes importés pour équiper des véhicules militaires fabriqués en France avaient été volés à la barbe des américains ou plutôt des français et personne ne faisait de publicité sur cela, car c'était du domaine du secret défense et on en était pas fier du tout, surtout côté français.

-Monsieur, Darquin, votre assistante ici présente m'a remis certains documents concernant votre client M. Desprit et son affaire, mais je tiens à vous informer qu'elle n'a pas eu le choix, car je me suis présenté à votre Cabinet muni d'une commission rogatoire et accompagné d'un juge qui vous garantit le respect du secret professionnel. Ensuite, au vu de ces informations, j'ai fait perquisitionner chez M.Desprit où nous avons trouvé un dispositif GPS similaire à celui qui équipait votre voiture.

Fabien bien embarrassé :

-Inspecteur, vous m'avez devancé, car j'avais moi même été étonné que le mot GPS apparaisse dans les contrats de M. Desprit et je pensais vous en aviser, mais j'ignorais absolument, vous pensez bien que cela ait pu concerner du matériel volé!

-M. Desprit également l'ignorait, du moins c'est ce qu'il nous affirme! Je commence à me demander si vous et votre épouse ne seriez pas impliqué dans du trafic de matériel militaire volé. Vous imaginez la gravité de la situation?

-Non inspecteur, bien sûr que non, un GPS est un GPS comment aurions nous pu savoir que c'était un modèle spécial, provenant de surcroît d'un vol ?

Curieusement, sur un ton laconique, avec un air affligé, Desprit se tourna vers l'inspecteur et lui répéta avec insistance ce que disait Fabien:

-Nous ne savions pas, je ne savais pas, comment aurions nous pu savoir, pourquoi voulez vous que Maître Darquin ait su quoi que ce soit?

Boudinov malgré tout réitéra ses dires en articulant et en regardant bien en face les deux hommes:

-Je me fiche pas mal de vos logiciels d'échecs! Vous ne savez pas ce que ce matériel représente pour la Défense Nationale, c'est évident, et je ne le sais pas non plus. Tout au moins, j'ai peut-être plus que vous conscience de ce que ce genre de "plaisanterie", excusez moi d'employer un euphémisme, peut signifier en termes de sécurité pour mon pays!

Et puis avec insistance:

-Vous devez absolument me dire tout ce que vous savez sur l'origine de ces produits! Ils n'étaient pas destinés à servir de jouet ou de jeu pour les enfants gâtés de ce pays! Bon sang !

A ces mots Fabien sursauta, comme s'il n'avait pas compris:

-Pourquoi parlez vous de jouets et d'enfants gâtés ?

-Je parle de jouet car, M. Desprit ici présent m'a expliqué, il était bien obligé, que son dispositif était testé ici chez vous à la discrétion de votre épouse et de vos enfants et étant donné les prix de ces joujoux...!

-Je n'ai jamais pensé acheter quoi que ce soit et qu'on m'explique une fois pour toutes de quoi il s'agit! Je suis le seul à ne rien savoir dans cette maison!

Boudinov, visiblement agacé repris lentement:

-Je parle de jouet, car M. Desprit ici présent m'a expliqué qu'il envisageait de créer un site de jeux accessible par un réseau privé de l'Internet. C'est bien ça M. Desprit? C'est un peu compliqué votre histoire! Pourquoi avoir installé votre prototype ici? Et puis où est-il ce prototype, M. Darquin lui-même semble l'ignorer ?

Ensuite, s'assurant du regard que Darquin avait bien écouté, Boudinov continua :

-De plus vous avez donc mis au point un système embarqué qui puisse être installé dans un véhicule à moteur pour, disiez vous, des questions de souplesse de commodité et de distance, recherchant avant tout une certaine forme de proximité avec vos clients futurs du monde entier. Là où ça se complique M. Desprit c'est que vous avez souhaité que ce site relié via un réseau plus ou moins privé soit indétectable et ne puisse pas être repéré par des moyens classiques. D'où l'acquisition de ces fameux GPS, on devrait dire des "smart GPS" conçus pour des besoins militaires essentiellement. Je n'entends rien à vos histoires de jeu d'échecs et pour tout dire je m'en fiche un peu, mais je vous signale à tout hasard que les "serveurs" indétectables comme vous dites, ça intéresse au premier chef la Défense Nationale!

Fabien commençait à se poser des questions, il lui semblait évident que le serveur prototype en question avait été installé dans son véhicule et vraisemblablement subtilisé par quelqu'un au moment de "l'accident". Il s'apprêtait à "endormir" une fois de plus l'Inspecteur en laissant l'initiative à son partenaire "le Jeu", quand la porte s'ouvrit et que l'on vit apparaître Tatiana.

-Que se passe-il pourquoi tout ce monde ?

S'écria Tatiana

Réponse de L'inspecteur :

-Je suis désolé madame Darquin, mais je vais devoir procéder à une perquisition en bonne et due forme de votre domicile et vous ne pouvez pas vous y opposer, je suis en possession d'une commission rogatoire.

L'Inspecteur fit signe à deux agents rentrés à la suite de Tatiana, leur demandant de fouiller les personnes présentes et de procéder à la perquisition. Celle-ci permit de découvrir, dans la chambre de la fillette Tatiana un troisième GPS du même type que les autres et une boite un peu bizarre, qui semblait être un ordinateur sans écran avec toutes sortes de connections que M. Desprit reconnut comme étant la copie conforme de son premier prototype de serveur.

-Qu'est ce donc demanda Boudinov à la jeune fillette? La fillette se tourna vers sa mère d'un air interrogateur.

-Eh bien, réponds...C'est le cadeau de ton oncle, pourquoi ne pas le dire, c'est un ordinateur d'échecs !

La fillette interloquée, s'adressant à sa mère un peu en aparté répondit à contre cœur !

-Mais, maman, c'est un secret, j'ai promis...

-Chut...!

-Son oncle, demanda Boudinov un peu intrigué ?

Et Fabien d'ajouter:

-Oui ça par exemple, quel oncle ?

Tatiana toujours très calme, s'adressant à son mari, comme si la question était des plus naturelles:

-Tu sais bien, je te l'avais présenté, il est passé en France, il y a quelque jours , je n'ai pas eu le temps encore de t'en parler et puis tu n'étais pas en mesure de recevoir qui que ce soit !

-Tu me l'avais présenté ?

Boudinov

-Si on vous dérange ?

-Non inspecteur, non !

Cette fois-ci, il fallait que Tatiana lâche un nom, il le fallait, car elle ne pouvait pas laisser peser le moindre soupçon sur les épaules d'une enfant .

Elle poursuivit avec un naturel déconcertant:

-Oui Gavrilov, il n'est pas de ma famille, mais il est un ami d'enfance et je le considère comme mon frère .

Fabien s'empressa d'acquiescer, conscient qu'il était d'avoir semé un trouble avec sa question.

-Ah oui, Victor Gavrilov était à notre mariage, c'est vraiment quelqu'un qui est proche de nous.

-Est-ce lui aussi qui a apporté le GPS ? Demanda Boudinov en se tournant insidieusement vers l'enfant.

-Ceci ? Qu'est ce que c'est ? Un "jépé" est-ce? " Demanda Tatiana décidément très maligne. Il faut dire que l'objet en pièces détachées et encore dans son emballage d'origine était difficile à identifier pour une enfant de dix ans.

Boudinov un peu excédé de n'avoir rien de très probant n'insista pas.

-Restons en là, vous aurez tous bientôt de mes nouvelles. Vous restez à la disposition de la police, pas question de quitter la ville pour l'instant. Trouvez moi, madame les coordonnées de ce Gavrilov. Ça ne devrait pas être trop difficile de le joindre ce tonton !

Puis faisant mine de partir et revenant sur ses pas à Tatiana et à Fabien en aparté :

-Je vous conseille d'accorder vos violons tous les deux sinon ça va finir par chauffer. Cette affaire dépasse le cadre de mes compétences, mais je vous aime bien et je ne voudrais pas que vous ayez des ennuis, je fais surveiller votre domicile jour et nuit, vous êtes mes seuls témoins. Je garde cette boite que je vous rendrai. Si c'est une affaire d'espionnage, vous aurez de mes nouvelles sous peu !

Tatiana resta de marbre, ce n'était pas un petit inspecteur comme Boudinov qui risquait de lui faire perdre ses moyens. Elle ouvrit grand la porte pour laisser passer tout d'abord Angela à qui elle décocha un large sourire puis ces messieurs qui emportaient ce qu'ils avaient découvert. Après leur départ, s'adressant à Fabien ?

-Espionnage! Tu ne trouves pas qu'il y a va un peu fort cet inspecteur? Fabien était sidéré de ce qui venait de se passer et il en restait coi. Pour se donner une contenance, il reprit tranquillement son analyse de l'*Archangel* que l'on écrit parfois *Arkhangelsk* du nom de ce port situé au nord de la Russie sur les bords de la Mer Blanche.

-Ah tu étudies cette variante! Si tu veux qu'on la joue ensemble, je suis à toi! Voila que Tatiana proposait à Fabien de jouer avec lui, cela n'était pas arrivé depuis des lustres. Ils jouèrent longtemps, très tard dans la nuit; du fond de leur chambre, les enfants entendaient leur conversation à mots couverts, alors qu'ils allaient se coucher.

-Là, tu vois, moi je jouerais plutôt *d4* tout de suite ...mais c'est une variante rare et les noirs s'en sortent bien...

Fabien ne fit que bonne figure, mais il était heureux que Tatiana daigne enfin s'intéresser à ses propres analyses. Quelle érudition, pensa-il, elle connaît toutes les finesses du jeu! Post mortem, les idées de Tatiana ne lui paraissaient pas excellentes, mais il fallait bien le reconnaître, elle avait encore gagné.

Le sort d'une variante ou d'une partie d'échecs n'est rien dans la nuit étoilée du Grand Nord de la Russie, le sort de leur couple, lui ne tenait plus qu'à un fil, le fil léger et vibrant du temps qui passe. Avoir des secrets l'un pour l'autre n'était pas dans le contrat, il allait bien falloir à un moment ou à un autre, changer cela. Oui mais quand ? Ni l'un ni l'autre ne paraissait disposé à le faire ce soir là, dormir leur paraissait à tout deux la meilleure chose à faire. Fabien finit par s'endormir non sans avoir souhaité bonne nuit à son épouse légitime et victorieuse une fois de plus.

-------------------------------

# 21 Les épines du hérisson

Boudinov eût beau...alerter, solliciter toutes les polices de France et d'ailleurs, ce qui n'était pas facile en période de rentrée, Goudunov restait toujours introuvable, quant à Gavrilov c'était un inconnu notoire. L'inspecteur se demandait si on ne s'était pas moqué de lui en le mettant sur des fausses pistes. Le fournisseur de Desprit, situé en Bulgarie n'était plus qu'une boite aux lettres dans la banlieue de Sofia. Le stock de "smart GPS" disparu de France avec le mode d'emploi restait introuvable et bien malin qui aurait pu dire où il se trouvait. Les services secrets français, alertés aussi, "réveillés" par les récentes découvertes, étaient même sur le pied de guerre. Ce lot important de matériel et logiciels sophistiqués qui avait disparu provenait d'une livraison effectuée par un fournisseur américain à destination d'un fabriquant français de véhicules militaires. Ces produits classifiés "secret défense" étaient frappés du sceau de "réexportation interdite". En fait il s'agissait de petites boites camouflées en GPS qui abritaient un système de communication des plus avancés et qui permettait de mettre en liaison tout un ensemble de matériels. Le type de communication utilisé était un code crypté qui pouvait être simplement programmé par l'utilisateur pour la confidentialité et le brouillage des communications. L'interfaçage avec le système de l'OTAN,(avions et radars) était une possibilité offerte à l'utilisateur, ce qui conférait à ces produits un caractère de haute stratégie militaire. La France considérait comme extrêmement grave, la disparition de ce "lot" d'une centaine d'appareils avec tout le dispositif nécessaire à leur paramétrage et à leur contrôle. Il fallait donc les retrouver coûte que coûte, car personne n'avait la moindre idée de l'usage qui pouvait en être fait. Les rendre inopérants n'était pas envisageable, il aurait fallut modifier toute un système qui englobait aussi bien l'analyse des signaux des satellites civils que militaires. Le seul espoir des services était que les responsables du vol ne sachent pas vraiment en exploiter toutes les possibilités sans se faire repérer. Mais comme par définition ce système était indétectable, il l'était aussi pour ses concepteurs américains. L'affaire était donc très sensible et dépassait le simple cadre d'une utilisation de matériel volé.

Boudinov qui ne voulait prendre aucun risque avait mis Desprit en garde à vue, mais durant toute la durée légale et les interrogatoires, il n'entendit parler que d'histoires d'échecs. Des gens qui s'échangent des trucs et des machins, qui programment des logiciels pour faire jouer des ordinateurs entre eux, ce qui rendait l'inspecteur de plus en plus nerveux. Desprit soutenait mordicus sa bonne foi et renvoyait les soupçons vers son fournisseur bulgare à qui il avait versé des acomptes et qui restait injoignable, voire même introuvable. Les interrogatoires tournaient presque au burlesque :

-Mais dites moi, M. Desprit, vous avez versé des sommes conséquente par virement "Swift" et vous ne savez pas où se trouve le fournisseur ?

-Non j'ignorais tout de la provenance des produits, le mot GPS figure certes dans le contrat, mais il n'a jamais été question pour moi d'acheter un GPS. Il s'agissait seulement d'un système qui permettait, grâce à un dispositif de réseau dédié, très performant d'échanger des informations entre un stylo optique ou tout autre dispositif et un *serveur de données*, un ordinateur d'échecs, si vous préférez. Pour passer ma commande j'ai eu un visiteur qui m'a fait une démonstration à mon bureau avec un simple portable qui préfigurait les logiciels du futur. Cet homme était venu avec toute une batterie d'échantillons et d'exemples de terminaux compatibles avec le système. J'ignorais que ce fût un système destiné à autre chose que les échecs. Vous savez les bulgares sont très avancés pour ce qui concerne les échecs...Il n'était pas trop difficile de me convaincre. Je n'ai jamais revu cet homme, j'ai sa carte de visite mais c'est sans doute un autre Goudunov qui restera introuvable ! .

-Et où est-il cet échantillon?

-Je l'avais prêté à Tatiana Darquin pour qu'elle me donne son avis.

-Nous n'avons rien trouvé lors de la perquisition!

-C'est normal, c'est un stylo tout ce qu'il y a de plus banal et le logiciel, mon logiciel est installé sur l'ordinateur du salon qui est encore plus banal! Vous l'avez vu l'ordinateur du salon, Inspecteur? Et puis des stylos vous en avez vu beaucoup et celui là n'a pas attiré votre attention. C'est une fabrication japonaise, très discret et très efficace, on peut même y adjoindre un micro en option !

Boudinov commençait à comprendre que ce système fonctionnait sans doute aussi avec le matériel incorporé dans la Dacia des Darquins. Boudinov était presque convaincu de la bonne foi de Desprit et il avait des soupçons sur l'épouse Darquin. Cependant, il lui était difficile de prouver quoi que ce soit. Quand bien même il parviendrait à prouver que Mme Darquin était pour quelque chose dans ce deal échiquéen, ce que Desprit ne confirmait pas, cela n'aurait pas voulu dire pour autant qu'elle soit mêlée au vol des GPS.

Cela sentait la petite arnaque de bas étage et visiblement les protagonistes involontaires qu'étaient Desprit et les Darquins, n'avaient pas mesuré les conséquences de leur implication. Le monde des échecs sportifs entretient des relations de longue date avec celui de l'électronique et de l'informatique, ce qui ne veut pas dire pour autant qu'il s'agisse d'affaires illégales. Tatiana avait peut-être vu en la personne de M. Desprit la possibilité éventuelle de faire de bonnes affaires dans le futur, mais elle ne s'était pas engagée formellement avec lui. C'est ce que Boudinov avait pu constater. Restait pour lui à reconstituer le puzzle. Qui, quoi et pourquoi? Boudinov un peu agacé par les esquives de tout un chacun comprit cependant que tout cela n'avait de sens que par rapport aux échecs. Du fait que ceci n'était pas sa tasse de thé, loin s'en faut, il était un peu désorienté. Il se dit qu'une personne bien au fait de tout cela, un spécialiste, un homme compétent en la matière lui serait sans doute très utile. Il voulait revoir Fabien Darquin pour en parler avec lui. Lui seul semblait ne pas être impliqué du tout dans les "projets Desprit", il était la pierre angulaire, la seule victime physique d'un système dont il ne savait rien, du moins en apparence. Bien sûr, il était susceptible éventuellement de "protéger" son épouse, mais jusqu'à quel point? C'est ce qu'il fallait savoir. Pour l'heure il fallait libérer Desprit, ce que fit l'inspecteur, sans attendre la fin de la garde à vue.

Boudinov décida dans un premier temps d'interroger un quidam au hasard, quelqu'un qui gravite autour du monde des échecs et qui pourrait le renseigner un peu sur ce qui s'y passe et qui il faut bien le dire n'intéresse pas grand monde en France. Il avait entendu parler d'un certain Ludovic Santon, un expert du jeu, à ce que l'on disait, qui s'occupait d'un club local et avait la réputation d'être des plus abordables. Rendez vous fut pris et l'entretien des plus courtois :

-Bonjour M. Santon. Je suis inspecteur de police mais ce n'est pas ce qui m'amène, je dirai que je suis plutôt ignare sur tout ce qui concerne les échecs et j'ai besoin de combler cette lacune. Pourriez vous m'y aider?

-Les échecs, dites vous, mais à quel point de vue?

-En général, qui fait quoi, qui s'occupe de quoi, comment se passe la vie d'un club, les compétitions, bref à tout point de vue !

-Si vous avez trois jours à me consacrer, je pourrai sans doute tout vous dire mais...?

-Je ne veux pas tout savoir mais avoir une idée plus précise des enjeux, de ce qu'il faut faire pour être dans le coup...

-Oh ça, ce n'est pas compliqué, il suffit de s'inscrire dans un club et de participer à la vie du club, de jouer plus ou moins bien chacun selon son niveau...

-Ah oui, jouer. Justement, avez vous entendu dire que certains joueurs pourraient utiliser des dispositifs reliés à des ordinateurs pour mieux jouer ou pour gagner des tournois ?

-Comme vous y allez Inspecteur, de quoi parlez vous? Comment voulez vous, avec les contrôles actuels ce serait impossible, ils seraient immédiatement repérés! Du moins à haut niveau. Les échecs ne sont pas comme certains autres jeux, il y règne un esprit sportif exempt de toutes velléités de tricherie. Étant là dedans depuis quarante ans et plus je puis vous le garantir, les tricheurs s'il y en a ne font pas long feu!

-Vous me semblez bien affirmatif! C'est curieux, mais moi qui n'entend jamais parler des échecs, à chaque fois que j'en ai entendu parler à la télévision ou dans les journaux, c'était pour relater des faits litigieux. Il est vrai cependant que je n'ai pas cherché à en savoir plus. D'ailleurs comment aurais-je pu?

-Ah vous voulez sans doute parler de cette histoire... Silence appuyé

-...qui n'en finit pas et qui désole tout le monde.

-Non, je ne pense pas à une affaire en particulier, mais justes des bribes d'informations qui me sont venues, par ci, par là. C'est pour ça que je suis là, en fait pour essayer de comprendre, s'il faut y prêter attention, si ça correspond à une réalité que vous vivez effectivement.

-D'accord monsieur, je vais vous dire. Je ne suis pas un tricheur et je pense que l'immense majorité des joueurs sont dans mon cas. Pourtant c'est vrai, il y a eu des cas litigieux, mais on est sûr de rien.

-Des cas litigieux, dites vous?

-Oui, maintenant que vous m'en parlez, j'ai ouï dire que certains joueurs auraient eu des propositions pour utiliser un système dont on se demande s'il n'a pas été conçu pour la triche. Vous savez, dès l'instant que l'on entend parler ordinateurs ou tablettes, téléphones ou je ne sais quoi, c'est toujours un peu suspect. Les sociétés qui développent ce genre de services ou de produits proposent uniquement la pratique du jeu à distance, des cours ou des analyses, mais il est plus qu'évident que cela rend plus faciles les possibilités de triche. Pour ce qui est du système dont j'ai entendu parler, je me demande s'il existe vraiment et je ne suis pas le seul. Il y a fort à parier que ce ne soient que des bruits ou de l'intox pour déstabiliser les acteurs, joueurs, bénévoles ou organisateurs de notre sport. Ceux qui font courir ce genre de bruits devraient bien se méfier, ils risquent d'être suspendus.

-Ah bon ?

-Oui, on y fait pas trop attention, les chiens aboient et la caravane passe. Ceux qui ont refusé de s'inscrire ou de s'abonner à ce truc bizarre seraient mieux à même que moi de vous en parler. Cela a été proposé semble-il à deux ou trois joueurs professionnels, de classe internationale, qui disent avoir refusé, car cela leur paraissait un peu louche, mais cela ne prouve rien. D'ailleurs, ils n'ont pas été très clairs quand les officiels les ont questionnés. Ils ont dit qu'ils ne savaient rien des personnes qui leur avaient fait ces offres ni des systèmes proposés. C'est un peu maigre pour diligenter une enquête !

-Avez vous les noms des joueurs qui ont été approchés par cette organisation fantôme?

-Je peux me renseigner Inspecteur, je vous dirai qui il faut voir, mais je doute que cela vous apprenne quelque chose!

-Nous verrons bien. Voici ma carte j'attends votre appel. Euh, encore une question: connaissez vous un certain Monsieur Desprit ?

-Déprix ? Non je ne vois pas, pas du tout.

Sans relever la faute de prononciation Boudinov prit congé.

-Au revoir, merci et appelez moi à ce numéro.

Montrant ce qui lui sert habituellement de carte de visite, un bout de papier sur lequel est inscrit un numéro commençant par 07.

-C'est noté Inspecteur.

Il ne fallut pas longtemps pour que ce monsieur Santon fasse rencontrer quelqu'un à l'inspecteur Boudinov. Il s'agissait d'un jeune homme d'une vingtaine d'années, la cible idéale pour des personnes malveillantes, un prodige des échecs, déjà classé parmi les meilleurs. Le jeune homme avait abandonné ses études pour devenir professionnel des échecs. Un risque qui le mettait dans une situation périlleuse au sens où son avenir allait dépendre dorénavant de ses résultats en compétition. Il n'était pas un cas isolé dans cette discipline, comme d'autres dans d'autres sports.

Il disait s'être vu proposer d'intégrer un groupe de joueurs virtuel utilisant un système ultra sophistiqué, ce qui allait "booster" ses résultats sportifs. Il ne savait pas très bien de quoi il s'agissait. On lui avait parlé pêle-mêle de systèmes pour l'entraînement à distance, d'interfaces haute technologie, d'analyses temps réel et de jeu aidé. Il avait refusé sur les conseils de sa maman avocate et puis le ticket d'entrée était trop élevé pour lui. Il lui était proposé d'indexer ses gains au remboursement d'un crédit gratuit contre remise d'une caution, ce qui aurait fait de lui un client captif. Il avait refusé, mais il pensait que d'autres pouvaient utiliser ce système très confidentiel. En fait, il fallait payer pour voir et en savoir plus, comme au poker.

A la question:

-Pensez vous que ce système est destiné à une quelconque façon de tricher ?

La réponse du jeune homme fut sans ambiguïté.

-Comment voulez vous rentabiliser cela si ça ne permet pas de gagner à coup sûr ?

Boudinov eut encore une moue dubitative...et le jeune homme reprit ses explications.

-En fait c'est très bien fait; en apparence, il n'y a que des outils et un serveur ultra performant qui donne les réponses pour les deux couleurs et intègre ce qui se joue effectivement sur l'échiquier. Les échanges se font via une interface homme machine. Bien obligé! Et quand vous comprenez que l'interface est facile à dissimuler contrairement aux téléphones et aux ordinateurs, vous avez tout compris. On ne vous dit pas que c'est fait pour tricher mais vous le comprenez tout seul. J'ai fait très attention à ce qu'ils m'ont dit, car je veux progresser et je dois disposer des meilleurs outils disponibles. La seule chose vraiment claire c'est que leur serveur est très performant et hyper protégé. Ce sont des gens un peu bizarres qui n'ont pas l'air de s'y connaître, je ne les ai jamais revus, je n'ai pas le moyen de les contacter.

-Doivent-ils vous contacter ?

-C'est possible, mais je ne peux pas le garantir. Eux c'est sûr qu'ils existent, je peux vous l'affirmer, leur système c'est moins sûr, ça parait un peu irréel, on vit un peu dans un monde virtuel, mais tout n'est pas si évident qu'on le pense. Pour tout vous dire, je me suis demandé s'ils ne voulaient pas d'une certaine manière fausser mes résultats, ce qui leur aurait permis d'empocher l'argent qu'ils auraient pu parier à l'étranger...Vous savez les échecs ce n'est pas fait pour les gens intelligents, c'est fait pour s'amuser, moi je ne mange pas de ce pain là! S'ils insistent, c'est comme dans une partie d'échecs, si je ne me sens pas d'attaquer j'adopte la stratégie du *hérisson*, vous connaissez ?

-Oui un peu. C'est un cas épineux en effet. Vous avez bien raison, si vous avez du nouveau, faites moi signe, c'est important, ça sort un peu du cadre...Voici ma ligne directe.
Euh au fait dans quelle langue avez vous dialogué avec eux ?

-En français bien sûr !

-Ils étaient français ? Leur accent ?

-Français oui certainement, en revanche je ne saurais vous dire de quelle région...peut-être des suisses, en fait !

------------------------------------

# 22 Entrée de jeu

Fabien se sentait beaucoup mieux et il envisageait de reprendre le travail avec sérénité. Avocat de son état, il avait des dizaines d'affaires en cours, mais curieusement il ne pouvait se résigner à classer un dossier qu'il avait à peine ouvert et sur lequel apparaissait sept lettres écrites en majuscules : *D E S P R I T*

Il se demandait à présent si ce n'était pas cette affaire sans suite et un tantinet brumeuse qui avait failli lui coûter la vie. Cela lui semblait *peu clair*, comme ont dit aux échecs, quand une position jugée ainsi, recèle cependant des possibilités insoupçonnables. Quelque chose *d'invisible*, qui n'en serait pas moins réel et parfaitement *jouable*. Le Jeu donc était toujours présent à son esprit et les multiples analyses, qu'il avait réalisées, orientaient son jugement de juriste dans le sens d'une réflexion plus approfondie. Il se surprenait lui-même imaginant le Jeu, comme victime et partie civile à un procès qu'il devrait plaider en sa faveur. Le client ne serait plus Desprit relégué au rang de simple témoin, mais bel et bien le Jeu lui-même, fût-il représenté à la barre par quel-qu'individu, en chair et en os! Cela aurait sans doute de l'allure. Pour un maître du barreau ce ne serait pas banal de plaider la cause d'un simple jeu de société. Fabien se prenait à rêver de gloire et de notoriété. Il était un avocat assez connu et respecté, mais il attendait encore l'affaire de sa vie, celle qui allait le porter au sommet, le rendre aussi célèbre que les ténors les plus en vue. La veuve et l'orphelin, comme on disait dans sa profession, c'était suffisant pour faire bouillir la marmite mais, les feux de l'actualité c'était autrement plus grisant. Il s'imaginait dans la salle des pas perdus répondant aux questions des journalistes :

"Oui, voyez vous il s'agit de tout un réseau, mon client, le Jeu, en a été la principale victime. Il s'agissait d'une véritable entreprise, méticuleuse et systématique pour déstabiliser tout un ensemble fait de bénévoles et de passionnés qui ont été ainsi pris pour cibles. On a voulu *dénaturer* le plus noble des jeux d'esprit, tirer profit, de sa vulnérabilité, s'en servir pour enrichir quelques individus qui agissaient en sous main pour truquer artificiellement les résultats des parties ou des matchs. Cette affaire touche tout un monde, elle choque la jeunesse, qui aime les échecs et jette l'opprobre sur toute une myriade de passionnés désintéressés.

Nous escomptons, mon client et moi que le jugement soit exemplaire pour qu'enfin revienne la confiance et que l'honneur du Jeu soit rétabli à jamais."

Fabien se surprenait lui-même, parfois, quand il s'entraînait à plaider devant un miroir, avec des effets de manches calculés au millimètre. Si l'on savait combien de fausses plaidoiries il fallait simuler, pour en définitive en dire si peu de véritables...Fabien eut un sourire pour lui-même devant sa glace de salon. Encore beaucoup de questions l'assaillaient cependant. Comment allait se passer son retour à la vie normale? Dans un contexte professionnel, il se demandait s'il devait continuer de s'en remettre au Jeu. Les exemples de situations ou de dossiers, pour lesquels il n'avait aucune certitude, étaient monnaie courante. Laisser faire le Jeu, encore et toujours serait peut-être une bonne chose, cela lui avait bien réussi jusqu'à présent. Ce choix qu'il avait fait quand plus rien n'était possible, quand il s'agissait seulement de vivre; cette stratégie qu'il avait faite sienne prenait de jour en jour de l'importance. Ce n'était pas un choix basique de s'en remettre à une méthode quelconque ou de se référer à un système expert qui aurait eu réponse à tout, non, il s'agissait d'utiliser un sorte de joker *invisible* qui bien souvent s'avérait très raisonnable et d'excellent conseil. Ce joker devait donc être défendu et protégé contre ses détracteurs, ses ennemis, ceux qui lui portaient préjudice.

De nos jours il n'est pas rare de distinguer ce qui est visible de ce qui ne l'est pas? Grâce aux ordinateurs par exemple un joueur pourra dire après analyse que tel ou tel coup gagnant était visible ou invisible car il y a des suites que les humains ne voient pas ou difficilement du moins. Cela rejoint un peu l'idée de V. Anand concernant *la logique des exceptions*...Il est bien vrai que les ordinateurs sont moins sujets aux problèmes de vision ou de gêne psychologique, ce qui peut expliquer certains *coups invisibles* qu'ils trouvent. Toute forme de raisonnement repose plus ou moins sur des prédicats et l'idée de Fabien était de cet ordre, à savoir se baser sur des choses ou des principes, qui ne sont pas humains, (ceux du jeu en l'occurrence). Il avait décidé de faire cela sans le dire et pensait ainsi préserver le caractère humain de la décision...Réfléchir sur des données aléatoires et complexes sans exclure le hasard n'était peut-être pas aussi illogique qu'on l'aurait cru.

Son combat ressemblait un peu à celui de Don Quichotte doté du seul pouvoir de la parole et qui ne pouvait exclure le champ de bataille de ses pensées. C'était presque une croisade contre la modernité source de pouvoir qui s'imposait à Fabien. De ce point de vue, il savait pouvoir compter sur Tatiana, joueuse émérite, qui avait le plus grand respect pour sa discipline et dont il était certain qu'elle ne voulait pas ternir la réputation.

Que dire de ces sports qui ont montré leurs limites et dont on sait qu'ils ne récompensent pas les meilleurs et les plus méritants. Etait-il souhaitable que les échecs suivent le même chemin que tous ces sports où les paris, les suspicions de dopages ou de trucages sont légion. Sous prétexte de besoins financiers fallait-il remettre le Jeu entre les mains des intérêts financiers, des sponsors et la cohorte des parieurs et bookmakers? Fabien n'en finissait pas d'y penser, le fait même que des intérêts stratégiques de son pays soient menacés, avec cette histoire saugrenue de GPS, cela lui avait aiguisé l'esprit. Il voyait plus loin, il voyait autre chose, il se demandait quels intérêts financiers étaient en jeu, qui pouvait bien tirer les ficelles derrière tout ça? Qui pouvait avoir eu intérêt à ce que lui le mari, l'avocat, le joueur disparaisse du paysage et pourquoi?

Le Jeu est presque comme un micro-processeur, il n'éprouve rien, pas de sentiments, de tristesse ou de colère, d'amour ou de compassion, ce qui est impossible pour un humain. Fabien savait cela aussi, c'est pourquoi il savait ne pas tout devoir sacrifier au Jeu. Il jeta un œil sur son agenda vide, mit une croix sur le premier jour de la semaine quarante avec l'inscription : "A mon Cabinet".

C'est à ce moment précis que son téléphone se mit à entonner la Marseillaise. Cherchant l'appareil au fond de sa serviette, il maugréait à voix basse :"Diable, il faudra bien un jour, que je change cette sonnerie qui me fait mettre au garde à vous!" Puis il entendit la voix caverneuse de l'inspecteur qui lui demandait s'il pouvait se déplacer :

-Si je suis en mesure de me déplacer ?

Oui toutes les pièces d'un jeu peuvent se déplacer pensa Fabien, mais pas pour aller n'importe où! Notion de territoire, notion importante...

-Pour aller où ?

-Ici au commissariat immédiatement c'est urgent .

-Ah! Oui d'accord Inspecteur.J'arrive, je me *diagonalise* , je me *colonise*, je prend la tangente !

Dit-il d'un air rieur et énigmatique!

Silence radio côté Inspecteur

-...Je saute dans un taxi et je suis à vous  Inspecteur.

-Ah! OK... je vous attend.

En son for intérieur l'esprit du cavalier lui dictait de sauter dans un taxi, ce qui est plus sûr et plus rapide que la course à pied. Boudinov attendait devant la porte du Commissariat et semblait trépigner d'impatience.

-Que se passe-il Inspecteur, vous m'avez l'air bien préoccupé soudain ?

-L'heure est grave cher monsieur, le Ministre de l'Intérieur vous attend dans mon bureau.

-Ah oui, bien sûr, le Ministre? Et qu'est ce qu'il me veut à moi le Ministre ?

-Vous n'allez pas tarder à le savoir...

En effet, Fabien n'en croyait pas ses yeux, c'était bien le Ministre qui était dans le bureau de Boudinov, il faisait les cent pas derrière la paroi vitrée du bureau. Fabien reconnu tout de suite l'homme qu'il avait vu tant de fois à la télé et le voir ainsi debout face à lui, cela lui fit un drôle d'effet. C'était un homme de forte corpulence comme Boudinov, mais comme il était plus grand cela lui donnait une sorte d'ascendant sur ses gens et puis, son air grave ne portait pas à la rigolade contrairement à ce que l'on pouvait penser par ailleurs du personnage.

-Les Américains ont réussi à "flasher" les GPS volés à distance, c'est une véritable catastrophe. Nous sommes la risée du Pentagone. Toutes   les informations son codées et renvoyées sur des ordinateurs, des serveurs dont nous ne savons rien. Les adresses IP ne servent à rien, car elles ont été changées et sont inconnues des professionnels. C'est sur votre véhicule qu'a été retrouvé le premier des GPS volés. Que savez vous?

Fabien crut à cet instant à une plaisanterie.

-Vous êtes bien le ministre, je ne rêve pas ?

-Oui pardon de ne pas m'être présenté, mais nous n'avons pas de temps à perdre en salamalecs. Ma présence est tout à fait exceptionnelle, étant donné le caractère très sensible de notre dossier, cela doit rester entre nous. Vous êtes notre seul indice dans cette affaire de la plus haute importance et je voulais que vous en soyez conscient.

-Que voulez vous que je vous dise? Je ne sais rien. Certes il y avait un GPS dans ma voiture. Certes ce GPS donnait des informations erronées qui ont peut être causé mon accident, certes, l'inspecteur Boudinov m'a dit qu'il provenait d'un stock volé, mais à part cela je ne sais rien.

-Nous pensons qu'une organisation mafieuse,à la solde du terrorisme international ou d'un gouvernement, se serait emparé de ce matériel avec des vues militaires. L'utilisation de ce matériel sur votre voiture est pour nous un épiphénomène qui semblerait indiquer que le système a été proposé à plusieurs filières d'utilisateurs intéressés. Si nous pouvons remonter votre filière cela nous permettra sans doute de coincer les trafiquants, qui revendent le produit. Le codage est commun à tout le lot ce qu'ignorent peut-être les protagonistes de votre affaire. Cela signifie que si nous démantelons ce réseau nous pourront repérer et rendre inopérants tous les GPS volés. Vous l'avez compris ce matériel possède des caractéristiques très particulières qui ont une grande importance militaire...

-Oui je vois, mais comment puis-je vous aider? Moi même et mon épouse, nous ne savons rien sur ce matériel volé, vous pensez bien ...

Boudinov qui ne voulait pas laisser s'installer un dialogue avec le ministre intervint à ce moment là.

-Allons, M. Darquin, vous le savez bien, ce matériel ne s'est pas retrouvé par hasard sur votre véhicule tout de même.

-En effet! Reprit le Ministre, avec un brin d'enthousiasme.

Vous êtes, vous et votre épouse le seul lien vivant et perceptible avec le produit. Les acheteurs ou revendeurs vont certainement vous contacter, ne serait-ce que pour obtenir ce qui leur manque et qui est capital pour eux. Il leur manque un élément et ils pensent que vous l'avez.

-Moi?

-Non pas vous, pas vraiment vous...

Puis se tournant vers Boudinov:

-Décidément, il ne comprend rien !

Boudinov:

-Il ne sait pas. Monsieur le Ministre.

-Vous auriez dû me le dire plus tôt au lieu de me faire perdre mon temps!

-Euh, je voulais surtout qu'il mesure l'importance de la chose attestée par votre présence, c'est bien ainsi que...

-Expliquez lui et j'espère pour vous que ça va marcher, un avion m'attend...

Sur ces mots le ministre s'éclipsa furtivement du bureau pour aller s'engouffrer dans une voiture aux vitres teintées qui l'attendait dans la cour du Commissariat.

Un peu interloqué, Fabien regardait fixement Boudinov, comme si le ciel venait de lui tomber sur la tête.

Boudinov s'assit à son bureau et fit signe à Fabien d'approcher :

-Venez, j'ai à vous parler .

Puis penchant la tête vers Fabien, avec un air de conspirateur, comme pour lui susurrer quelques secrets incongrus.

-Votre femme? Elle est avec nous!

-?

Le regard perdu de Fabien en disait long sur son désarroi en cette seconde particulière .

-Oui, l'affaire remonte à plusieurs années, on sait depuis longtemps, par elle, que le hold-up des GPS avait été programmé par les services secrets soviétiques. Votre femme est un agent double passé à l'Ouest un peu avant la Perestroïka, elle était au courant, à l'époque mais n'a pas pu nous en avertir à temps.

-Tatiana, un agent double,vous divaguez complètement. Qu'est ce que c'est que cette histoire à dormir debout ?

-Oui ça peut vous étonner mais elle travaille pour les services français. Cette filière des échecs, c'était son idée pour tenter de coincer les voleurs, mais ça a foiré au dernier moment en raison de votre accident. Ce sont d'anciens membres du *KGB* qui ont commis ce vol nous le savons depuis longtemps. Ils interviennent dans le secteur des jeux d'argent et ont mis au point des dispositifs très sophistiqués basés entre autre sur des paris illégaux.

Fabien sentait son corps vaciller, c'était comme si toute son existence soudain sombrait dans un abîme sans fin. Lui qui croyait tout savoir, tout contrôler, voilà qu'on lui parlait de Tatiana à mots couverts pour lui dire combien il était loin du compte et combien elle avait été secrète envers lui. Boudinov continuait sans se rendre compte que l'esprit de Fabien enregistrait tout à fait autre chose que ce qui était dit :

-Pour avoir accès à leur système nous avons juste besoin d'une clé et cette clé votre épouse peut nous la procurer, il faut juste qu'elle continue ce qu'elle a commencé, sans se soucier de vous !

-Se soucier de moi? Que voulez vous qu'elle fasse ?

-Elle doit juste faire confirmer à ceux qui l'approchent, (Desprit aussi est dans le coup) qu'elle peut leur fournir l'algorithme qui élimine le brouillage des Awacs. Pour eux c'est juste un truc pour que ça fonctionne, il n'y verront que du feu ! Cela donnerait au produit une valeur décuplée. Pour l'instant nous ne pouvons pas les localiser mais nous pouvons brouiller leurs communications vous comprenez! Le brouillage leur pose quelques problèmes, vous pensez bien, même s'il n'est pas permanent. Pour installer cet algorithme qu'elle prétendra détenir de longue date, elle aura une "clé" qui contient une partie des codes sources, ce qu'ils ignorent tous. Bref c'est très technique mais ça doit marcher, les experts nous le garantissent.

Boudinov, semblait ne pas se rendre compte qu'il parlait à un mur, mais il continuait nonobstant les questions qui venaient à l'esprit de Fabien et n'exprimaient au fond que l'étendue de son désarroi.

-Comment peut-elle leur faire croire une chose pareille ?

-Ça mon cher, elle seule le sait, si nous le savions nous serions à sa place. Le problème c'est qu'elle ne veut plus rien faire .

-Ah bon ?

-Oui depuis votre accident elle a fait savoir, qu'elle ne voulait plus entendre parler de cette affaire, d'où ma perquisition de l'autre jour pour tenter de l'intimider un tant soit peu! Ça n'a servi à rien. Elle pense que cette affaire peut vous mettre en danger vous et vos enfants et ne veut prendre aucun risque de ce point de vue. Il n'est pas certain que votre accident soit vraiment une tentative d'homicide, ce serait idiot, on ne voit pas qui aurait eu intérêt à vous supprimer.Vous étiez pour eux la couverture idéale puisque au courant de rien.

-Vous m'indisposez Inspecteur, je ne suis pas si naïf que ça!

-Bien sûr, pardonnez moi, c'est pour cela que je m'adresse à vous, vous seul pouvez la convaincre d'agir, de continuer de nous aider!

-Je ferai de mon mieux, Inspecteur, en attendant, il va falloir me faire raccompagner, car je ne sens plus mes jambes, je me demande bien ce qui m'arrive. Le taxi n'est sans doute pas la *bonne idée,* compte tenu de l'ampleur du désastre! Pardon de vous paraître aussi ridicule !

-Vous ne l'êtes pas. Je compte sur vous...

# 23 Reine mère

Fabien était abasourdi par les révélations de l'Inspecteur, mais il n'avait rien perdu de sa sérénité et doutait encore de ce qu'il venait d'entendre. De retour au bercail, il n'avait plus qu'une idée en tête: obtenir de Tatiana qu'elle lui disent très exactement ce qui se passait, ce qui s'était passé. Pour cela, il devait prendre d'infinies précautions, car malgré ce qu'il venait d'apprendre et compte tenu de la personnalité de son épouse, il savait que rien n'était gagné. Il s'attendait à être renvoyé dans ses "vingt deux mètres" car cela concernait une période où il n'était pas marié avec elle. Ils s'étaient connus quinze ans auparavant et s'étaient mariés peu après du temps de la Perestroïka. A aucun moment de leur relation Fabien ne s'était douté de quoi que ce soit. A présent il se demandais comment aborder le sujet. Pour ne pas braquer son épouse contre lui, il devait faire comme si tout était parfaitement évident et parler très peu. Juste ce qu'il faut pour dérouler la bobine de fil, le fil de la conversation, pour que Tatiana lui fasse confiance, se confie enfin à lui. En fait il n'était rien de plus difficile à obtenir. Ce qui lui avait été dit l'incitait à se montrer patient, compréhensif. Au demeurant, il se sentait beaucoup mieux, car on venait de lui apprendre que Tatiana, dans ses actes, se montrait très soucieuse du sort de son mari.

-Tatiana! Tu te rends comptes, ce Boudinov commence à m'énerver, il me fait déplacer pour n'importe quoi, j'en ai assez de ses questions insidieuses sur notre vie privée! Il s'exprimait en ces termes, sur un ton mi-figue, mi-raisin que son épouse aurait bien du mal à décoder.

-Des questions?

-Oui, au sujet de l'auto, de l'accident, que je serais en danger ou pas d'ailleurs, il n'en sait rien! Il me dit que tu saurais quoi faire, mais que tu t'y refuses. Qu'est-ce que cela signifie ? Je ne vois pas pourquoi, il m'en parle à moi.

Fabien reprit sa respiration lentement, il avait dit en deux phrases dix fois plus de choses qu'il ne l'avait prévu. Il maintint sa bouche fermée bien que l'envie d'en dire plus le démangeait terriblement.

-Quoi faire? Ah oui, c'est ridicule, les français sont persuadés que je travaille pour eux ou que je l'ai fait dans le passé! Je n'ai jamais rien fait pour le monde capitaliste ou pour passer à l'Ouest comme ils l'ont affirmé.

-Ah ?

-Lorsque je suis restée en France en revenant d'Espagne, après une rencontre internationale, j'ai été reçue par les autorités, car on pensait que j'allais apporter quelque chose au plan médiatique. En fait, on m'a simplement demandé, si je voulais passer à l'Ouest et j'ai répondu que oui. Mon accord a été interprété comme un accord de coopération, mais il n'en était rien.

-J'imagine...

-Rassures toi, il ne s'agit pas de cela, je ne suis pas en mesure d'obtenir ce que veut cet inspecteur, comme il le pense en levant le petit doigt. Il me prend pour une chèvre, qu'il veut attacher à un poteau pour attirer les loups.

-Non ?

-Il y a eu un vol et je n'y suis pour rien. Tu le sais, je ne faisais que jouer aux échecs et ces histoires de haute stratégie militaire ne m'ont jamais intéressée. C'est très simple: ma cousine en revanche qui a fait des études supérieures était impliquée dans cette histoire. Elle a réussi a se faire embaucher en suisse allemande, par une multinationale qui travaille avec le département américain de la défense. Ne me demande pas comment, je l'ignore. Toujours est-il qu'elle communiquait des informations top secrètes aux russes. C'est comme cela qu'ils ont su qu'était prévue une livraison de matériel ultra confidentiel. Devenant soudain un peu hésitante, elle s'interrompit quelques secondes puis :

-Mais ça c'est de l'histoire ancienne, tout le monde le sait.

-Tout le monde sauf moi !

S'exclama Fabien. A cet instant, Tatiana eut un regard complice, qu'il ne lui connaissait pas:

-Desprit était le contact de ma cousine en France, c'est elle qui me l'a fait rencontrer. En fait ceci est une affaire d'espionnage qui aurait dû s'arrêter après la fin de la "Guerre Froide". Les Russes voulaient ce matériel, car ils voulaient en savoir plus sur les satellites de géolocalisation américains. Ils n'ont jamais reconnu les faits, car il leur était impossible de rendre le matériel, ils ne l'avaient pas. Ils auraient bien voulu le faire, car s'en était fini des "hostilités " avec le monde capitaliste. La Glasnost était à l'œuvre, mais le matériel demeurait introuvable.

-Que s'est-il passé ?

-Rien de plus simple, les voleurs qui étaient des petites mains sous les ordres d'un cerveau ont gardé le produit du vol. C'est un réseau, une sorte de mafia qui s'est constituée pendant les événements en Russie et qui avait décidé de garder le produit du vol pour le monnayer ultérieurement, du moins c'est ce que je pense. Leur contact en France était Desprit. Ils lui ont demandé de garder le matériel, de le stocker chez lui, ce qu'il a fait, pensant que les instructions venaient d'en haut.

-Diable mais il est complice et toi ?

-Moi je n'ai rien su de tout ça à l'époque. Desprit, au bout d'un certain temps à fait passer le matériel à une adresse que lui a donné Goudunov à qui il rendait des comptes. Il faut dire que Desprit croyait servir sa patrie, il ne s'appelle pas Desprit, il est russe. Tu sais c'est un type génial, un vrai génie de l'informatique, sa passion des échecs et des ordinateurs l'a emmené bien loin, trop loin. Il s'est fait prendre à présent il joue le jeu avec la France... Il doit obéir aux autorités françaises, ce n'est pas mon cas, je suis libre.

-Mais ?

-Oui je vois bien ce que tu penses, pourquoi moi? Précisément parce que je ne suis pas grillée, comme lui. Voila pourquoi on veut se servir de moi, de nous.

Cette conversation remplissait toutes ses promesses, Tatiana enfin parlait, elle parlait avec Fabien, elle lui parlait et il sentait confusément que cette femme qu'il avait toujours aimée et admirée était bien au niveau où il s'y attendait. Elle n'avait pas besoin qu'on lui dicte sa conduite, elle saurait faire face comme elle l'avait toujours fait. Après les doux baisers d'usage, ils convinrent tout deux de poursuivre cette discussion plus tard, ils se comprenaient à demi mots à présent. Il fallait s'activer, s'occuper des enfants, dîner, dormir, car le lendemain, la vie continuait. De cela Fabien était parfaitement conscient, il regardait son épouse avec un brin d'admiration, mêlé de curiosité et d'un zeste d'inquiétude, mais les enfants étaient là, rentrés de l'école, toujours aussi volubiles racontant les faits marquants de la journée. Fabien continuait d'attendre c'était bien clair, ce qu'il venait de faire posait question à Tatiana. C'était nouveau pour elle, son mari pouvait comprendre quelque chose à sa vie, sa vie d'avant et l'accepter comme telle. Ils pourraient peut-être décider ensemble, enfin ensemble de ce qu'il convient de faire et de penser! Cette idée lui ravissait le cœur, elle se sentait soulagée de s'être confiée, même si ça ne se voyait pas. Au lit ils se rapprochèrent ostensiblement, mais Fabien restait très sensible et encore trop crispé pour qu'il se passe quoi que ce soit. Leur conversation reprit naturellement, au petit déjeuner après que les enfants soient partis à l'école.

Tatiana reprit ses explications,comme une de ces litanies dont elle avait le secret :

-Oui la clé de tout cela c'est Desprit. Cet idiot avait accepté de discuter avec son contact alors que celui-ci n'avait plus d'existence officielle. Il a envoyé le stock à une adresse en Bulgarie qui lui a été fournie et a accepté une petite somme d'argent pour le faire. Moi au moment de la guerre froide, j'avais déjà...Euh comment dites vous? Ah oui! J'avais déjà rendu mon tablier depuis longtemps. Certains ont voulu utiliser les informations dont ils disposaient, ce n'était pas mon cas. Ils se sont entendus avec Desprit, mais tu comprends bien que ceci devenait simplement du business Tu comprends? Dis moi que tu comprends.

-Euh en effet, sauf qu'ils n'ignoraient pas que ce fût du matériel volé!

-Comment savoir qu'ils utilisaient ce matériel, ils parlaient de tout autre chose du moins pour ce que j'ai pu en savoir.

-Tu savais donc des choses ?

-Oui, je me doutais bien qu'ils étaient en lien avec Desprit. Ils lui ont commandé un prototype et il s'est exécuté. Il y a très peu de gens qui sont capable de réaliser ce qu'il fait en informatique et pour lui toute commande est bonne à prendre. Mais quand il a compris qu'il s'était fait "doubler", il voulait aller en justice, c'est à ce moment là que je lui ai proposé tes services, tu vois que tout se tient... C'était un accord bilatéral, lui leur fournissait la partie informatique et eux lui fournissaient les interfaces, qu'il ne pouvait pas se procurer en France. Mais il était bien convenu que chaque partie pouvait faire l'usage qu'elle voulait du produit fini, c'était ce qui était prévu. Commercialement Desprit pensait faire une bonne affaire, car il voulait diffuser et vendre lui même le produit fini.

-Les interfaces ?

-Oui, les crayons, les t-shirts, les lunettes, toute l'électronique ou je ne sais quoi , c'était ça qui donnait de la valeur ajoutée à son travail... Ils avaient une filière avec le Japon pour se procurer tout ça. Et puis les dispositifs qui permettaient d'éviter d'être piraté, Desprit avait très peur de se faire pirater. C'est sans doute cela qui l'avait convaincu d'utiliser les GPS de l'armée.

-Ah bon! Et qu'est ce que notre voiture...?

-Desprit avait fait un prototype et il fallait que ce soit installé sur une Dacia livrée ou fabriquée en Bulgarie, je ne sais pas exactement...je te jure que je n'étais pas au courant. Même ma cousine ne savait pas, elle n'est plus dans le coup, c'est Goudunov qui a monté toute cette opération. Il s'est reconverti dans les jeux et il veut inonder le marché avec ses produits "high-tech". Il s'est servi de nous, car nous étions blancs comme neige au soleil, et il pouvait le faire à notre insu.

-J'en reviens pas! Tout ça pour un petit logiciel d'échecs de rien du tout !

-A la base c'était fait seulement pour les échecs, mais ils se sont fait doubler...La mafia, les jeux, que sais-je, encore? Les ramifications sont nombreuses et les pressions que subissait Desprit dépassent le cadre de mes compétences. Il s'en veut terriblement de ne pas t'avoir tout dit! Il est au centre d'une histoire rocambolesque dont il ne maîtrise que très peu de choses. C'est un type travailleur, un expert en informatique et se retrouver ainsi piégé en ayant impliqué quelqu'un comme toi ça le mine complètement.

Fabien écoutait tranquillement Tatiana en prenant son petit déjeuner, son regard était dirigé dans le vide. Il tentait désespérément de trouver tout cela cohérent mais n'y parvenait pas. A cet instant le Jeu ne lui était d'aucun secours, il recommençait à douter...

-Mais, tu ne t'est pas doutée que tout cela était une pure escroquerie ?

-Non, ils devaient rendre les GPS, un point c'est tout! Ils ne l'ont pas fait qu'y puis-je? Je joue aux échecs, je n'ai jamais été une espionne contre mon pays. Tout cela était fini depuis longtemps pour moi! Je ne t'en ai pas parlé car je voulais une vie nouvelle avec toi et c'est ce qui s'est passé. Je ne vis ni de l'espionnage ni des affaires louches, un peu des échecs mais si peu...

-Oh! Je t'en prie ! Il faut faire quelque chose, coincer ces voleurs, ces tricheurs.

-Mais Desprit ?

-Desprit n'est pas en cause, il a accepté de coopérer avec les autorités. Pour tout te dire il est russe de mère française, c'était mon contact au moment de la guerre froide, en France, je devais le contacter en cas de besoin, ce que je n'ai jamais fait à l'époque...Je ne me suis jamais occupée de tout ça, je jouais aux échecs...Sa seule faute c'est d'avoir envoyé le matériel.

-Décidément, je ne sais plus qui est qui! Es-tu bien ma femme ?

Tatiana eut un large sourire qui en disait long sur son état d'esprit du moment.

-Oui rassure toi, j'utilise mes vrais noms et prénoms, impossible de mentir à la Fédération des échecs, quoique certains le fassent peut-être. Desprit était le commandant Ourof, mais ses faux papiers sont tellement vrais qu'il s'appelle encore Desprit, bien qu'il ait été découvert qui il était. Les autorités attendent trop de lui pour lui poser des problèmes de cette nature.

-Compte tenu de tout ça je ne vois pas vraiment ce qu'ils attendent de toi.

-Les malfaiteurs ont tout, ils ont les GPS, ils ont le logiciel de Desprit et surtout ils ont le "proto" réalisé par Desprit, avec lequel ils peuvent réaliser autant d'exemplaires qu'ils le souhaitent.

-Pour l'instant ils n'en ont qu'un ?

-Non ils en ont d'autres mais celui de l'auto était le plus important, car il leur permet d'accéder à toutes les fonctions.

-Aaah? Mais alors?

-Oui, pour activer tout le dispositif conçu par Desprit, il leur fallait une "clé" et c'est cette clé me semble-t-il qu'ils obtiennent avec le vol sur l'auto, ce qui leur permet de se passer de lui.

-Ce que les malfaiteurs ne savent pas, c'est que Desprit a rajouté quelque chose dans le logiciel, ce qui va rendre cette clé invalide dans une semaine. Pour la réactiver définitivement, il leur faut un dispositif qu'ils n'ont pas. Les autorités s'attendent donc à ce que les gens en question prennent contact avec moi, d'une manière ou d'une autre quand ils seront "plantés", car ils se méfient à présent de Desprit. Je suis la seule personne qui utilise le logiciel à la maison et il y a de fortes chances que je possède le "firmware" qui permet de "déboguer" le système. Le ministre veut que je leur refile quelque chose qui permettra par la suite de localiser le dispositif. C'est trop dangereux, je me refuse à rentrer dans leur jeu.

-C'est cela ?

-Oui c'est ce que je ne veux pas faire, car cela vous mettrait en danger toi et les enfants. Qui sait qui ils sont et de quoi ils sont capables, n'ont-ils pas déjà provoqué un accident qui a failli te coûter la vie? Ils vont obligatoirement réagir d'ici une semaine soit auprès de Desprit, soit vers moi. On a *un coup d'avance, l'initiative* si tu veux !

A cet instant Fabien comprenait, il comprenait presque tout et voyant paraître une référence au Jeu dans le propos de Tatiana, il se rappela soudain la stratégie qui avait été la sienne depuis l'accident. Laisser faire le Jeu quand lui même ne savait que faire. (C'était le *zugzwang, obligation de jouer* ,qui montrait le bout du nez...Une autre partie, donc se jouait sur un autre registre.)

-*Un coup d'avance* à condition de ne pas être sous le feu de l'adversaire ça peut suffire, mais il faudra bien faire quelque chose quand ils vont venir vers toi. Je comprend que tu t'inquiètes pour les enfants, c'est la réaction bien naturelle d'une mère pour ses enfants, mais à moi que peuvent-ils me faire ?

-C'est pourtant par amour pour toi que je refuse. Tu as assez souffert de tout ça me semble-il !

-Tatiana, je t'aime plus que tout au monde, mais je ne pense pas que ce soit une preuve d'amour de m'avoir caché tes antécédents, de ne m'avoir pas dit que notre auto était trafiquée pour une expérience douteuse...

Tatiana un peu courroucée :

-De toutes façons, je ne vois pas très bien ce que je pouvais faire...

-Je te l'avais dit, j'étais orpheline et ce sont les russes qui m'ont donné ma chance! J'ai été élevée avec le culte du secret, ce sont des choses que je ne pouvais pas révéler. Aujourd'hui c'est différent, avec toi, avec les enfants, je raisonne différemment, mais quelque fois je reprends mes vieilles habitudes, il faut me comprendre.

-Nous devrons en reparler Tatiana, je sais ce que c'est que d'être soumis à des contraintes, à devoir se soumettre à un ordre supérieur...Pourtant, je me demande comment je dois prendre toutes ces omissions et même ce qui va s'en suivre. Je ne sais que penser! J'en oublie presque ce qu'a été notre amour, je souffre intérieurement mais ta franchise pour une fois me fait du bien. Il faut réfléchir. On pourrait envoyer les enfants pendant quelques temps chez ma tante à Beaujeu jusqu'à ce que l'affaire soit résolue? Il faut donner une réponse au Ministre.

-Si je suis contactée, je peux répondre que je possède une clé logicielle permanente et que je suis prête à la vendre sinon ils ne me croiront pas...

J'ai déjà été contactée par des gens qui prétendent faire de moi la future championne du monde... Il y a fort à parier que ce soit lié à ça. Dieu sait s'ils n'agissent pas dans d'autres domaines, d'autres jeux. C'est une organisation mafieuse, j'ai très peur.

Tatiana venait ainsi de prendre sa décision et pour une joueuse d'échecs décider c'est jouer.

-Allez, j'appelle Boudinov pour lui dire que tu es d'accord. Pour éviter toute pression sur les enfants nous les enverrons chez ma tante.

"Ouf! Pensa Fabien. L'obligation de jouer, n'implique pas nécessairement une défaite annoncée ! A ce jeu là, dans ce contexte, si je suis le Roi, ou plutôt un roitelet, ma femme sans conteste est la Reine mère. "

---------------------------

## 24 Cartes en main

Nouvelle donne, ou recomposition du paysage avoir deux dames actives dans un camp, c'était quasiment plié comme on dit. C'est du moins ce que Fabien aurait pu penser suite à la posture nouvelle prise par son épouse. Il n'en était rien, il y avait certes deux dames, mais l'autre était reine de par ses enfants et elle ne jouait pas dans la cour des petits. Il s'en voulait à cet instant d'avoir accordé trop d'importance à Angela, de l'avoir comparée à Tatiana dans ses pensées. Angela pour lui n'était pas au niveau et même si elle jouait dans le bon camp, elle ne pouvait raisonnablement pas être assimilée à sa compagne de tous les jours. Une femme qui veut protéger ses enfants est capable de tout y compris de s'en prendre à son mari si elle voit en lui un adversaire. Certes Fabien n'était en aucune façon un adversaire de Tatiana, mais il était clair qu'elle l'avait tenu à l'écart de beaucoup de choses, pensant sans doute qu'il n'accepterait pas ce qu'elle fut et qu'elle était peut-être encore. Elle avait fait un pas immense pour être française et elle l'était devenue. Pourtant elle était restée cette enfant de là bas, de ce pays qui a souffert derrière le rideau de fer. Pour Fabien, ce n'était plus seulement l'atavisme qui était à considérer dans la personnalité de sa femme, mais également les liens contractés dans sa jeunesse. C'était cela la nouveauté. Tatiana avait accepté du bout des lèvres la proposition d'éloigner les enfants pour un temps, mais elle ne semblait  pas vraiment rassurée. Pour Fabien le doute prenait une autre dimension, plus inquiétante encore, plus insidieuses même. Tatiana ne risquait-elle pas de se tourner vers d'autres horizons, d'autres mentors et revoir sa position vis à vis de l'Ouest ? A présent qu'il était presque remis, il se devait de réagir, d'envisager l'avenir sereinement, de chasser les mauvaises pensées qui altéraient son jugement. Devait-il à présent redonner toute sa confiance à son épouse, cette question lancinante ne pouvait recevoir une réponse unique. Encore une fois le Jeu avait son "mot à dire" il devait *parler,* comme parle la *centralisation.* Pour Tatiana comme pour ses enfants les échecs étaient une seconde nature. Ils avaient appris tout petits et jouer était pour eux aussi naturel que de boire ou manger. Pas une journée sans échecs, chaque jour qui passe voyait apparaître son lot d'entraînements, d'analyses ou de parties jouées ensemble ou au Club. Les échecs étaient là, présents dans leur vie de tous les jours, de toutes les manières possibles et imaginables.

Les jours de tournoi étaient des jours un peu différents. Fabien le savait, quand il y avait tournoi, Tatiana et ses enfants étaient dans une sorte de bulle de verre observant le néant pendant des heures et des heures. Le néant! C'était précisément du néant qu'allait surgir la lumière comme toujours aux échecs. Les enfants partis, même si c'était provisoire, Tatiana n'était plus du tout dans les mêmes dispositions vis à vis de ce jeu. Elle s'était servie des échecs toute sa vie durant mais elle n'était pas prête à donner des gages de fidélité à ce jeu. Oubliés les entraînements, oubliés les tournois, les analyses, les parties enflammées, Tatiana n'avait plus qu'une idée en tête :

En finir avec cette histoire de GPS et de logiciels volés qui lui empoisonnaient la vie. De retour de chez la tante ou ils avaient laissé les enfants Tatiana ne cachait plus rien à Fabien ou presque...

-Nous devons leur tendre un piège.

La stratégie du maître était à l'œuvre...

-Un piège ?

-Nous devons savoir combien de joueurs sont impliqués avec eux, des plus forts aux plus faibles, il faut que Desprit me donne une autre clé... Une clé qui nous permette de les identifier... Mais cela ne pourra évidemment se faire que lorsque nous aurons localisé le serveur!

Après avoir été réticente à agir, elle devenait plus active que jamais, en rajoutait, proposait un plan encore plus élaboré...

-Il faut les prendre sur le fait, ils ne pourront pas nier l'évidence, une information donnée par un ordinateur, n'est pas fiable, elle peut toujours avoir été inventée ou trafiquée!

-Ah bon !

-Il faut localiser et identifier les joueurs et les prendre tous en même temps, ils doivent se méfier c'est évident!

-Se méfier? Mais qu'est ce que tu me racontes, il s'agit seulement de faire passer un composant électronique à des gens...

-Oui, ça c'est le problème du ministre et des RG, mais il y a un autre problème qui a trait au jeu lui même, aux gens qui utilisent les systèmes de Desprit pour fausser les résultats. On craint en effet que le système soit revendu à des puissances étrangères ou à des organisations terroristes, mais ce dont on est pratiquement sûr c'est que les échecs servent de test, pour les jeux.

-Qui ça on?

-On c'est moi! Mon nom de code c'est ON. Nous devons organiser une réunion avec Boudinov et Desprit pour décider de la marche à suivre. Pour toutes références et choses que je fais ou que je pense en dehors de la vie normale, le terme à utiliser c'est ON. ON a dit ça. ON a fait ça. ON le pense etc. Il faut rester très prudents.

-Et qu'est ce que ON compte faire?

-Tu te moques de moi?

-Non

-Il y a ce que je sais, ce que j'ai fait ou pas fait, certes! Mais il y a aussi ce que ce que l'on a compris, ce dont on est certain, sans pouvoir le prouver. Les grands tournois bien primés ont lieu dans tous les pays, si ce que l'on pense est exact, il suffit de faire une action concertée pour l'une des grandes manifestations. Nous localiserons dans ce cas aussi bien des utilisateurs que les fournisseurs! Le serveur tu comprends? Il nous faut l'accord de la Fédération pour agir, eux n'ont évidemment pas les moyens techniques de le faire mais nous devons nous concerter...

-Tu plaisantes ?

-Non, aussi étonnant que ce soit, même si c'est un jeu et que ça reste un jeu, on ne plaisante jamais avec ça. Seule la Fédération ou ses représentants désignés est en droit d'intervenir et d'agir en cas de tricherie constatée. Ils désigneront quelqu'un pour cela, on en est presque certain. Il faut faire, comment dites vous déjà? Deux pierres, deux coups ?

-Une pierre !

-Ah oui c'est ça, nous n'avons qu'une tête pour deux, la tienne!

Cette subtile allusion au côté un peu macho de Fabien qui bizarrement ne déplaisait pas aux femmes n'appelait évidemment aucune réponse. Fabien se gardait bien de relever la pique, la flèche de Cupidon. Il était aux anges, si on peut dire. Le Jeu était à l'œuvre. Pour sa propre *défense* il avait trouvé un avocat efficace en la personne de Tatiana, nul n'était besoin d'en rajouter. Fabien n'avait eu qu'une idée en tête depuis ce jour calamiteux où il fit une embardée avec son véhicule terrestre: coincer les coupables, ceux qui étaient responsables de ça. Il n'avait aucun moyen de le faire à part de se taire et d'observer. Il n'avait pas su quoi décider et s'en était remis d'une certaine manière à sa bonne étoile incarnée par ce jeu que l'on dit, débarrassé de toutes formes de hasard. Et voilà que ce compagnon d'infortune lui apparaissait aussi comme une victime, comme la cible principale d'un groupe de malfaiteurs qui le menaçaient par leurs tricheries obscures. Voilà que lui Fabien, n'était plus qu'une victime collatérale d'une attaque dirigée contre la planète échecs.

Il fut donc décidé d'organiser une réunion avec tous les protagonistes... Fabien songeait en souriant du coin de la bouche que le Jeu ne serait pas absent de cette réunion.

-Qu'est ce qui te fait sourire? demanda Tatiana

-Je l'ignore, c'est nerveux ! Répondit Fabien

Boudinov ne s'était pas fait prier et avait accepté, cependant, ce que Fabien avait demandé à savoir que sa secrétaire et lui-même soient présents. Desprit restait son client et il souhaitait être tenu informé. La moindre des choses semble-il. Il voulait poser quelques questions à Desprit à la lumière de ce qu'il venait de découvrir, des questions simples. Cela lui fut accordé.

-M. Desprit, je me pose des questions sur votre probité. Pourquoi avoir réalisé ce prototype qui me semble tout à fait conçu pour faciliter la triche ?

Fabien n'y allait pas par quatre chemins en ce jour d'été ensoleillé ou il était au Commissariat avec ses deux *dames*. Il n'avait même pas attendu d'être assis autour d'une table tellement cette question le démangeait. Son arrivée au commissariat entouré de son épouse et de son assistante avait quelque chose de surréaliste. Les deux femmes semblaient être issues de la même veine, même taille, même allure souple et désinvolte, la tête bien droite et le regard tourné vers l'avant. Curieusement elles étaient toutes deux vêtues de la même façon, pantalons vert clair et chemisiers blancs, portant à la main une veste trois quarts comme si elles s'étaient données le mot. Certes, l'une était brune et l'autre blonde mais d'un blond sobre et discret  châtain avec des  filets d'or, ce qui contrastait de la manière la plus heureuse avec le brun fin et soyeux de Tatiana. Tout ceci semblait fait pour mettre en valeur le même rouge à lèvres carmin qu'elles avaient choisi. Les deux femmes cheveux mi-courts et le visage impassible étaient comme deux sœurs qui se seraient fâchées de ne pas avoir été présentées l'une à l'autre. Boudinov était très sensible à tant de charme, mais il ne le montrait pas. En homme courtois qu'il était, il ouvrit devant ces dames les nombreuses portes qui conduisaient à une petite salle de réunion.

-Voilà, ici nous serons plus tranquilles, cher M. Darquin. Installez vous, je vous fais porter une tasse de café ou un thé. Café pour tout le monde? Parfait.

Desprit  tourné vers Fabien se lança immédiatement dans les explications :

-Pardonnez moi, mais je ne pouvais pas tout vous dire. Votre épouse en savait suffisamment...

Je pense que vous le comprenez à présent ?

Puis un peu évasif:

-Ce prototype, je voulais d'abord me prouver à moi même que je pouvais le faire. C'est quelque chose qui va révolutionner le monde des échecs et j'en suis quasiment l'inventeur. Mon idée était d'offrir un outil performant pour l'entraînement des joueurs à haut niveau.

-Avec le GPS de l'armée

-Vous savez les Grands-Maîtres et les Maîtres ne veulent pas que d'autres puissent avoir accès à leurs analyses personnelles. C'était une sécurité destinée à protéger leur travail de préparation. Ils sont souvent en voyage et pouvoir accéder à une certaine puissance de calcul à distance avec un garantie de confidentialité cela était un argument majeur, qui faisait mouche. J'aurais pu gagner beaucoup d'argent avec ce projet si d'autres ne s'étaient avisés de se l'approprier avant que je ne puisse le commercialiser.

Il eut un regard appuyé vers Tatiana qui restait de marbre comme à son habitude. Desprit continua :

-*On* a effectivement de bonnes raisons de penser que d'autres utilisent mon système pour tricher...

Boudinov revenait à cet instant des "cuisines" sans le café mais avec un sourire jusqu'aux oreilles :

-Alors M. Darquin ! Qu'est-ce que vous voulez au juste ?

-Oh ça va Inspecteur, je veux juste être tenu informé, si vous le voulez bien je vais me faire raccompagner, je ne me sens pas très bien dans votre espèce de cagibi sans fenêtres. Hier j'ai eu un voyage un peu éprouvant pour mes os à peine ressoudés.

-Comme il vous plaira, mais il n'y a pas de loup vous savez, on joue cartes sur table.

-J'ai bien compris, mon "assistante" notera tout ce qui peut avoir un impact juridique sur notre affaire. Je vais bientôt reprendre le travail et je dois clore le dossier Desprit du mieux que je peux. Vous me dites que l'affaire est réglée mais avec tout ce que je viens d'apprendre le dossier reste ouvert pour mon Cabinet d'avocats. D'accord Tatiana ?

Bien sûr Tatiana était d'accord comment dire le contraire ? Elle acquiesça d'une signe de la tête et Darquin continua:

-J'ai encore du mal à comprendre qui est qui, mais ça finira bien par arriver...

Par cette allusion il fit comprendre à Angela le véritable motif de sa présence. Le maître du barreau savait user de rhétorique et se faire comprendre, c'est bien le moins.

L'épouse et l'employée se retrouvant côte à côte pour discuter d'une affaire le concernant ; voila qui réjouissait Fabien beaucoup plus qu'il ne le montrait. Il se fit ramener par une voiture de police, heureux d'avoir fait son petit effet auprès de *ses dames*. L'agent de police qui ramenait Fabien était un jeune homme au front dégarni, un brin rieur, qui avait pris Fabien en sympathie au cours de leurs multiples rencontres. Après tout pour lui, faire le taxi était un moment de détente et il préférait cela aux heures de planque passées à surveiller le domicile ou la porte d'hôpital de Fabien.

-Alors, je vous dépose où cette fois-ci ? L'hôpital, le domicile ou la tournée des Grands-Ducs ?

-Comme d'hab.. Vous êtes seul maître à bord jeune homme !

Complicité de bon aloi entre deux hommes qui savent s'accorder de temps à autre un petit moment de détente, en l'occurrence s'arrêter dans un café pour faire un jeu autour d'une bonne bière...

---------------------------------

# 25 Exceptions

L'esprit du Jeu et le Jeu sont deux choses bien distinctes. Fabien était un homme cabossé par la vie au sens propre comme au sens figuré et ses errances intellectuelles n'avaient rien d'étonnant. Pourtant dans le magma de ses pensées sublimes, il lui arrivait de concevoir des choses géniales disons le tout de go : sans le faire exprès. Ainsi songeant à quelques lectures qui avaient marqué son esprit de joueur, il repensait à ce que des hommes d'exception avaient pu dire ou écrire :

Pour Gary Kasparov par exemple , devenu une légende des échecs de son vivant : "*la vie est une partie d'échecs*". (Il fit même de cette assertion le titre de son livre). Comme tout ce qu'il dit ou écrit c'est d'autant plus vrai que c'est lui qui le dit...Qu'est-ce à dire cependant ? Sur l'échiquier, comme dans la vie, on peut se tromper, faire des erreurs. Certaines sont décisives d'autres peuvent être rattrapées, ou bien compensées par celles de l'adversaire. Les erreurs sont nombreuses et variées mais il en est de fatales et l'idée même de l'erreur est génératrice de stress et d'inquiétude. Heureux, mon Dieu, celui qui ne pense pas détenir toutes vérités...Songeait Fabien :

*"Les ténèbres de l'ignorance valent mieux que la fausse lumière de l'erreur* .(JJ Rousseau)"

Les stars qui peuplent l'imaginaire des joueurs d'échecs peuvent-elles s'égarer dans l'espace interstellaire ?

*"Encore que nous disions des Étoiles errantes, nous ne disons pas pour autant l'erreur des Étoiles.(...).*(Chevreau)"

Pour justifier nos déboires sur un échiquier, on ne peut invoquer les erreurs du Jeu d'échecs encore que l'on puisse peut-être invoquer ses errances. Il est clair que si on ne jouait pas à ce jeu, on ne ferait pas ces erreurs là! Le joueur d'exception n'est-il pas au fond comme une étoile qui brille au firmament, mais qui erre parfois avec le jeu lui-même aux confins de l'univers ?

Vishy Anand, qui a été souvent loué pour la pureté de son jeu, a dit lors d'une interview qu'il existe des *exceptions* aux principes fondamentaux du jeu d'échecs. Cela signifie que certains coups qui ne paraissent pas *naturels* peuvent cependant conduire à la victoire. Ce sont des *exceptions*, il défend qu'elles obéissent elles-même à une *logique* particulière qu'il qualifie de *logique d'exception*.

En est-il de même dans la vie? Faut-il imaginer une logique d'exception adaptée à des décisions du même type ?

Fabien qui vivait quelque chose d'exceptionnel s'était mis à raisonner autrement et ce n'était peut-être pas un mauvais plan si l'on pense à sa situation du moment. Au cœur de ses "errances" il avait une tout autre vision du monde que celle du commun des mortels. Son absence aux réunions organisées par Tatiana n'était pas une décision mûrement réfléchie c'était juste le Jeu qui lui avait soufflé de s'éclipser. Contrôlé par Tatiana il n'était pas le roi, il se voyait comme un fou ( Bishop en anglais) ou plus exactement comme l'évêque du diocèse, certes avec du pouvoir mais contraint par la volonté divine à une sorte d'abstinence qui commençait à lui peser. Fabien n'avait aucun goût pour faire de la figuration et cela correspondait également à sa conception habituelle du Jeu. Il n'avait pas *le trait,* ce n'était plus à lui de jouer comme on dit communément. Dans ces cas là, il le savait, il convient de prendre du recul, de réfléchir à des choses que l'on analyse à tête reposée quand on a du temps devant soi. Si l'on est dans l'urgence, pressé par l'obligation de jouer, on a pas le temps d'observer ce qui se passe, d'élaborer un plan, une stratégie, alors que, lorsqu'on a un peu de temps, que la position est tranquille ceci est possible.

Tatiana qui menait les discussions avec Boudinov avait obtenu tout ce qu'elle voulait. Les autorités étaient prêtes à tout pour mettre la main sur les individus qui détenaient cet arsenal militaire jugé de la plus haute importance stratégique. Après le départ de Fabien, la réunion avait fini par démarrer en présence d'un invité surprise. En effet, Tatiana avait sollicité la présence d'un dirigeant de la Fédération internationale des échecs. La devise de cette entité sportive révèle pour le moins un état d'esprit basé sur une vision "communautariste" des échecs :"*Nous sommes tous une seule et même famille"*...

Cet homme que Tatiana connaissait bien était un officiel de cette organisation et elle lui avait demandé d'être présent pour disait-elle :

-...Éclairer les lanternes de l'Inspecteur.

Boudinov, un sourire aux lèvres, ne changeait pas pour autant son point de vue :

-Vous savez madame, mes lanternes sont allumées nuit et jour, et je ne vois pas, ce que ce jeu de société plutôt anodin va pouvoir m'apporter face au problème qui est le mien et celui des autorités de ce pays. Bref, vous avez demandé cette réunion, venons en aux faits si vous le voulez bien. Et s'il vous plaît pas plus de trois idées à la fois, je me contente de quelques lanternes...

-Oui Inspecteur en effet, je vois...Toutefois je vous prie de bien vouloir écouter ce que M. José Ruiz Garcia va vous dire. Je pense que nous devons envisager une coopération entre la Police et la Fédération sans quoi tout ce que nous pouvons faire ne servira à rien. Si vous voulez retrouver votre stock de matériel ultra confidentiel, nous pouvons vous y aider, mais il faut tenir compte de notre avis.

M. Ruiz Garcia était un petit homme bedonnant, qui avait l'air de ménager ses effets comme pour maintenir le suspense, la tension. Il faisait mine d'un détachement affecté. Il s'exprimait dans un français approximatif avec un fort accent que l'on aurait pu croire nordique, mais qui était du sud !

-Oui, Inspecteur, une coopération entre nos services est sans doute envisageable. Depuis quelques temps déjà nous avons remarqué que des joueurs jusqu'ici de force plutôt moyenne parviennent à se hisser dans le haut du classement et remportent des trophées importants. Ce ne sont que des bruits mais de plus en plus on entend dire que ces résultats ne sont pas "logiques". Pas logiques, cela veut dire qu'ils sont contestés du point de vue de la logique échiquéenne. Nous n'avons bien sûr aucune preuve, aucun moyen de contester ces résultats mais nous avons des soupçons. Des affaires récentes ont montré que des fraudes étaient possibles notamment avec des téléphones et des complices et depuis les contrôles se sont accrus, mais là il s'agit sûrement d'autre chose.

Tatiana se tournant vers Desprit prit la balle au bon :

-Vous n'utilisez pas les téléphones dans votre système pour les échanges avec vos serveurs?

Desprit n'avait jamais parlé de cela auparavant, il se devait de répondre à cette question technique:

-L'idée c'est d'utiliser les téléphones sans passer par Internet ou les réseaux des fournisseurs d'accès qui, comme chacun sait, sont ouverts à tout le monde. Le système spécial conçu pour les smart GPS de l'US Army permet de faire cela, car il utilise une porte secrète des satellites militaires qui est cryptée. A terme je pensais utiliser cette fonction, mais pour ce qui concerne les autres interfaces...

Tatiana l'interrompit

-Oui voila le problème ce sont les autres interfaces, c'est cela qui fait que l'on peut communiquer avec le serveur sans être repéré et surtout recevoir des informations. Le système mis au point par M. Desprit est un outil idéal pour la triche même s'il n'a pas été conçu pour cela.

Boudinov commençait à s'impatienter

-Écoutez, Madame, votre problème est intéressant disons, moralement, mais que proposez vous pour confondre les vrais coupables.

-Les individus qui ont agi dans cette affaire vont très certainement prendre contact avec moi ou M. Desprit pour obtenir une "clé logicielle" qui va leur manquer, comme vous le savez. Nous sommes convenus avec M. Desprit que je vais accepter de leur "fournir" la clé du dispositif qui est actif sur le prototype que je possède. Ils croiront sans difficulté que celle-ci est permanente. Or la "clé" que je vais leur fournir permettra de localiser tous les serveurs qu'ils utiliseront et qui fonctionnent avec le logiciel Desprit. Simple à comprendre non?

- Oui jusque là c'est simple répondit Boudinov et après ?

-Après, c'est tout aussi simple, pour localiser les utilisateurs dans le domaine des échecs ils nous suffira de suivre le serveur !

-Ah parce que le serveur va bouger !

-Bien sûr, les interfaces utilisées crayons optiques ou autres n'ont pas un rayon d'action supérieur à quinze kilomètres contrairement au téléphone, il faut donc que le serveur soit assez proche d'où l'idée d'utiliser une voiture. Cette fois-ci encore, il y aurait des complicités ce n'est pas possible autrement. Il nous suffira de faire le rapprochement entre la position de l'auto et celle d'un grand tournoi à proximité pour savoir où ils sont. C'est le plan. Il faudrait que vos services attendent ce moment là pour appréhender le véhicule localisé sinon nous ne pourront pas confondre les tricheurs. Enfin M. Garcia ne pourra pas le faire car sans lui, je ne suis rien. Lui seul, avec l'organisation du tournoi, est autorisé à agir vous comprenez Inspecteur ?

Boudinov était exaspéré de ce contretemps mais il ne pouvait pas décemment refuser l'offre de Tatiana. Il rencontrait souvent des *exceptions* aux procédures habituelles et cette affaire en était une à elle toute seule. Continuer dans cette voie finalement lui apparaissait tout à fait *logique*. Pour lui, *tendre un piège* assez sophistiqué n'était pas contraire aux principes d'une enquête. Si ce n'était le décalage de champ, il n'y aurait aucun souci. C'était peut-être cela qui était exceptionnel pour lui, agir dans un contexte inhabituel, franchir des barrières sociologiques, décloisonner son propre raisonnement.

-Votre plan est intéressant, nous pouvons faire d'une pierre deux coups, mais n'oubliez pas que la priorité c'est de coincer les instigateurs de l'affaire.Vos utilisateurs ne nous intéressent que modérément, je m'en excuse auprès de vous M. Ruiz, euh, mais mon problème, ce n'est pas d'attraper les gens qui trichent dans les tournois d'échecs...Au moindre doute nous mettront la main sur le serveur localisé et je ne pourrai pas différer trop longtemps cela. Bref nous n'en somme pas là ! Est-ce là tout ce que vous vouliez me dire ? Nous pouvons donc en rester là ?

La séance se termina par un murmure de désapprobation. Angela avait pris bien soin de noter tout ce qui s'était dit ainsi que les noms des participants. Boudinov jeta un coup d'œil furtif sur ses notes.

-C'est pour M. Darquin...

-Oui mais, je ne peux vous laisser partir avec ce texte madame, laissez le moi je le montrerai à M. Darquin tel quel avant de le détruire vous comprenez? Soyez prudente, rien de ce qui s'est dit ici ne doit filtrer. N'est-ce pas M. Marcia? Si nous voulons que ça marche, il faut vraiment un secret absolu.

Le Vice-Président Ruiz Garcia acquiesça sans l'ombre d'une hésitation.

---------------------------------------

## 26 Feuilles d'automne

Lorsqu'il revit Angela, Fabien était encore sous l'effet des impressions fugitives qu'elle lui avait faites les fois précédentes. Octobre était déjà bien engagé et les arbres commençaient à jaunir. Parfois le désir d'un homme est quelque chose qui reste ancré dans la mémoire sans qu'il sache vraiment pourquoi. Ce jour là Angela était vêtue de la manière la plus sobre qui soit, cheveux tirés en arrière, jupe marron clair assez longue et chemisier assorti évoquant un joli feuillage ? C'est ainsi que Fabien avait l'habitude de la voir à son cabinet mais il y avait quelque chose de différent en elle qui n'avait rien à voir avec sa façon de s'habiller. Elle lui raconta en détail ce qui s'était dit lors de la réunion. En plus de ses compétences cachées, elle possédait une mémoire hors du commun pour tout ce qui était des paroles prononcées. Tandis qu'elle explicitait tout ceci à Fabien, elle le regardait simplement, insistait sur chaque point, avec un air rêveur qui en disait long sur ce qu'elle ressentait. La gestuelle un tant soit peu réprobatrice de Fabien ne faisaient qu'éveiller le désir d'Angela, car elle sentait bien l'effet qu'elle produisait. Elle posa sa main sur la sienne comme pour le dissuader de trop résister et le rassurer en même temps :

-Beau Chevalier ne veut pas venir à la gente Dame. Soyez Fou alors, je suis avec vous, vous comprenez?

Il ne comprenait que trop et entendre ce qu'elle voulait dire, ici à son Cabinet, ce n'était tout simplement pas possible! Il coupa court:

-Angela, vous êtes séduisante c'est clair, mais en effet ce serait pure folie que de me laisser tenter. Le travail avant tout et puis vous le savez, je suis marié et j'ai deux enfants. Même si j'ai des doutes sur la solidité de mon couple, sachez que j'aime ma femme. Vous êtes impossible, voilà tout! Passons à autre chose, voulez vous ?

Ces paroles étaient un peu déconcertantes mais Angela, comme toujours savait à quoi s'en tenir, elle savait qu'elle avait marqué des points avec cette métaphore empruntée au jeu d'échecs, la passion de Fabien. Elle s'éloigna sans quitter des yeux l'homme de loi. Ses jolis yeux clairs toujours tournés vers lui en disaient long sur l'émotion qui était la sienne et les mille reproches qu'elle aurait voulu lui faire à cet instant s'envolèrent soudain comme par enchantement.

En attendant de savoir si le plan de Tatiana allait fonctionner, Fabien avait repris progressivement le travail et allait à son Cabinet le matin. Les relations avec son associé Hubert étaient devenues compliquées, celui-ci ne lui pardonnait pas son manque de confiance et d'être un peu trop désordonné.

Le fait même que Fabien ait préféré laisser traîner ses dossiers plutôt que de s'en remettre à lui en son absence n'avait fait qu'attiser une relation de plus en plus tendue. Après tout le Cabinet appartenait à cinquante pour cent aux deux associés et se faire des cachotteries ne plaisait ni à l'un ni à l'autre. Bien sûr, leur métier était tel que chacun avait la responsabilité de ses propres affaires mais une défaillance de l'un pouvait entraîner l'autre par effet domino. Ainsi donc le Cabinet Darquin-Lorquet et Associés aurait dû fonctionner autrement. Les derniers rebondissements de son histoire d'accident avaient fait oublier à Fabien une donnée essentielle valable aussi bien dans une partie d'échecs que dans la vie. Le *calcul* est nécessaire en permanence, avec des périodes de plus ou moins forte intensité, mais il ne faut jamais négliger le *calcul des variantes*. Être trop calculateur dans la vie n'est sûrement pas une qualité première; heureux qui comme Ulysse ignore les calculs et fait de beaux voyages...Fabien était de la même trempe, son amour pour Tatiana et pour les échecs lui masquait peut-être une réalité complexe. Il avait tout simplement oublié de raisonner. Raisonner au pays de Descartes ça consiste à partir d'hypothèses plausibles à faire des déductions logiques. Et pour cela il faut faire table rase, remettre les choses à plat comme on dit. L'hypothèse d'une tentative d'assassinat s'éloignait quelque peu mais Fabien constatait qu'il n'avait pas levé ce doute et que pour lever ce doute il lui fallait faire quelque chose qui s'apparente à du calcul. Certes Tatiana ne pouvait pas objectivement avoir souhaité sa mort; elle était innocente de tous ces soupçons, mais la question toute bête de savoir si quelqu'un d'autre pouvait y avoir intérêt n'avait même pas effleuré l'esprit de Fabien. Si Fabien était mort, l'assurance aurait versé un gros paquet de fric à son associé Hubert, mais aussi à Tatiana qui aurait hérité en plus de ses parts. Ceci était une réalité qu'il fallait bien prendre en considération.

Les deux associés avaient contracté une grosse assurance vie et incapacité qui leur garantissait la poursuite de leurs activités.

Fabien ne voulait pas songer à tout cela mais c'était le Jeu qui le ramenait à cette réalité tangible, via ses réflexions échiquéennes. Les gens qui ne jouent pas aux échecs ont parfois du mal à s'imaginer à quel point ce jeu peut être des plus terre à terre, nécessitant des qualités et un esprit des plus matérialistes. Les débutants croient souvent que gagner une partie d'échecs passe par une attaque sur le roi. Or, très souvent un petit gain matériel ou un léger avantage positionnel peuvent s'avérer suffisants pour l'emporter...Affaiblir l'adversaire par un jeu de position subtil est une excellente stratégie, mais il ne faut pas négliger la tactique et les calculs qui se présentent au fur et à mesure du déroulement d'une partie. Dans le cas contraire, on peut avoir de très mauvaises surprises. S'assurer de la sécurité du roi, faire attention aux clouages et aux sacrifices possibles de l'adversaire. Et puis, aussi vérifier les combinaisons possibles avant de jouer, tout cela c'est du calcul et même si cela ennuie parfois le fin stratège, il doit le faire à tout instant. De nombreuses parties de champions comportent des erreurs de calcul, aussi bizarre que cela puisse paraître. C'est un peu comme les arts martiaux où il faut savoir utiliser la force de l'adversaire, ses emportements, ses transports qui le poussent à agir alors qu'il faudrait se retenir un instant, une seconde de plus que l'autre. Fabien connaissait cela, l'ennui c'est qu'il ne savait pas se désigner un adversaire ce qui lui aurait permis d'adopter ces principes. En raisonnant par l'absurde il avait fait, il faisait depuis le début comme si Tatiana était un adversaire et il avait été obligé de se rendre à l'évidence, elle ne l'était pas, du moins au sens de la lutte pour la survie.

Cependant, il était possible que le véritable adversaire, celui qui était caché et mal intentionné utilise la force même de Fabien pour le faire tomber. Fabien se demandait quelle était cette force que lui-même possédait encore, malgré ses blessures, malgré ses souffrances qui aurait pu, qui pouvait encore servir les desseins d'un ennemi hypothétique :

-Qu'est ce qu'un adversaire ?

Réponse lumineuse du Jeu:

-Celui qui joue contre vous! Et seulement lui! Peu importe les complices, peu importe les liens, il n'y a que celui qui tire les ficelles qui compte! Le jeu réel in fine! La question de Fabien au Jeu, cette fois-ci se faisait plus directe :

-Mais si on ne le voit pas, si on ne le connaît pas comment l'identifier, le combattre?

Réponse du Jeu :

-C'est inutile, la seule chose qui compte c'est ce qui se passe sur l'échiquier, tout le reste ne compte pas, la *force* c'est quand on joue qu'elle se déploie, qu'elle apparaît. C'est à ce moment là qu'elle est *visible*, ce n'est ni avant ni après !

-Ma *force* ce serait donc cela, je continue à agir, à jouer, même si je m'en remets un tant soit peu au hasard quand je suis hésitant.

-Oui le Jeu ne joue que pour lui-même si tant est qu'il joue, le Jeu n'est pas un adversaire le jeu c'est le champ de bataille, c'est le lieu, le motif, le prétexte mais en aucune façon le Jeu ne peut être impliqué, il s'implique tout seul par le simple fait qu'il existe !

Grâce à cette "conversation" surréaliste avec le Jeu, Fabien comprenait ainsi qu'il y avait plusieurs *champs d'action*, plusieurs lieux, plusieurs *logiques* même. Il était là dans son Cabinet d'avocat et manifestement ce qui se jouait à cet endroit précis était une toute autre partie avec une toute autre logique. Rien à voir avec ce qui se jouait dans une chambre d'hôpital, à la maison ou dans un prétoire. Comment n'y avait-il pas pensé plus tôt, il poussait des pions sans même s'en apercevoir, persuadé qu'il était de ne rien faire, des pions qui étaient actifs dans un autre jeu sur un autre territoire d'analyse...Il bougeait des pièces, pensait *promotion* agissait provoquant des réactions qu'il ne comprenait pas et que parfois il ne voyait pas, tellement il était fixé sur une aire géographique et pas une autre.

-En effet! Où en suis-je ? Ici dans mon Cabinet d'avocat, se joue une autre partie. Qui est derrière? La plupart du temps ce sont les clients du cabinet mais ceci n'a pas d'importance, ce qui est vraiment important c'est ce qu'ils font, ce qui se passe, ce qui est provoqué! Ce sont les clients qui font vivre le Cabinet et ils agissent sans le savoir dans l'intérêt du Cabinet. Cependant, il est plus facile de fidéliser un client que le personnel. Ceci est vrai pour un avocat comme pour un boulanger ou un coiffeur, c'est pourquoi l'associé est important, c'est pourquoi Angela est plus importante, qu'il n'y paraissait à première vue. L'associé et son partenaire ne font qu'un à moins que l'un des deux ne joue un double jeu!

C'était ainsi que raisonnait Fabien avant son accident.(Ne faire qu'un) Cependant tout devenait étrange avec la question : *Que se passe-t-il sur l'échiquier?*

Fabien voyait poindre dans ses pensées un autre champ d'analyse. Le Jeu devenait perfide et machiavélique, comme une éminence grise il lui soufflait une autre hypothèse, étrange à bien des égards. A présent, il se demandait si Hubert comme Tatiana, comme Desprit n'avait pas lui aussi autre chose en tête que de faire tourner le Cabinet. Il était bien clair pour Fabien que un plus un égale deux, du moins pour ce qui est du travail. En son absence, rien n'avait changé, tout était resté comme avant en place. Ainsi donc un plus zéro, ça pouvait peut-être faire deux aussi à moins que un plus un ne fasse pas deux mais tout simplement un et un comme il arrive qu'on le dise et rien de plus. Conjuguer les talents ne veut pas dire qu'on puisse les additionner. Pour ce qui est des honoraires en tout cas, cela ne faisait pas un centime de plus, tout au plus des économies de structure presque négligeables. Fabien avait eu la bonne idée de prendre une assurance pour compenser ses pertes d'activité en cas d'hospitalisation ou de maladie grave. En faisant sa déclaration à l'assurance pour ses honoraires propres, il constatait que son association avec Hubert ne lui avait pas rapporté un centime de plus par rapport à son activité quand il était seul. Donc un plus un est égal à un dans un cabinet d'avocats. Peut-être était-ce la même chose pour son associé mais chose bizarre, il n'en avait pas la moindre idée, car leur comptes étaient séparés. Au fond, ils ne faisaient que partager un bureau, et des frais fixes de secrétariat, mais juridiquement, un comble, rien n'était mis en commun. Fabien un peu songeur se disait en son for intérieur que c'était une bonne idée de faire un peu de gestion de temps à autre, que ça ouvrait les yeux. En effet, il fallait bien se dire que si un plus zéro ne faisait pas deux, ni pour Fabien ni pour Hubert, ce n'était vrai que pour une courte période. En cas de disparition de l'un ou de l'autre c'était le jackpot pour le survivant qui récupérait la clientèle de l'autre et dans ce cas un plus zéro ça pouvait faire beaucoup plus que deux!

C'est cela la logique du jeu, une logique terrifiante quand on y pense, basée au fond sur des calculs simples qui prennent en compte un facteur *clé* qui est la *transformation*. Si quelque chose change la *position*, sans changer pour autant l'équilibre *matériel*, cette chose doit être considérée de près, car cela modifie tout simplement les perspectives de gain. Cela ne prouvait rien bien sûr, si ce n'était que Hubert aurait pu avoir un intérêt quelconque distinct de celui de Fabien. Le but de Fabien était de protéger sa famille mais dans le même temps, il générait un intérêt invisible pour Hubert. S'il disparaissait Tatiana récupérait ses parts et son associé reprenait la clientèle, facile pour lui de racheter les parts, qui étaient valorisées très en dessous de la valeur réelle. Mais Angela dans tout cela quel était son point de vue ? Étrange qu'elle ait parlé de le soutenir lui, Fabien, comme si elle le croyait en danger. Elle en savait peut-être plus qu'elle n'était disposée à en dire, c'est souvent le cas avec les employés...

Travail, amour, argent, réussite sociale, tous ces éléments mis bout à bout faisaient qu'un changement pouvait éventuellement s'avérer payant pour les uns comme pour les autres. Fabien ne pouvait plus se contenter d'un dialogue avec lui-même et le Jeu, il lui fallait agir pour en savoir plus. A partir du moment où il était conscient d'être lui même *une pièce ou un pion* d'un jeu qui se jouait ici dans son Cabinet et chez lui, il lui fallait en savoir plus sur la réalité de ce qui se jouait. Il examinait sa police d'assurance. Personne n'était au courant de cela, pas même Tatiana! Les épouses n'avaient pas de souci à se faire en cas de disparition car elles étaient bénéficiaires d'une grosse prime d'assurance aux côtés de l'autre associé. Lui n'en avait pas parlé à Tatiana, mais rien ne prouvait que Tatiana n'en ait rien su car l'épouse de Hubert le savait peut-être et elle était très bavarde.

Encore une fois, il recommençait à avoir des soupçons sur sa femme et cela lui faisait très mal. Loin des yeux, loin du cœur, ses doutes le harcelaient toujours, lorsqu'il était physiquement éloigné d'elle et disparaissaient quand elle était tout près de lui. Tatiana et l'épouse de Hubert ne savaient peut-être pas mais Hubert savait, ça c'était sûr car il avaient souscrit sous seing privé, la même prime d'assurance que lui. Il comprit soudain que ce contrat hyper confidentiel pouvait ne pas l'être du tout.

L'épouse de Hubert était un vrai poème à elle toute seule. Elle était toujours en voyage aux États Unis dont elle était originaire ou bien ailleurs, elle disposait d'une petite fortune personnelle héritée de ses parents et se souciait bien peu de pouvoir bénéficier un jour de quoi que ce soit. Ce n'était pas cela qui ennuyait Fabien, mais le fait qu'elle ait pu en parler et donner des idées à d'autres. Il la croyait tout à fait capable d'avoir dit autour d'elle ce qu'elle savait, si elle savait bien sûr. Leur couple non plus n'était pas vraiment exemplaire et il avait souvent entendu l'épouse de Hubert gloser sur les plaidoiries de son conjoint qui, selon elle, s'intéressait plus à ses justiciables ou détenus plutôt qu'à elle... Dieu sait ce qu'un homme peut accepter pour s'attacher la confiance et les bonnes grâces d'une femme, d'une épouse !

Que faire? Angela, il n'y avait qu'elle qui pouvait aider Fabien, il en était certain. Elle serait ravie de le renseigner, s'il lui en faisait la demande, voire même de lui en dire plus sur ce qui se passait pendant ses absences au Cabinet. C'était décidé, il ferait cette démarche, il demanderait cela à Angela, à son assistante plus que dévouée. La plupart du temps, Angela l'accompagnait dans ses déplacements, mais il était possible de faire autrement, il était possible qu'elle reste un peu plus au Cabinet et récolte des informations pour lui, juste des informations, il en avait besoin à présent. Allait-elle accepter de prendre ce risque pour son patron, sans contrepartie aucune? Fabien n'en était pas certain, il prenait un risque, mais c'était minime au regard d'un autre risque qui était celui d'être encore le jouet d'un complot, d'une machination ourdie à ses dépends.

Fabien souhaitant terminer ce dialogue surréaliste avec le Jeu fit un geste de bas en haut et de gauche à droite. Il délimitait ainsi la grande diagonale d'un Fou imaginaire comme pour se rappeler une hypothèse qu'il ne devait pas négliger :

"Merci le Jeu! Si jeu il y a, ou jeux, qui est le Roi, qui est la Dame? Combien de dames combien de rois? Tout cela est essentiel et il y a bien un jeu et peut-être plus, et plusieurs parties qui se jouent en des lieux différents. Comment cela peut-il en être autrement ?"

Pour Fabien Darquin "Descartes" n'était jamais très loin; celui pour qui il convient de raisonner par rapport à des choses certaines...Procéder par analogie, comme hélas on le fait trop souvent en considérant que les échecs ou bien quoi que ce soit d'autre reflètent une certaine réalité, ne pouvait conduire qu'à des erreurs tant il est vrai que la réalité est nécessairement toute autre. En revanche, raisonner comme on le fait aux échecs en se basant sur les choses dont on est tout à fait sûr, pour trouver ce que l'on cherche, cela semblait valable. Restait à savoir ce que valait le raisonnement lui-même. Pour l'illustre mathématicien, le point de départ de tout n'est-il pas contenu dans cette idée de penser ?

Quoi de plus certain pour Fabien que cette présence presque quasi constante du Jeu dans son esprit, en atteste cette constatation qu'il fit un jour suspendu dans le vide à l'intérieur de son auto tout en faisant face au danger : il calculait encore, il pensait à sa partie perdue !

Un peu comme un signal d'amitié, le sourire d'Angela lui revint en mémoire, elle était décidément une perle rare sur un écrin de verdure en ces temps de morosité automnale ! Loin des calculs compliqués, loin de ses échecs amoureux, il y avait pour Fabien cette douce satisfaction de se savoir aimé, ce qui le rendait plus gai qu'il n'aurait dû.

---------------------------------

# 27 Promotion

La *Dame* est la pièce la plus puissante du jeu d'échecs, pour les britanniques il s'agit de la reine, car elle est désignée sous le terme de *Qween*. En France on dit *Dame* ce qui semble plus approprié, car il peut y avoir plusieurs Dames sur un échiquier. Ajoutons que si elle est en danger, Dieu ne peut rien pour elle, seul le joueur peut décider de la sauver, si le jeu le permet...Les débutants n'hésitent pas à prononcer le mot femme, persuadés qu'ils sont que la Dame est l'épouse du Roi. Mieux vaut rire un peu avec ceux qui voient des chevaux à la place des Cavaliers. Si c'est le moyen de transport qui importe, on peut imaginer des trottinettes ou des taxis à la place des Fous et pourquoi pas des bicyclettes anglaises en lieu et place des Bishop s. Pour la petite histoire on peut remarquer que le Fou est devenu Évêque de l'autre côté de la Manche, à moins que ce ne soit le contraire. Littéralement Bishop vient du grec skopos et signifie surveillant...Dieu sait pourquoi, mais chez les Francs Maçons, un Bishop ce n'est pas un évêque ni un fou, mais c'est un officier, un surveillant général des études ou du travail des apprentis compagnons! Amusant que de ce côté là le Bishop finalement soit ce que l'on appelle communément en langage potache un "pion"! Pour Fabien qui avait un faible pour le Fou, symbole de divertissement, personnage complexe et important, il y avait là matière à réflexion. Pour quelle raison son assistante voyait elle en lui un fou? Personnage interchangeable, Fou du roi, ecclésiastique ou officier surveillant, difficile de se faire une idée à moins que ce ne soit tout simplement un joker pour elle qui ne jouait pas aux échecs. L'échiquier n'est pas plus un royaume que ne l'est un jeu de cartes, n'en déplaise à sa Majesté le Roi, ni une église avec des évêques. Ce n'est pas non plus le monde car il y a deux Rois, sinon il y aurait deux mondes.

Fabien était pensif ce jour là et il notait non sans ironie en regardant son agenda que laisser une Dame en prise, l'abandonner à son triste sort n'était peut-être pas si grave, si dans le même temps on pouvait en obtenir une autre, mieux placée et ceci par simple *promotion d'un "pion"*. Finalement son assistante était d'une certaine façon le Joker de Fabien sans qui pas grand chose n'aurait pu avoir de sens... Ceci était juste une observation *en passant*, qui pour être douloureuse aux yeux de Fabien n'en était pas moins vraie et précise. Sur ce même agenda était noté de discuter ce jour là avec Mademoiselle Sitter, Angela de ce qu'il conviendrait de faire...

Auparavant, cette personne pourtant efficace n'avait obtenu que peu de crédit aux yeux de Fabien. Elle travaillait comme on dit, et il n'y avait rien à en dire, mais il l'avait jugée trop rigide, peu créative et pas vraiment encline à prendre des initiatives. Lorsqu'il l'avait embauchée, il imaginait quelqu'un qui puisse s'occuper de tout au niveau organisation et administratif; il avait à peine regardé son cursus car elle était vivement recommandée par un collègue. Faire d'Angela une alliée crédible ne lui serait jamais venu à l'idée auparavant. Comme beaucoup d'employés modèles, elle était hors jeu, d'une certaine façon...

-Donc vous me disiez que l'Inspecteur avait gardé vos notes... Pas de problème Angela, il me donnera tout ça quand je le verrai. Mais dites moi, au fait, votre formation de base c'était quoi déjà? Vous faites surtout du secrétariat ça ne vous dérange pas? Je vous l'avais dit l'aspect juridique, n'était pas mon problème majeur...mais...

-Oui, bien sûr, je suis juriste de formation, j'aurais bien voulu vous le dire mais j'ai préféré vous le cacher de peur que vous ne me gardiez pas. Vous savez le marché de l'emploi est peu favorable en ce moment, un tiens vaut mieux que deux tu l'auras.

-Mince alors! Mais je croyais que...Si je comprends bien vous pourriez tout aussi bien être associée avec nous.

-C'était mon souhait, mais je ne vous en ai rien dit. La lettre de recommandation ne faisait état que de mes qualités administratives et c'est pour cela que je vous ai intéressé.

-Et moi qui voulais vous "partager" avec Hubert! Je ne voyais en vous qu'une personne apte à répondre au téléphone et à prendre des notes. Il est vrai que vos remarques étaient des plus pertinentes, mais bon sang, pourquoi êtes vous restée si discrète pendant tout ce temps?

Le silence réprobateur de Angela montrait visiblement sa gêne en face de ses propres sentiments qu'elle n'avait osé avouer ouvertement à Fabien.

-Ne me dites pas encore que vous... Euh au fait qu'est-ce que vous pensez de mon association avec Hubert? Vous trouvez qu'on s'entend bien, que ça pourrait aller mieux?

-Ce que je pense? Je pense tout simplement que votre associé Hubert n'a qu'une idée en tête: se débarrasser de vous! Je ne veux pas être trop accusatrice, mais il voit des gens très bizarres qui n'ont pas votre classe et qui ne sont pas clients du Cabinet. Le saviez vous? Vous devriez vous méfier de lui, je ne sais pas ce qu'il manigance, mais j'ai vu passer des individus qui visiblement venaient pour affaires et qui parlaient une autre langue que la notre.

-décidément c'est une chance de vous avoir, vous êtes une perle. Votre dévouement me touche énormément. Bien sûr je reverrai votre situation dans les plus brefs délais. Euh, pardon mais ce que vous me dites m'intrigue un peu.

-Il y a longtemps que je voulais vous en parler mais, après tout ce ne sont pas mes affaires.

-Seriez vous d'accord pour me renseigner un peu plus sur l'agenda de...

-Oui, Oui, Fabien d'accord mais...

Elle avait fait mine de partir s'appuyant ostensiblement sur la table ronde. Fabien posa délicatement sa main sur la sienne. Elle était là, debout devant lui un peu interloquée. Il pensait ainsi lui faire comprendre que rien n'était impossible côté sentiments, qu'il comprenait son désarroi et partageait le même désir.

-Angela, je ne puis rien vous promettre de plus à ce jour, vous ne m'êtes pas indifférente croyez le bien, mais je ne suis sûr de rien.

-Bon d'accord, qu'est ce que vous attendez de moi ?

-J'ai besoin d'en savoir plus. Il faudrait que vous puissiez vous procurer les mots de passe sur l'ordinateur de Hubert, je...

-Je les ai, vous pensez bien depuis le temps que je travaille au Cabinet, j'ai tous les mots de passe y compris les vôtres. D'ailleurs un conseil, vous devriez en changer plus souvent.

-Vous avez déjà jeté un coup d'œil sur les dossiers ?

-Non ne me faites pas dire ce que je n'ai pas dit, je suis loyale avec vous !

-Il faut absolument que l'on trouve un moment pour que je puisse...

-Votre associé part sur la côte d'azur ce week-end, je l'ai entendu le promettre à l'une de ses maîtresses, qui passait par là, il n'y aura personne au Cabinet.

-Vous êtes géniale Angela. Je doute que l'on trouve quoi que ce soit, mais je veux en avoir le cœur net. Vous êtes libre aussi.

-Oui bien sûr, ça va être torride! Fabien! Je réserve mon week-end...

Il faut savoir ce que l'on veut se dit Fabien conscient, cette fois-ci que passer deux jours avec Angela n'était pas tout à fait neutre et que rien dans son contrat ne stipulait qu'elle doive lui consacrer ses week-end.

Tatiana ne s'étonnait pas que son mari dû s'absenter un week-end tout entier. Cela lui arrivait de temps à autre quand il plaidait en dehors de la ville assez loin de son domicile. Elle ne comptait pas vraiment sur Fabien pour régler ses affaires et se préoccupait peu de ses absences. Elle avait fini par promettre une chose qui lui paraissait insensée, mais elle ne pouvait plus faire marche arrière. Par un étrange concours de circonstances, ce qui était attendu se produisit ce samedi là où Fabien était absent. Tatiana seule chez elle, fut appelée par deux individus, un peu comme ceux qui prétendaient faire d'elle la future championne du monde! Ceux là étaient plus directs:

-Nous venons de la part de Goudunov, il y a du nouveau! Nous savons que vous utilisez le prototype de Desprit. Nous avons besoin de savoir si votre système fonctionne correctement. Nous somme devant votre porte, un conseil ouvrez !

-Pourquoi voudriez vous que je vous parle de cela, je ne vois pas ce que vous voulez dire ?

-Vous savez parfaitement de quoi il s'agit, notre système s'est planté et avant d'appeler Desprit avec qui nous sommes en affaire nous voulons voir votre système.

Ah bon, si vous venez de la part de Victor...je vous ouvre mais je n'ai pas beaucoup de temps !

Tatiana était presque étonnée que ça se passe ainsi, aussi simplement. Heureusement que Fabien n'était pas là, pensa-t-elle; mais sans doute ils avaient observé ses allers et venues. Elle en était persuadée.

Elle vit apparaître deux grands gaillards qu'elle n'avait jamais vus, dans l'entrebâillement de la porte qu'elle venait d'ouvrir.

-Vous êtes dans les échecs? Vous savez le système de Desprit, je ne l'utilise pas, si vous voulez je vous vend le tout pour deux cents Euros !

-Il ne s'agit pas de cela, nous ne voulons pas l'acheter, nous voulons voir s'il fonctionne c'est tout. Et puis votre clé logicielle ?

-Et vous croyez que je vais vous en faire cadeau ?

-Allons donc nous n'allons pas être méchants, entre utilisateurs avertis on peut se rendre de menus services vous ne croyez pas.

-Vous êtes français, qui êtes vous ?

-On vient de la part de Goudunov, ça ne vous suffit pas ?

-Tout ça pour moi c'est de l'histoire ancienne vous savez.

Le moins grand commençait à perdre patience.

-Qu'est ce qu'elle veut, qu'on lui file du fric? Tenez voilà cent balles, faites voir votre ordi, on n'a pas de temps à perdre .

-Bon bon d'accord c'est par ici...

-Allumez votre ordinateur.

Les deux hommes visiblement très au courant des subtilités de l'informatique eurent vite fait de trouver ce qu'ils étaient venus chercher.

-Vous avez une clé USB avec la clé d'identification et vous ne vous en servez pas?

-Non, Desprit a installé un système d'identification qui est permanent, ça marche avec mon doigt, c'est biométrique, il y a un firmware open sans quoi je ne pourrais pas...

-On veut ça.

-Mais c'est à moi, c'est dans l'ordinateur !

-S'il vous plaît, permettez...

Les individus visiblement au fait des subtilités informatiques étaient peu enclins à discuter. Ils eurent vite fait de démonter l'ordinateur et de retirer une barrette pour enlever le firmware qu'ils étaient venu chercher. Tout fonctionnait à merveille, car ils étaient persuadés d'avoir trouvé le truc. Tatiana faisait mine de ne pas trop  comprendre et eut un petit geste de la main  pour signaler que ça c'était sûrement un peu plus cher !

-Tenez voilà cinq cent balles de plus chère madame, votre ordinateur fonctionne très bien avec la clé USB à charge pour vous d'opérer une mise à jour. Vous avez à présent exactement le même message que nous sur votre bécane et M. Desprit se fera un plaisir de vous faire la mise à jour de la clé USB. Votre mot de passe pour le système biométrique?

-Bon je tâcherai de lui demander, voilà je vous mets ça sur un petit bout de papier.

-Pas un mot à personne sur nous et sur tout ça, bien sûr, pas plus à Desprit que quiconque sinon, vous savez quoi : couic couic!

Le signe de la main que faisait le moins grand était pour le moins explicite.

Tatiana ne fut pas surprise et constatait que ses craintes étaient justifiées, elle fit mine d'avoir très peur, ce qui est plus facile que de jouer les mères courageuses.

Les deux individus partis, elle était certaine que ces deux là n'avaient rien à voir avec Goudunov, ils avaient utilisé ce nom pour se faire ouvrir, manifestement ils ignoraient qui était "Goudunov" mais ils savaient ce que ce nom pouvait signifier pour Tatiana. Cependant pour s'assurer qu'ils ne se doutaient de rien Tatiana n'hésita pas à leur reparler de l'appel précèdent:

-C'est bien vous qui m'aviez appelé une première fois pour me proposer un entraînement à la carte afin de viser le titre mondial?

-Non ce n'est pas nous exactement, mais on est au courant. Vous pouvez y arriver, on peut vous aider...

-J'ai réfléchi à la proposition, je n'y tiens pas c'est non, cela me prendrait beaucoup trop de temps et d'énergie. Le haut niveau m'intéresse modérément. Je préfère me consacrer à mes élèves et viser des résultats plus modestes.

-Comme vous voudrez, mais ne parlez de cela à personne, ça ne servirait à rien. Cette proposition est toujours d'actualité, vous avez tout le temps.

Les deux compères s'en allèrent comme ils étaient venus, persuadés d'avoir fait une bonne affaire. Ils étaient loin d'imaginer que leur "fournisseur" occasionnel venait de leur tendre un piège. Tatiana, quant à elle, venait de comprendre quelque chose, dont elle se doutait un peu, mais dont elle n'avait pas encore la certitude. Non seulement Desprit s'était fait doubler mais en plus de ça la trahison venait peut-être de France et non pas de la piste bulgare. Tatiana était seule à pouvoir se poser ce genre de question pour des raisons que Fabien n'allait pas tarder à découvrir.

Ce samedi là, Angela et Fabien s'étaient donnés rendez vous au Cabinet d'avocats. Hubert absent, ils avaient tout leur temps, pour examiner un maximum de documents. Le bureau de Hubert était fermé d'ordinaire à clé mais Angela avait son double de clés. Hubert utilisait un ordinateur portable qu'il ne laissait pas au bureau, mais il était connecté la plupart du temps sur le système interne et l'essentiel de ses travaux était enregistré sur cassettes. Hubert par souci d'économies faisait travailler des stagiaires à temps partiel. Ceux-ci ne risquaient pas de venir un samedi pas plus que le reste du personnel administratif plutôt occupé à parler RTT, café ou cuisine la plupart du temps .

Angela se chargeait tous les vendredi soir de faire les sauvegardes du travail du Cabinet. Pour cela elle s'enfermait pendant une heure dans la salle informatique et  réalisait une sauvegarde complète de tous les disques durs.

Elle avait pris bien soin le vendredi de réaliser une copie de sauvegarde du portable de Hubert, ceci sans éveiller le moindre soupçon car c'était une procédure de sécurité habituelle. Il suffisait donc de recharger les cassettes sur l'ordinateur central, mais ce travail pouvait prendre beaucoup de temps car cette machine n'était pas des plus récentes. Et puis Fabien voulait vraiment tout voir sur une période d'un an ou plus. Entre autres choses ils regardèrent les appels téléphoniques entrants et sortants sur le fixe de Hubert. Fabien fut étonné d'y trouver le numéro de Desprit, mais aussi celui de Tatiana. L'agenda électronique était un peu confus, rien de bien précis avec des rendez vous plus ou moins bien notés. Un étrange Gdf qui ne signifiait sûrement pas Gaz de France, mais qui pouvait signifier Goudunov semblait indiquer que Hubert avait rencontré Goudunov. Un dossier attira son attention. L'affaire des interfaces de Desprit apparaissait dans les dossiers de Hubert non pas sous le nom de Desprit mais sous un nom de code très bizarre: X64FW-Interfaces-TD...Et puis il y avait un projet de statuts pour une société en formation qui n'était pas celle de Desprit. Le document avait été téléchargé et les noms qui apparaissaient n'étaient pas connus de Fabien, d'autres étaient laissés en blanc. En fait cela pouvait être un projet avec de faux noms recopiés à partir de statuts existants. Cependant le contenu évoquait clairement une association entre quatre personnes pour diffuser un service basé sur différents jeux dont le jeu d'échecs. L'objet social portait la commercialisation de jeux consultables à distance avec des systèmes biométriques. Il y était question pêle-mêle de lunettes spéciales à réalité augmentée, de tee shirts numérisés, de smart stylos, de bracelets et de tous systèmes biométriques divers et variés consultables et gérables à distance sans limitation d'aucune sorte.

Une fois le doute installé dans l'esprit d'une personne, il est très difficile pour elle de s'en débarrasser. Fabien y était sujet, mais à présent c'était le doute cartésien qui prenait le dessus s'appuyant sur des faits réels et non plus sur des impressions fugitives et trompeuses.

Ouvrir l'armoire de Hubert pour retrouver des exemplaires plus explicites était trop risqué car cela se verrait à coup sûr. Angela était bien désolée, elle n'avait que les clés de l'informatique, pas les clés du placard. Fabien excité par ce qu'il avait découvert aurait bien voulu en savoir plus mais il voulait éviter de fracturer la serrure. Il décidait d'en rester là. A présent, il sentait comme un parfum de complot caractérisé par une société cachée à laquelle Tatiana pouvait avoir été associée à un moment ou à un autre. Il en savait suffisamment de son de vue pour devoir redoubler de vigilance. Satisfait de cette première journée, il se devait de remercier Angela d'une façon ou d'une autre.

-Angela nous avons bien avancé, il est déjà bien tard, je pense que ça suffit pour aujourd'hui. Cependant je ne rentre pas chez moi. J'ai retenu deux chambres au Métropole de Lyon. Je dois m'y rendre à présent si vous voulez venir, je vous invite à dîner ce soir. Mais je dois vous prévenir, nous dînerons en compagnie d'un client du Cabinet que j'ai invité avec sa compagne. Prenez ça comme si c'était un déplacement normal. Nous aviserons demain matin pour la suite, si on veut voir d'autres choses...

-Je prends ça du bon côté Fabien, du bon côté... J'ai toute ma nuit de libre pour vous, vous savez bien. Et puis j'ai mon auto, je vais vous conduire, n'est-ce pas ?

-Oui allons y, question "transports" j'imagine que vous vous y entendez mieux que moi...

Angela ne releva point l'allusion, elle était loin de songer à ce qui occupait l'esprit tourmenté de son patron encore en proie au doute, quand il s'agissait de tenir un volant.

Le temps des confidences était venu, celui de la confiance aussi. Fabien et Angela, l'esprit léger pouvaient s'offrir un peu de bon temps, c'est ce qu'ils firent au sens culinaire du terme. Cette soirée avait commencé sous de bons hospices le client de Fabien était un homme jovial et bon vivant qui aimait la bonne chère. L'homme était un des associés d'une holding qui contrôlait des sociétés opérant dans le secteur des jeux. Un certain Didier d'Entressange ou quelque chose comme ça. Il n'était pas connu du grand public mais pesait lourd financièrement et puis c'était devenu un ami de Fabien, car en bon avocat qu'il était, il lui avait fait gagner quelques batailles juridiques difficiles au premier abord. Les deux hommes s'offraient à tour de rôle d'excellents repas autour des meilleures tables de la région.

C'était le tour de Fabien et il avait proposé un dîner chez un grand nom de la gastronomie, en pays dombiste, en un lieu bien connu des fins gourmets. Voilà quelque chose que l'avocat n'avait jamais offert à son assistante, c'était la première fois qu'il l'emmenait avec lui, d'ailleurs c'était la première fois que leur rencontre se faisait avec une présence féminine.

En plus des mets délicieux aux noms évocateurs qui furent servis, le dîner fut bien arrosé. Le sommelier de l'auberge était un homme pittoresque et bien connu des habitués, il semblait tout droit sorti de sa cave avec son tablier noir et son teint blanchâtre. Avec un air grave et sur un ton anodin il avait suggéré des vins parmi les meilleurs crus, des vins de belle tenue pour ce qui est de la robe et des plus capiteux pour ce qui est de l'effet, mais très bien adaptés aux plats qui furent choisis.

Fabien était l'avocat attitré de son ami et s'occupait de milles choses pour son entreprise qui n'avait pas de service juridique intégré. Les affaires n'avaient pas grand chose à voir avec ce qui se passait autour de la table, sourires entendus et appels du pied allaient bon train, pourtant il fut question de business entre la poire et le fromage et c'est Fabien lui même qui demandait conseil :

-Dis moi, Didier en ce qui concerne les paris sur des compétitions sportives qui est-ce qui tient les rennes en France , peut-on parier sur n'importe quoi comme je l'ai entendu dire ?

-Comme tu devrais le savoir ce secteur est encore bien réglemente chez nous et à part pour les courses de chevaux et certains sports comme le foot c'est plutôt à l'étranger que ça se passe. Mais c'est vrai et ça parait même ahurissant, il y a des paris sur tout et n'importe quoi. Un chinois de Hong Kong peut parier sur une rencontre de foot de seconde zone ou d'autre chose d'ailleurs ça n'a pas d'importance... Mais pourquoi cette question ?

-Je me suis laissé dire qu'il pouvait y avoir des sommes importantes misées sur des rencontres d'échecs et je me demande ce que ça pourrait rapporter à des parieurs qui pourraient connaître ou fausser le résultat ?

-D'abord en France pour l'instant c'est interdit, tout ce dont je te parle ça se passe à l'étranger même si ça porte sur des matches qui ont lieu en France. En effet ce qui intéresse avant tout un parieur quel qu'il soit c'est de minimiser le risque. Alors tu penses bien que connaître le résultat à l'avance c'est le jackpot assuré. Tout ça n'est pas clair, pour ma part je me contente des jeux d'argent basés sur le hasard, les cartes ou la roulette, tout le monde a sa chance et c'est déjà assez compliqué à gérer alors tu t'imagines bien que si on y ajoute le critère sportif c'est autre chose.

Dans le domaine du turf, ils ont partiellement résolu le problème avec le handicap qui rend plus difficile les pronostics et puis c'est géré par du beau monde comme on dit, mais pour le reste c'est la porte ouverte à n'importe quoi... On ne  compte plus les matches où des super favoris se font battre sur leur propre terrain avec des explications plus ou moins fumeuses du genre qu'ils étaient pas en forme ou qu'ils avaient fait la bringue...Pour ce qui est des échecs, je ne sais pas comment ça se passe ni qui intervient mais si tu veux je peux me renseigner.

-Non c'est juste pour avoir une idée, les paris, j'ai du mal à comprendre comment ça peut faire beaucoup d'argent !

-Les paris sportifs ça arrange tout le monde, la triche sur le papier personne n'est d'accord mais en fait les fédérations ne font pas grand chose pour l'empêcher vraiment car elles ont trop intérêt à ce qu'il y ait des flux financiers autour de leur discipline. Plus il y a d'argent autour d'un événement sportif, quel qu'il soit, mieux c'est pour tout le monde, enfin presque. Ce sont les paris qui ont enrichi le "foot" en Italie bien avant que ce soit le cas en France. Les seuls qui sont lésés dans ce genre d'histoire ce sont les joueurs et la plupart du temps ce sont des joueurs ou des coureurs qui ont dénoncé les malversations, rarement les instances officielles qui disent beaucoup plus qu'elle ne font. Bien sûr la triche ou le trucage d'un match est interdit, c'est d'ailleurs assez difficile et risqué mais il est clair que quelque soit le sport si quelqu'un est en mesure de savoir les résultats à l'avance, il peut gagner beaucoup d'argent et sans risque vraiment. Il y a bien des enquêtes sur les grosses cotes mais ça ne va pas chercher très loin et ça abouti rarement... Alors les échecs pourquoi pas !

-Hum en effet je subodore quelque chose comme ça, plus ou moins et mon accident fait peut-être partie du jeu.

-Si tu as besoin de moi ou de conseils d'ami n'hésite pas. En attendant, mesdames qu'est-ce que vous diriez de finir au champagne, c'est ma tournée! Tu sais que ton assistante est des plus jolies, tu m'avais caché ça... En tout cas c'est une très bonne idée ce dîner à quatre n'est-ce pas Annie.

Annie, l'épouse, du moins à ce qui fut dit, était bien d'accord et avait trouvé ce dîner des plus délicieux...

Il fallait bien que cette bonne chose ait une fin comme toutes celles du même nom et ce fut le cas non sans des embrassades et des promesses d'y revenir dès que possible.

L'hôtel heureusement n'était pas très loin et les contrôles peu fréquents en cette période de chasse. Angela conduisait merveilleusement bien et puis elle était restée lucide, car elle avait su éviter les "mélanges" se montrant malgré tout plutôt raisonnable. Elle réussit à garer sa voiture avec facilités dans le parking mal éclairé de l'hôtel. Fabien en homme galant portait son sac personnel et la petite valise qu'Angela avait eu la présence d'esprit d'amener avec elle dans sa voiture. Tout en plaisantant à propos de la soirée et des bonne blagues de Didier, ils échangeaient encore quelques mots riches d'émotion avant de se retrouver chacun avec sa clé en main, mais devant la chambre de Fabien. Lui était plutôt éméché et en guise d'au revoir il se confondait en remerciements, se félicitant d'une journée bien remplie et d'une soirée réussie :

-Angela, vraiment merci, tout ça c'est grâce à vous quelle soirée! Bonne nuit vous n'allez pas vous coucher ?

Là, il commençait à divaguer sérieusement et Angela ne pouvait pas l'abandonner ainsi sur le pas de la porte. Elle pris la clé de ses mains ouvrit la porte, le conduisit jusqu'à son lit pour le faire asseoir. A peine posé sur le rebord du lit, il s'étendit les bras en croix comme saisi par une soudaine envie de dormir. Angela prit le sac et le posa délicatement près du lit, puis elle prit l'initiative de refermer la porte de la chambre en prenant soin de ne pas faire de bruit.

Le fait qu'elle soit restée à l'intérieur fait partie de ces phénomènes étranges que seule une femme est capable d'expliquer et qui parfois change le cours de l'histoire des hommes. Les grands crus faisaient encore leurs effets et à ce jeu là Angela était beaucoup plus habile qu'il n'y parait ! Elle n'avait pas la moindre appréhension quand il s'agissait de déshabiller un homme. Elle procédait lentement comme une personne qui a tout son temps, ôtant les chaussures, puis les chaussettes puis la ceinture comme dans un rituel écrit d'avance et qui ne pouvait souffrir aucun changement. Et puis l'homme était là, pas vraiment conscient de ce qui se passait, persuadé d'être seul ou du moins pas sûr de ne pas l'être. Il s'étendit de tout son long, avant même d'être dévêtu. Il lui restait sa chemise et son caleçon que pudiquement la belle lui avait laissés. Angela avait pris le chemin de la salle de bain et Fabien trouvait dans son demi sommeil le chemin des draps soyeux. Il n'imaginait pas une seconde ce qui allait se passer cette nuit là, il dormait. Angela éteignit les lumières laissant tout de même la salle de bain allumée comme pour s'assurer qu'elle serait bien visible dans la pénombre et puis entièrement dévêtue elle se glissa dans le grand lit tout près de l'homme qui dormait. Ce qui se passa ensuite, tenait du miracle, en ce sens qu'Angela, sans rien faire d'autre que d'être là, fit se réveiller le désir d'un homme qui s'était évanoui dans l'oubli de soi, fracassé par la vie et par une abstinence forcée de plusieurs mois. Elle fut aidée en cela, il est vrai, par les grands crus classés...Fabien était-il bien conscient de se qui se passait? C'est probable, comment ne pas l'être, pourtant il ouvrit les yeux lorsqu'il sentit la peau douce d'Angela qui effleurait son corps et puis il sembla à peine surpris ou étonné de la voir si près. Elle, qui faisait de tout son corps un refuge, un royaume auquel aucun homme n'aurait pu renoncer. Il s'enlacèrent longtemps, l'homme et la femme liés ainsi une nuit entière dans leur chair et pour l'éternité de leur âme, tant il est vrai que ce qui est fait ne peut être défait.

---------------------------------

# 28 "Tension based decisions"

Fluidité, espace, parfois la position est telle que l'on se sent chez soi. En français, dans le passé le "c" de échecs au pluriel n'était pas prononcé, et puis plus tard le pluriel a rejoint le singulier. L'étude sémantique du mot échec a déjà nourri une littérature abondante consistant plutôt à en rechercher les origines! En français c'est comme dans d'autres langues et les origines du mots semblent à peu près connues, mais qui peut dire pourquoi on s'est refusé à prononcer le son "k" au pluriel à une certaine époque? Les échecs sans leurs "k" c'est comme une potée sans chou fleur ou une fondue sans fromage...Ceci n'est pas une explication mais peut-on imaginer ce jeu sans les deux "K" comme on le disait souvent à propos de Karpov et Kasparov ? Deux "K" qui sont devenu trois avec Kramnik et qui ont ont étés les rois du jeu, surtout Kasparov qui fut surnommé the "King". Le troisième russe après avoir mis les deux autres "d'accord" finit cependant par laisser partir la "couronne" hors de Russie. (En allemand die Krone) Même si c'était un des joueurs les plus talentueux qui soient et peut-être même pour toujours, le plus talentueux, il n'en reste pas moins qu'il y a perdu un "K". En cela, il n'était pas le premier et nul ne lui en tint rigueur contrairement à Spassky pourtant exemplaire et génial, dont le "k" minuscule fut sans doute trop discret au regard du "F" majuscule de Fischer . Tout ceci au fond n'est pas grave, rien ne se perd, tout se transforme comme aurait dit un illustre savant.

Les pièces d'un jeu sont comme les étoiles, elles ont besoin d'un peu d'espace pour briller. Fabien ne pouvait certes pas s'opposer au Jeu, seul maître de sa propre destinée. Échecs pluriels ou échecs singulier évidemment, ça ne changeait pas grand chose. C'est ainsi que l'amoureux des échecs laissait dériver son esprit fluide s'il en est en l'absence des"k". Il entrait dans le monde des "échés" un concept pluriel puisqu'il y avait plusieurs jeux, un concept nouveau qui rejetait toute forme d'échec en dehors de l'espace du Jeu, y compris les échecs amoureux. Échec c'est pas échec ! Comprendra qui voudra mais en français ça méritait peut-être d'être dit. Les "échés" c'était un peu comme un évêché de rêve, lui l'évêque, le pauvre fou devenait le favori d'une reine, une autre reine tout aussi puissante que la première.

Une seule paroisse et des millions de prêcheurs avec leurs prêchi-prêcha de toutes sortes, sans que jamais on entende le Jeu s'exprimer. Le Jeu, au stade où il en était, disposait de tout l'espace nécessaire. L'intrigue était comme une pièce de théâtre qui se déroulait sous les yeux des spectateurs, mais où tout était codé pour ainsi dire de telle façon que seul le peuple des initiés pouvait y comprendre quelque chose et dire vraiment ce qu'il en était. L'enjeu n'était peut-être plus planétaire puisqu'il ne s'agissait plus que d'être soi. La Guerre Froide était bien finie, le temps de Fischer révolu, le Jeu avait le champ libre pour n'être que lui-même. Son principal adversaire à présent était peut-être l'argent, un peu comme si l'avarice et la cupidité des malfrats avaient pris le contrôle des opérations. Ce qui se jouait, c'était une autre partie dans laquelle les acteurs, les pièces maîtresses étaient Tatiana, bien sûr, mais aussi les officiels, les organisateurs, les arbitres, la police, les services secrets et aussi les joueurs, bref tout ce qui constitue cette "même famille". Une famille qui comme le peuple était indivisible bien que divisée comme l'est hélas le reste du monde. Une famille qui renvoyait aux joueurs l'image de ce sourire d'ange dont on ne pouvait s'affranchir et qui enlevait au jeu sa part d'humanité. Sourires d'anges ou visages d'anges heureux qui sait au fond si Angela n'avait pas été là pour rappeler à Fabien le sens même de l'histoire. Pour ce qui était de son équation personnelle comme on dit, il avait juste échappé à un virage dangereux, telle était du moins la thèse officielle même si on peut en douter comme de beaucoup de choses.

Ceux qui avaient pris pour cible les jeux et pour objectif le plus noble d'entre eux auraient sans doute mieux fait de s'occuper d'autre chose, car ce jeu là , avait plus d'un tour dans son sac. Quand on aime on ne compte pas a-t-on coutume de dire et dans une famille l'amour est là...Amour platonique, narcissisme annoncé, amour de soi que l'on projette inconsciemment. Dieu sait sinon, ce que cela pourrait engendrer! Tatiana et Desprit, les instances du jeu, ainsi que Boudinov sans le savoir, étaient peut-être en mission pour rendre au jeu d'échecs ses lettres de noblesse. Ils devaient être là c'est tout, d'autres auraient pu faire ce qu'ils faisaient, mais ils ne l'avaient pas fait.

Si partie il y avait eu on pouvait en connaître l'ouverture et celle qui s'était jouée pouvait à n'en pas douter être qualifiée *d'irrégulière*. En fait on en était au stade de la finale et celle qui se jouait était une finale exceptionnelle, une finale d'anthologie. Une partie d'échecs c'est un art, c'est comme un opéra, une partition qui se joue. On reconnaît un opéra à l'ouverture.

Fabien était à présent très serein, il baptisa cette partie qui avait commencé pour lui d'une certaine façon : la *Variante de Platon*...Du fond de son véhicule, embourbé dans les branchages, il avait vu les choses autrement. Cette idée de jouer encore et puis de "jouer le Jeu" lui était venue toute seule, probablement de la même façon que Platon avait pensé au mythe de la caverne ce qui change notre vision du monde, de la société et de la justice que personne n'a jamais vu encore aujourd'hui !

C'était une époque charnière comme on dit, le trouble était dans les esprits, ils étaient nombreux ceux pour qui l'aura des échecs n'était plus au firmament de la galaxie. Ce jeu millénaire qui avait suscité tant de respect et de considération était lui aussi, comme d'autres disciplines en proie au doute face aux puissances de l'argent, victime des tricheurs et des parieurs. Le joueur de base passionné et désintéressé, exemple de dignité incontestable, ne savait plus très bien à quel saint se vouer. Seul un gros coup de filet pouvait éventuellement rétablir la confiance et l'engouement d'antan. De cela *la famille* était consciente, elle se devait de collaborer.

Le point critique était atteint, c'était comme dans un *blitz* (jeu ultra rapide), il fallait penser vite et bien. Ce point est capital, il l'était autant pour Fabien que pour le Jeu. Quand on se sent menacé par un coup de l'adversaire et que l'on dispose de peu de temps, on a tendance à jouer vite, quelque chose qui fasse baisser la tension. Ce n'est sans doute pas la meilleure façon de procéder, le plus souvent il vaut mieux jouer quelque chose qui maintienne la tension mais ce n'est pas systématique. Comme l'a suggéré de belle manière un certain Jesse Eddleman: "Let the emotion go and just think..." Fi des émotions donc...? Facile à dire ! Pour ce qui est de la traduction en français, il faudrait demander à l'auteur mais il semble bien que les émotions soient génératrices d'erreurs.

Tatiana qui était une championne avisée n'ignorait pas les bons préceptes du jeu et elle savait aussi en tenir compte dans la vie. Finis les tricheries, les mensonges, les coups tordus, on allait frapper un grand coup qui allait faire du bruit et occasionnellement mettre la main sur le cerveau de l'affaire! C'était son objectif à présent qu'elle était sûre que ses relations personnelles n'étaient en rien responsables de ce qui s'était passé. Lorsque Fabien revînt chez lui, il était comme dans une bulle de savon, il se sentait léger comme une plume.

Le réveil, le petit déjeuner pris ensemble dans la chambre avec Angela , le silence des amants qui avait suivi cette nuit hors normes, tout cela avait fait de lui un autre homme, un homme nouveau, même s'il se refusait à y voir autre chose qu'un accident, un de plus !

Il comprit à quel point il avait été distrait, quand sa femme se mit à lui raconter dans les moindres détails sa rencontre avec les deux "visiteurs". Évidemment lui ne pouvait pas en faire autant. Elle lui expliquait calmement que les deux hommes avaient cru obtenir à moindre frais le moyen de continuer l'œuvre malfaisante qui était la leur. Fabien souriait à son épouse, déconcerté mais persuadé, en fait que cette croisade contre le mal incarné allait lui en apprendre bien plus que prévu. Il y avait dans tout cela du *contre jeu*, et un enjeu différent, Fabien en était sûr à présent. L'aspect technique d'une opération est un aspect important mais l'aspect juridique ne l'est pas moins, le droit s'occupe de tout, et cela Fabien le savait mieux que quiconque. Faire l'idiot en posant des questions techniques, au fond c'était peut-être aussi une façon de rester dans la course :

-En quoi le GPS peut-il être aussi important pour les logiciels d'échecs ?

La réponse ne vint pas immédiatement, mais Tatiana se disait que son mari décidément n'avait encore rien compris. Après un long soupir, qui en disait encore plus long qu'il n'y parait vint la réponse sur un ton monocorde et franchement désabusé :

-Cet appareil en lui-même contient juste des informations cartographiques, il n'est pas repérable c'est son seul avantage, il capte des signaux provenant des satellites qui permettent de savoir à quel endroit précis de la planète il se trouve. Si c'était un GPS normal ça ne servirait à rien en l'occurrence, car il sont tous faciles à localiser, mais ne permettent pas d'envoyer la moindre information à qui que ce soit! Tu comprends ?

-Oui mais ? Euh...

-Celui qui équipait notre véhicule était relié à une unité centrale, un host comme on dit, qui permettait à ce véhicule de superviser un ensemble constitué par d'autres unités du même type, des téléphones ou des interfaces évoluées. C'était le top de la communication via ou avec des calculateurs, c'est simple non? Crois-tu une seconde que l'armée américaine utilise des systèmes de transmission bas de gamme ?

-Non bien sûr mais les interfaces évoluées c'est quoi ?

-Cela peut être ce que l'on veut, c'est conçu pour cela.

L'host computer peut communiquer avec tous les types de microprocesseurs intégrés. Des stylos à lecture digitale, des lunettes à réalité augmentée, des hologrammes diffus en un lieu donné, des téléphones dernière génération bref tout ce que l'on veut en fonction des applications. Tu comprends que l'aspect camouflage est important. En général un GPS en lui même n'est qu'un objet d'une très grande banalité, par contre ce GPS là est un dispositif très puissant qui permet de relier entre eux toutes sortes d'appareils sans pouvoir être repérable, car il utilise un système de brouillage très efficace...Je ne peux pas t'en dire plus, je ne suis pas spécialiste, il faudrait demander à Desprit. Les hommes qui sont venus me voir sont des ingénieurs très spécialisés, j'en suis certaine, il y a des chances qu'il y ait beaucoup d'argent derrière tout ça, c'est pourquoi je juge l'affaire des plus dangereuses.

-Ah oui c'est vrai ! Qu'est ce que tu leur as donné ?

-Ce qu'ils ont emporté tu veux dire? C'est tout simple, c'est une clé logicielle pour l'application de Desprit. En fait, euh...chut!

Avec un signe de la main Tatiana fit comprendre à Fabien qu'il fallait être prudent, qu'elle n'était pas sûre qu'il n'y ait pas des micros quelque part. Elle l'attira vers l'extérieur de la maison. Fabien s'interrogeait, c'est certain.

-Comment sais tu tout cela ?

-J'ai fait des études informatique comme ma cousine qui est en Suisse, mais contrairement à elle je me suis tournée vers les échecs. Et puis tu le sais, quand je t'ai connu, je travaillais pour une firme étrangère qui fabriquait des jeux électroniques.

-Oui, je sais, c'est moi qui t'ai fait quitter ce petit magasin où ils t'exploitaient. Ma question ce n'est pas ça, je veux savoir pourquoi tu es si bien informée.

-Je te l'ai déjà expliqué je ne veux pas y revenir cent fois. Desprit était mon contact, au cas où...Maintenant la balle est dans leur camp, je suis impatiente de savoir où ils en sont et surtout combien ils sont, il y a dans tout cela un parfum de trahison à tous les niveaux.

-J'en ai bien peur en effet !

-Que veux tu dire ?

-Rien, ils ont trahi la confiance que leur pays mettait en eux, ce dispositif s'il tombe dans de mauvaises mains peut être une arme efficace...

-Nous devons nous revoir demain avec l'inspecteur et les autres pour faire le point, tu vas encore déléguer ta secrétaire ?

-Euh, oui sans doute elle va plus vite que moi s'il y a des notes à prendre, c'est où ce rendez vous ?

-A Zug , au fin fond de la Suisse.

Tatiana eut un de ces sourires qu'il ne lui connaissait point, un de ces sourires qui semblait dire ce qu'elle pensait, du genre :

"Toi mon coco, je t'ai à l'œil, tu te crois fort à présent mais méfie toi si tu franchis la ligne jaune encore une fois tu auras affaire à moi." Elle semblait vouloir dire cela, mais elle ne le disait pas, c'était encore une fois l'imagination débordante de Fabien qui lui jouait des tours. Un peu décontenancé Fabien ne sût quoi répondre :

-Alors, ça ce fera sans nous ?

-En effet ! Sans ta secrétaire surtout !

Tatiana avait toujours le dernier mot.

---------------------------

# 29 Accords de méthodes

Évoquer le jeu d'échecs sans citer le docteur Max Euwe qui fut à n'en pas douter le plus fin des pédagogues, ce serait comme parler peinture sans citer les Maîtres Florentins ou les Impressionnistes ou Picasso qui firent école chacun à sa façon. Est-ce lui qui disait que même un mauvais plan vaut parfois mieux qu'une kyrielle de bonnes idées? Peut-être pas de cette façon en tout cas.

Sur la route qui relie Grenoble à Zug, dans la Citroën bleu ciel de l'Inspecteur Boudinov, lui-même au volant, il y avait Tatiana Darquin et Jean Desprit.

-Pourquoi nous emmener à cette réunion Inspecteur ?

Demandait Tatiana avec un ton détaché :

-Je peux avoir besoin de vous, c'est important, vous savez bien! Avec ces gens là on ne sait jamais ce qu'ils ont derrière la tête...

-Quels gens ?

-Le Ministre de la Défense français, le Général en Chef des forces armées de l'Otan, un Délégué américain aux affaires stratégiques, rien que ça madame ! Voyez vous c'est une autre histoire que votre Président des Échecs même si je comprend ses problèmes !

-Mon résident..des échecs ? Hum oui, chacun ses trucs! On verra bien! Le paysage est très joli par ici, tous ces lacs, c'est incroyable, je croyais que la Suisse était un tout petit pays !

Tatiana qui possédait un vocabulaire des plus varié, ne captait pas toujours certaines intonations du français et ceci même après quinze ans passés en France. Elle n'osait pas faire répéter et faisait comme si de rien n'était.

-En effet, c'est très joli . Ajouta Desprit qui partageait ce point de vue.

Sa voix était un peu tremblotante, ce qui à l'oreille dénotait une sorte d'inquiétude, une émotion, comme il en manifestait rarement. Tatiana, décidément très curieuse, reprit sa conversation avec Boudinov.

-Pourquoi cette réunion doit-elle avoir lieu dans cette ville, Inspecteur ?

-Nous allons au siège Européen de la société Tremens Corporation, c'est la multinationale qui fabrique les GPS volés, la maison mère d'une filiale américaine; il y aura le Président de ce groupe, mais je ne saurais vous dire son nom. Les américains pensent que les fuites pourraient venir du holding de tête et ils ont demandé cette réunion à cet endroit, je ne peux pas vous en dire plus. Votre présence n'est pas demandée, je vous laisserai dans un café non loin de l'endroit où se tient le rendez vous et je vous appelle si j'ai besoin de vous d'accord ?

Vous nous faites venir pour un rendez vous auquel nous n'allons même pas assister ?

-En effet, c'est un ordre du Ministre. En haut lieu, ils craignent un incident diplomatique et si nos informations ne sont pas à la hauteur, pas corroborées, ils veulent pouvoir parer à toute éventualité. Ne vous inquiétez pas ce ne sera pas long et puis vous serez bien installés dans un endroit très cosy.

Dans la ville en question, rien ne laissait supposer qu'elle puisse être le centre stratégique européen d'une grande multinationale mondiale. Les immeubles étaient de forme cubique ne dépassant pas six ou huit étages, alignés les uns derrière les autres, comme des machines à laver dans un super marché, rivalisant de simplicité et de sobriété sur le plan architectural. Tatiana pensait à sa cousine qui travaillait dans cette firme, mais se gardait bien d'en dire quoi que ce soit. Elle s'était toujours refusée à se mêler de tout cela et ce n'était pas le jour pour commencer. Si l'affaire lui était revenue comme une sorte de boomerang, ce n'était que par le jeu des échecs. Sa cousine n'étant pas identifiée à ce jour comme un membre de sa famille, il était inutile de compliquer les choses en en parlant à Boudinov. Elle décidait de se taire de toutes les façons possibles, quoi qu'il arrive. D'autant que Jean Desprit quant à lui ne risquait pas de dire quoi que ce soit.

Le ministre français venait de passer la matinée avec les très hautes autorités militaires et il s'adressa à Boudinov avec une certaine bonhomie.

C'était un peu comme dans une partie d'échecs lorsque l'on joue un coup tranquille, un coup d'attente. Laisser croire à l'observateur attentif que l'on a rien compris, que l'on est pas assez avancé, ni même renseigné sur ce qui se passe, est une façon assez efficace de faire baisser la tension et d'endormir quelque peu la vigilance de l'opposant.

-Ah voilà l'inspecteur de Grenoble. Écoutez Boudinov, votre histoire de jeu d'échecs commence vraiment à nous inquiéter, de quoi s'agit-il exactement? J'ai demandé votre présence en court-circuitant toute votre hiérarchie vous ne l'ignorez pas, cette affaire est entre vos mains. Expliquez nous.

-Vous expliquer, mais nous avons procédé comme prévu! Vous, euh...

Boudinov n'en revenait pas, le ministre faisait comme si il n'était au courant de rien! Classique mais difficile à avaler.

-Nous souhaiterions des précisions de votre part Inspecteur, comme vous le savez un lot de matériel volé est toujours recherché. Vos rapports ne mentionnent que deux ou trois unités récupérées dans une voiture accidentée et chez M. Desprit et puis rien sur les vrais coupables, sur le réseau qui les a subtilisé. Nous devons absolument savoir comment les joueurs d'échecs ont pu se procurer ce matériel, c'est urgent et vital. Selon certaines informations       d'autres unités auraient été fournies à des équipementiers qui travaillent en dehors de la sphère de l'Otan. Des véhicules détruits pas nos forces alliées pourraient avoir reçu ces équipements dans des régions très sensibles. Ces appareils permettent d'échapper à la surveillance radar de nos avions et nous ne pouvons pas brouiller leurs communications. Si votre enquête nous permet de remonter la filière, ça devient très intéressant. Nous      voulons identifier les approvisionneurs clandestins. J'ai lu vos rapports, mais Desprit, êtes vous bien sûr qu'il va collaborer, tout repose sur lui? Il est connu des services...

-C'est à moi que vous demandez cela ?

-Ces petits appareils, sont très importants pour les chefs militaires, peut-être plus encore que vous ne l'imaginez, la guerre froide est finie mais nous devons être sûr que ça ne va pas repartir à l'Est .

-Pour l'instant,ça n'en prend pas le chemin, M.le Ministre. Nous allons vraisemblablement pouvoir interpeller les utilisateurs et fournisseurs de la filière "échecs". Desprit s'est fait doubler dans cette affaire, alors vous pensez bien qu'il a à cœur de prendre sa revanche et puis vous savez que maintenant, il œuvre pour nous...

-C'est ce que nous croyons savoir, et madame Darquin, elle joue le jeu à présent, elle a donc fini par faire ce qu'on lui demandait ?

-Bien sûr...

Le ministre se tournant vers les autres participants qui n'avaient pas pipé mot.

-Vous voyez messieurs on est sur le point d'aboutir, si on laisse faire l'Inspecteur on n'est pas loin d'y arriver, il ne faut pas éveiller les soupçons en faisant intervenir qui que ce soit d'autre. Mais au fait, cette histoire de tournoi, de responsables des échecs ça ne risque pas de fuiter ?

-On n'a pas le choix, il faut passer par eux, c'est le seul moyen de prendre les coupables sur le fait.

-Oui, c'est cela, vous devez interpeller les membres de ce réseau et l'affaire sera ensuite traitée par d'autres services pour identifier les têtes pensantes de tout cela et démanteler toute l'organisation. Comprenez-vous Inspecteur, votre intervention est suivie avec le plus grand intérêt et pas seulement par la France ? N'est-ce pas ?

-Oui mais euh ?

-Si personne n'intervient c'est pour ne pas gêner votre action, mais tous les moyens sont à votre disposition.

-M. le Ministre ; vous savez, pour moi c'est une enquête un peu bizarre, il n'y a même pas eu mort d'homme. Pour un inspecteur de la criminelle ce n'est pas habituel. Pas de mort pas d'assassin. Quoique peut-être, il y a eu une tentative mais je n'en suis pas sûr... Le crime parfait en somme, puisque la victime n'est pas morte et que surtout le but n'était pas de la tuer...

-Vous êtes en service commandé Inspecteur, pensez à la France! Nous devons découvrir quelle est l'organisation qui diffuse les GPS, c'est la priorité.

-Acquiescement de l'ensemble des participants...

Boudinov resta coi. Cela signifiait clairement que si Madame Darquin avait voulu tuer son mari, avec quelque complicité ou avec Desprit, on s'en fichait du côté des autorités, du moment qu'ils n'étaient pas coupables pour les GPS et qu'ils collaboraient. Cette hypothèse restait difficile à évoquer de toute façon, mieux valait donc penser à autre chose. L'effet de surprise passé, il acquiesça également :

-Euh, oui M. le Ministre bien sûr! Mais, une fois les utilisateurs localisés et appréhendés comment devons nous procéder ?

-Les arrestations se feront sous contrôle, les suspects seront mis au secret le temps des interrogatoires, soyez prudent, vous continuez de communiquer les éléments aux services comme vous le faites en ce moment. Personne ne doit être au courant pour l'implication du contre espionnage, surtout pas les officiels des échecs avec qui vous travaillez. Cette réunion à Zug doit rester secrète. Officiellement ça reste un problème d'échecs et rien d'autre. Bonne chance Inspecteur...

Visiblement le Ministre, qui seul s'exprimait dans cette réunion, avait obtenu ce qu'il voulait à savoir un sorte d'accord de méthode et il ne souhaitait pas prolonger la discussion.

Le retour en voiture se fit dans une atmosphère un peu plus trouble au sens propre comme au sens figuré car le brouillard apparaissait par endroits. Quatre heures à l'aller et autant au retour, dans une même journée, pour aller dans un café et se restaurer au passage, ça faisait un peu long pour les deux accompagnateurs de l'inspecteur . Quant à lui, il venait de prendre conscience d'un élément nouveau auquel il n'était pas habitué. Cela s'appelle l'obligation de résultat. Il avait secrètement espéré pouvoir se délester d'un boulet et il revenait avec cette certitude que sa carrière était liée au résultat de l'opération. Cette enquête qui avait commencé par un banal accident de voiture prenait des proportions dont il aurait bien voulu se passer Il ne disposait au fond que de peu d'éléments, et le plan de Tatiana visant à confondre les tricheurs était sa seule piste sérieuse. Pour le reste rien n'était clair, il se remémorait les éléments de l'enquête et constatait qu'il n'avait pas progressé. En tant qu'inspecteur de la criminelle, il ne s'était intéressé à ce dossier que pour résoudre une tentative éventuelle d'assassinat sur la personne de Fabien Darquin et il se retrouvait à diriger  une opération dont il ne contrôlait qu'une *partie* limitée. Décidément les autres services s'étaient défaussés à bon compte sur lui. Qu'en était-il du vendeur d'auto, côté russe ou bulgare? Il avait pourtant bien demandé à ce que l'on se renseigne sur ce personnage et en réponse on lui avait dit que cet homme avait plus ou moins disparu des tablettes, que c'était une taupe de l'Ouest installé à Moscou. Des histoires à dormir debout, confirmation que cette affaire était une sorte de "patate chaude" du moins côté français. Et puis cette idée saugrenue de mettre les gens au secret! En France il était inconcevable de mettre des gens plus de quarante huit heures au secret. Voulait-on faire un Guantánamo des joueurs d'échecs, tout cela était risible. Non décidément non, il convenait pour lui de rester droit dans ses baskets. Boudinov n'était pas homme à se démonter facilement, il résolut de prendre tout cela avec bonne humeur et de continuer son enquête criminelle quoi qu'il arrive. Avec Tatiana et Desprit, il convenait de mettre au point les modalités pour la suite des opérations. Et puis comme pour rompre le silence du retour Boudinov s'exprima en ces termes:

-Nous devons refaire une réunion, je souhaite faire cela ailleurs qu'au Commissariat de façon à dédramatiser les choses. Nous irons dans les locaux du Département. Cela doit avoir un caractère anodin, voire même échiquéen. Pas un mot s'il vous plaît sur la réunion de Zug à laquelle d'ailleurs vous n'avez pas assisté. Nous avons juste l'accord pour mener à bien notre *plan*, ou plutôt le votre Madame Darquin.

-Mon plan ?

-Eh oui, madame, c'est bien vous qui avez ajouté une condition à votre participation, une condition qui est d'impliquer votre Fédération pour confondre les joueurs d'échecs qui se servent du dispositif volé. Il est vrai que c'est sans doute la meilleure façon de remonter à la source. Nous n'avons pas droit à l'erreur, vous en êtes consciente Madame ?

-Cela dépendra surtout de M. Desprit, et de la fiabilité de son système...

Jean Desprit était ailleurs, un peu plus serein, enclin à plus de romantisme, son déjeuner avec Tatiana l'avait détendu. Au fond, ils se connaissaient bien ces deux là, se comprenaient à demi-mots, en fait.

-Nous en reparlerons bientôt si j'ai bien compris. Le paysage est plus beau au retour, c'est curieux, n'est-pas ?

-Plus beau ? Beaucoup moins de visibilité mon cher, beaucoup moins !

Le chauffeur qui s'était contenté d'un sandwich à midi était beaucoup moins guilleret que Desprit. Chacun s'en retourna chez soi au retour dans l'agglomération grenobloise.

Fabien eut droit à un petit compte rendu succinct de la part de son épouse. Il avait pu savoir ainsi qu'une autre réunion allait se tenir dans les locaux du Département, une réunion pour laquelle sa présence n'était pas explicitement demandée. Lui s'était retrouvé à son Cabinet le lundi qui avait suivi ses excès à table.

Pour ce qui est de la réunion, il souhaitait en être, bien sûr accompagné, comme il sied, de son assistante. Avisée et discrète Angela avait évité d'être trop démonstrative au travail, elle savait bien que ce qui s'était passé avec Fabien pouvait n'avoir aucun lendemain ou bien le contraire, mais, comme toutes formes d'adultère, cela pouvait durer ou s'arrêter d'un seul coup. Elle savait aussi se fondre dans le paysage et se montrer comme-ci ou comme ça, quand il le fallait, très professionnelle mais rien de plus.

-------------------------

## 30 Un homme averti en vaut deux

Ce lieu départemental choisi par Boudinov semblait n'avoir aucune utilité probante pour un citoyen ordinaire, mais c'était le choix de l'Inspecteur. Un service public qui ne s'occupait pas particulièrement des usagers, mais d'autre chose. Pour Boudinov c'était une façon de se rapprocher du Préfet, car il se sentait en manque d'autorité. Comme chacun ne le sait pas toujours, les fonctionnaires d'état dépendent plus ou moins du Préfet de Région. Le Préfet n'était pas à cette réunion mais s'y trouvait Tatiana, un Délégué de la Fédération des Échecs et surtout Monsieur Desprit accompagné d'un spécialiste"réseaux"envoyé spécial du Ministère de la Défense. Desprit avait été un peu surpris de devoir ouvrir ses portes à cet homme qui était dûment mandaté pour contrôler les opérations.

Boudinov fut le premier à parler :

-Alors M. Desprit, où en sommes nous, je crois savoir que la fameuses date butoir est dépassée et que vous devriez avoir des éléments à nous fournir?

-Oui Inspecteur, j'ai repéré trois types d'équipement.

-Bonne nouvelle!

-Oui, trois unités (de type *host computer*) qui voyagent dans des régions très différentes. Une en Toscane, une autre dans le Nord de la France et vous allez pas me croire, mais il y a une unité en Suisse pas loin de Zug. Il est possible qu'il y en ait d'autres en dehors de l'espace Schengen, notamment en Bulgarie mais je ne suis pas équipé pour les localiser...Peut-être qu'avec l'aide du Ministère...

L'envoyé spécial qui n'avait encore rien dit, à peine bonjour, daignait à présent s'intéresser à la réunion. C'était comme aux échecs : pour attirer l'attention d'un Grand-Maître il faut avoir des arguments qui ne sont pas accessibles au commun des mortels. C'était le cas de Desprit en l'occurrence:

-Nous allons faire des recherches, nous verrons cela plus tard. Continuez s'il vous plaît.

Tatiana prit la parole pour signaler qu'un grand tournoi d'échecs devait avoir lieu prochainement dans le Nord et que, selon toutes vraisemblances, le véhicule en question devait s'y rendre. Fabien cette fois-ci ne put s'empêcher de réprimer sa curiosité.

-M. Desprit, vous avez localisé un véhicule qui se trouve dans le Nord grâce au petit logiciel que les utilisateurs ont dû implanter pour faire fonctionner l'ordinateur. Mais dites-moi ? Si l'on peut communiquer à distance avec votre système, pour quelle raison devoir se déplacer ?

-Bonne question! Le système utilise les réseaux de téléphone disponibles en passant par une fréquence militaire ce qui en garantit la confidentialité. Cette fréquence est elle-même susceptible d'être codée par l'utilisateur ce qui double la sécurité. Le logiciel que j'ai implanté permet de casser le code à volonté, bref c'est un peu compliqué à expliquer. En revanche pour ce qui concerne les interfaces utilisateurs, elles n'utilisent pas les réseaux publics. Il y a un émetteur récepteur intégré qui permet des échanges d'informations, mais dans ce cas il faut être situé à moins de deux kilomètres de l'interface, c'est pourquoi il est fait usage d'un système embarqué, qui peut être mobile...

Puis s'adressant à tout le monde :

-Concernant les informations gérées par ces systèmes, nous avons pu recenser une centaine de terminaux appartenant à une centaine d'utilisateurs différents.

Boudinov voyant l'air éberlué de certains :

-Mais oui ! D'après certaines informations qui restent à confirmer, chaque utilisateur aurait déboursé quatre mille euros de caution uniquement pour être connecté...enfin bon ça fait déjà quatre cent mille Euros dans la poche de ces gens, sans compter le reste...

Fabien :

-Le reste ?

-Oui, les jeux, les paris et tout ce genre de choses. Est-il possible de savoir où se trouve le véhicule français à l'heure où nous parlons ?

Fabien était un peu étonné de constater que l'Inspecteur n'avait jamais le moindre retard sur lui. Boudinov cachait bien son jeu, il avançait pas à pas et il avait toujours *un coup d'avance* comme on dit. Desprit répondit à la question et la réunion suivit son cours normal.

-C'est difficile car quand les véhicules se déplacent, il y a des coupure logicielles pour rendre incohérente toutes les détections par radar. En revanche à l'arrêt du véhicule le signal est clair. Nous savons donc qu'il s'est dirigé vers le Nord et que...

Boudinov

-Bon, d'accord, et votre tournoi, madame, monsieur, c'est quand et où ?

Pour Boudinov, l'important était de localiser le véhicule avec précision.

Le responsable, envoyé par la Fédération et qui était aussi un membre important du Comité d'organisation,   s'interrogeait encore sur l'opportunité d'un contrôle de police :

-C'est un tournoi très important avec une pléiade de grands joueurs, plus de six cents participants, je n'ose imaginer qu'il y ait de la triche! Si tel est le cas nous pouvons...

Tatiana :

-Ah bon vous en doutez encore ?

-C'est terrible de songer que cela puisse exister mais nous pouvons régler ce problème en interne.

Boudinov

-Il n'en est pas question, l'affaire concerne aussi la police, il y a eu tentative d'assassinat sur la personne de M. Darquin ici présent. Comment comptez vous procéder ?

Tatiana

-Il faut être sur les lieux, pour une fois, je ne jouerai pas, mais je pense m'inscrire tout à fait normalement afin de repérer les éventuels tricheurs. Aussitôt après le lancement de la ronde, je vous signalerai les suspects qui seront appelés à tour de rôle dans une pièce séparée au prétexte d'un coup de fil urgent, nous saisirons le matériel  et ce n'est qu'après Inspecteur, que vous pourrez appréhender le véhicule et son chauffeur. Ainsi, nous pourrons avoir un maximum d'éléments et de témoins pour remonter la filière. Je tiens absolument à ce que ce réseau soit démantelé Inspecteur.

Tatiana tournait ostensiblement le dos à sa voisine   Angela en prononçant ces mots, laquelle faisait la moue pour bien montrer son indifférence.

Boudinov

-Monsieur Darquin, avez vous encore des questions ?

-Non Inspecteur, je laisse mon épouse s'occuper de ce tournoi, mais je souhaiterais m'entretenir avec vous en privé.

-Quand vous voudrez.

Tatiana

-L'opération ne peut réussir que s' il n'y a pas de détecteur de métaux ou de contrôle radar à l'entrée, c'est très rarement le cas, mais il faut aussi prévenir l'organisateur du tournoi, car cela peut arriver.

L'homme de la Fédération

-A part pour le championnat du monde, il n'y a presque jamais de contrôles radar sur la personne. Je vais m'en assurer cependant.

Tatiana

-Très bien, pour ce qui est du véhicule, Inspecteur, comment comptez vous faire? Vous savez que le chauffeur aura vite fait de faire disparaître les preuves si vous n'y prenez garde, il faudra agir vite.

Desprit

-En effet, Inspecteur, lorsque vous allez appréhender le véhicule vous devez savoir que l'individu qui le conduit dispose d'une commande de type "auto emergency" qui auto détruit les données du disque dur et envoie un message téléphonique à une liste de trois portables pour en informer qui de droit. Nous avons pu bloquer le système d'auto-destruction, mais nous n'avons pas pu empêcher l'appel de détresse. L'organisation que nous voulons démanteler sera avertie dès que le véhicule sera saisi, désolé mais l'informatique ne peut pas tout régler, ce système d'appel est conçu par les américains et je ne dispose pas non plus de toutes les clés.

Tatiana qui ne perdait jamais de vue ses propres intérêts :

-Inspecteur, je vais avoir des frais pour ce déplacement, à qui faut-il s'adresser ?

Boudinov :

-Je ne suis pas chargé de régler les émoluments des professionnels des échecs, mais rassurez vous la France saura se montrer généreuse à votre égard pour services rendus. Je verrai cela.

Puis se tournant vers Fabien :

-C'est de ça dont vous voulez me parler ?

Fabien

-Non Inspecteur , c'est autre chose. Je t'en prie Tatiana nous verrons cela plus tard .

Boudinov

-Au fait ! C'est où exactement, ce tournoi ?

Tatiana

-Pardon Inspecteur, en effet tout le monde ne sait pas que l'un des plus importants tournois qui aient lieu en France, en cette saison se tient à Granville, une petite ville qui se situe entre la France et la Belgique, sans doute un lieu dit,  d'ailleurs il faudrait aussi s'assurer de la collaboration de la police belge. Avez vous alerté Interpol ?

Boudinov

-Ah ne m'en parlez pas! Bientôt  cette affaire mobilisera plus de polices et de policiers que les jeux olympiques ! J'en prends bonne note, je verrai cela avec mes collègues nordistes. Bon, je crois que nous avons bien fait le point et que nous avons à présent tous les éléments en main. Chacun sait ce qu'il aura à faire, je compte sur la participation de chacun. Monsieur Darquin, on se voit maintenant ou plus tard?

Fabien

-Je passerai vous voir à votre Commissariat, ce n'est pas urgent.

Boudinov

-Bien voyez avec mon secrétariat qui gère mes rendez vous. Eh oui monsieur, moi aussi je reçois sur rendez vous parfois! Dites leurs que vous êtes une priorité, euh disons incontournable. Ils comprendront. Je lève la séance tout le monde à mon numéro de mobile? OK parfait.

Tatiana de retour à la maison n'avait qu'une idée en tête, aborder le sujet avec Fabien de la présence de Angela, ce qui l'avait fortement indisposée.

Jouer avec un échiquier invisible, n'était pas dans les habitudes de Tatiana. Elle maîtrisait, la tactique, la technique et la stratégie, elle connaissait la théorie mais encore fallait-il qu'elle ait connaissance des forces en présence et là manifestement elle sentait que quelque chose lui échappait.

-Tu ne comptes pas amener ton Assistante dans le Nord comme partout où tu vas ?

-Que veux-tu dire ?

-J'ai besoin de toi sur place, mais si tu l'amènes avec toi, je fais un scandale.

-Qui t'as dit que je viendrais à Granville, suis-je vraiment concerné par tout cela ?

Tatiana pensait que Fabien pourrait lui être utile. C'était un raisonnement un peu hâtif. Elle se trompait sur ce point car ce n'était nullement l'intention de son mari de s'occuper du Jeu.

------------------------

# 31 Le triangle d'or

La théorie, les aspects techniques du jeu constituent un ensemble tellement vaste qu'il semble impossible à un seul homme d'en faire le tour. Parfois une partie peut trouver une conclusion heureuse pour l'un des joueurs simplement parce que celui-ci possède une"clé" en forme de triangle. Que l'on se rassure personne ne sera étranglé. C'est affaire de hasard, car il est bien difficile de dire à l'avance si cette "clé"sera déterminante ou pas. Ceci restera mystérieux, voire énigmatique pour qui ne joue pas aux échecs. Disons simplement que la solution à une énigme policière peut ressembler dans certains cas au dénouement d'une partie d'échecs. Sans lever le voile de l'analogie, on peut dire que la géosique qui est une science récente a peut-être quelque chose à voir avec le sujet de l'histoire.

Qu'est ce donc qui attire tout ces gens un jour, quelque part, en un point du globe terrestre? Rêves de gloire, l'argent, la joie d'être ensemble ou tout simplement le bonheur de jouer? La voilà, la vraie question, chacun y répond à sa façon par sa présence même, par son implication, pour que perdure le jeu.

Tatiana savait bien que d'avoir un bon plan ne suffit pas toujours, mais elle savait aussi qu'un bon plan vaut mille tentatives *d'arnaque*. Elle avait besoin d'affiner son jugement avant toute chose. Elle connaissait l'ambiance des grandes compétitions, mais cette fois-ci c'était une toute autre affaire. La partie qui se jouait comportait une part d'imprévu non négligeable, mais surtout, elle le savait, elle se sentait plus forte quand Fabien était là tout près d'elle. Et puis, il lui fallait un allié dans la place, un observateur qui verrait ce qu'éventuellement, elle ne pourrait pas voir. Pour Tatiana, Fabien était plus qu'un mari, il était une solution dans les circonstances difficiles de la vie et imaginer une seconde qu'il ne serait pas là lui faisait dresser les cheveux sur la tête. En acceptant de pourchasser les coupables Tatiana avait montré sa bonne volonté, mais objectivement, elle n'avait pas fait la preuve de son innocence absolue. L'opération "mains propres des échecs" si elle réussissait, lui permettrait d'être lavée de tous soupçons également aux yeux de Fabien, ce qui lui importait plus que tout. Au fond, il ne pouvait se douter qu'elle avait accepté un prêt d' Hubert, une avance sur recettes, en quelque sorte puisque l'activité n'avait

même pas démarré. Les échecs c'était son business à elle. Si cet idiot de Desprit ne c'était pas fait voler le produit, les promesses de gain auraient été au rendez vous, mais voilà, l'affaire avait mal tourné et leur association à trois avec Hubert avait tourné court. Elle s'en mordait les doigts d'avoir cru à ce projet et surtout de l'avoir caché à Fabien. Il est vrai cependant qu'il n'entendait pas grand chose à l'informatique et aux échecs, ce pourquoi il n'aurait jamais accepté d'investir la somme nécessaire. Au fond de quoi s'agissait-il, une idée géniale pour faciliter l'entraînement des compétiteurs, une idée qui avait été détournée de son sens par des gens sans scrupules. A présent, il lui fallait tout dire à Fabien, ce projet avorté, cet accord entre elle, Desprit et Hubert qui n'avait pour but que de financer le prototype. Quelle épreuve, devoir avouer à son mari qu'elle avait pris des engagements financiers sans lui en parler, et puis les enfants, il y avait les enfants qu'elle avait un peu mêlés à l'histoire. Pourvu que Fabien comprenne, qu'il veuille bien admettre qu'elle n'avait pas voulu l'ennuyer avec ce projet futile...Telle était son idée, il fallait qu'elle parle à présent. Lorsque Fabien entendit tout cela, il ne pipa mot. C'était comme s'il l'avait toujours su. Au fond, on ne sait vous dire bien que ce que vous savez déjà. Fabien écoutait son épouse et il voyait un échiquier avec très peu de pièces et de pions. Impossible de dire qui était gagnant des blancs ou des noirs. Fabien était comme tous les *kibitzers*, les spectateurs des échecs qui observent une partie. Il avait l'impression que Tatiana était *mieux,* elle venait de lui avouer quelque chose, elle reconnaissait enfin qu'elle lui avait caché la vérité et cependant elle lui demandait de l'aider, de faire comme si malgré le mensonge, elle était encore maîtresse du jeu. Fallait-il se montrer magnanime ? Fallait-il objectivement admettre que les affaires de Tatiana concernaient Tatiana et qu'elle n'avait pas à lui en rendre compte en permanence? Sans aucun doute, elle était comme impériale face à une position gagnante mais elle ignorait un point essentiel. Fabien s'apprêtait à lui dire non, qu'il ne pouvait rien faire quand le vent s'engouffra dans la fente d'une fenêtre entr'ouverte et fit claquer la porte éjectant par la même occasion le beau jeu en ivoire du Japon posé sur la commode.
-Tu viendras, n'est-ce pas? Lui dit Tatiana en ramassant les débris de son jeu qui s'étaient éclatés sur le marbre du salon.

-Tu viendras!

Tatiana avait gardé son sang froid, si on peut dire. Elle avait tout simplement relevé un peu sa jupe pour pouvoir se baisser, offrant ainsi à la vue de son mari ses jolies jambes évocatrices de tant de voluptés. Fabien regardait son épouse, elle lui plaisait de la tête aux pieds et il la désirait encore à cet instant. Ce corps qui évoquait tant de plaisirs et de bonheur partagés, ce corps qui ne s'était jamais refusé était toujours là disponible et confiant. Pourtant ce jeu cassé, ce coup du sort lui apparu aussi comme un signe du destin, comme une promesse à l'envers. Un peu désemparé, au cœur de son désarroi, il ressentit une vive amertume. Il eut une moue dubitative et s'éloigna lentement en rassurant son épouse d'un geste de la main.

A présent, il comprenait tout, la clé de tout cela était donc entre les mains de Hubert son associé qui était resté étonnamment discret avec lui ces derniers mois. Que son couple puisse aller à la dérive, passe encore, il en était sans doute comptable lui aussi, mais que Hubert lui ait passé cet accord financier sous silence, à lui son ami, cela lui semblait au minimum déloyal. A peine sorti de la pièce, il se ravisa revint vers Tatiana, comme il le faisait d'habitude avec une envie folle de la prendre dans ses bras, mais il la sentait sur la défensive, méfiante à son égard. Un seul mot pouvait sortir, un mot dont il ignorait même la pertinence en cet instant :

-Hubert? Il ignore encore que je suis au courant de ce marché, passé entre vous trois? N'est-ce pas ?

-Moui...

Fabien n'ignorait pas quant à lui que dans la bouche de son épouse, moui signifiait plutôt oui, car ceci est la contraction de "hum?" et de "oui bien sûr"!

-Ne lui dis pas que tu m'a parlé de cela, il doit continuer à croire que j'ignore tout et j'irai à Granville avec toi !

-Oui mais?

-Pas de mais, je t'en prie. Nous réglerons nos affaires quand tout sera clair, pour l'instant nous devons agir comme prévu, toi et moi. C'est la seule façon de te disculper vraiment aux yeux des autorités. J'avertirai l'inspecteur de ma présence à Granville, je pense qu'il n'y verra pas d'inconvénient, même si je ne vois pas très bien à quoi je servirai. Je vais dormir dans le salon, je suis un peu fatigué. Les enfants vont bien, ils sont en sécurité, j'ai eu ma tante au téléphone, tu peux les appeler aussi si tu veux mais sois prudente...

Dans une histoire, dans une vie, c'est un peu ce que l'on pourrait appeler *le point d'orgue*. Pour Fabien, mais pas seulement pour lui, cette suite d'événements rapprochés avaient une tonalité particulière et s'arrêtait d'un seul coup. Il y avait comme une pause, comme si tous les musiciens devaient s'arrêter de jouer. Et pour compléter la métaphore, le Jeu véritable soliste et virtuose de son art s'apprêtait à exécuter une partition *invisible*.

Pour Fabien tout changeait une fois de plus. Plusieurs scénarios se déroulaient dans sa tête, plusieurs logiques différentes avec des choses apparemment sans lien et qui pourtant semblaient répondre à une seule et unique volonté qui n'était pas la sienne.

Des faits sans doute, mais surtout des questions. Un amour naissant, un autre qui s'effrite. La femme aimée qui est au cœur d'une affaire d'état et l'entraîne au plus profond du désarroi. Un associé qui lui cache quelque chose, qui est peut-être l'amant de sa femme et qui peut-être a précipité sa famille dans une affaire criminelle.

Le doute, cette horrible chose qui vous harcèle l'esprit dans les affaires de cœur, le doute quand l'amour s'en va, le doute à cet instant plus que jamais justifiait l'attitude de Fabien.

La vérité, Fabien n'en avait que faire, ce n'était pas la vérité brute et pure qui l'intéressait, mais la vérité des choses. Hubert avait peut-être exploité une faille dans sa vie privée pour, qui sait, peut-être se débarrasser de lui, lui son ami. Tatiana était autonome et indépendante, il l'avait voulu ainsi et c'est ainsi qu'il l'avait aimée. Il ne parvenait pas à la croire déloyale, à la croire infidèle. Était-ce de sa faute à elle si elle avait été élevée comme ça, avec le culte du secret rivé au corps, presque inscrit dans les gênes? Non sûrement pas! Et puis elle était libre, elle avait été libre. Le seul problème en fait c'est qu'elle avait voulu faire quelque chose avec son associé à lui et cela il le ressentait comme une double trahison. Celui-ci avait la même culture que lui, ils avaient été dans les mêmes écoles, ils avaient reçu la même éducation. Comment avait-il pu faire cela, en conscience? Certes Tatiana avait des "arguments" de charmes indéniables,  mais il y avait aussi Desprit, le génial inventeur sans qui toute cette histoire ne serait jamais arrivée.

Quand sa raison lui commandait d'agir Fabien n'avait recours à aucun artifice. Il savait à qui s'adresser. Depuis son réveil du coma, Boudinov lui était apparu comme un  ange gardien. Pendant cette pause et avant que résonne le son tumultueux des "grandes orgues", il se devait de revoir cet homme.

Boudinov, depuis son apparition, n'avait eu qu'une idée en tête qui était de déterminer si oui ou non il y avait eu tentative d'assassinat sur la personne de Fabien et par qui. A présent Fabien soupçonnait vraiment Hubert. Sinon pourquoi cet accord tripartite aurait-il du rester secret ? La banalité de la chose n'était pas une raison suffisante pour expliquer une telle discrétion. Pourtant il n'y avait pas le moindre début d'une preuve de ce qui ressemblait à un complot contre lui. Le revirement de Tatiana semblait même prouver l'inverse...

Il fallait absolument que l'inspecteur aille enquêter de ce côté là, mais pour cela il lui fallait des éléments et il n'y avait que Fabien qui puisse lui en fournir.

Boudinov s'attendait à la visite de Fabien, il savait depuis longtemps ce que Fabien ne savait que depuis peu. Il s'était refusé à le questionner de manière trop brutale sur ce point car il avait de la "sympathie", lui aussi, pour Tatiana. C'est terrible d'avoir pour épouse une femme qui fait cet effet aux hommes. On ne peut se prévaloir de la moindre exclusivité en matière de charme.

-Nous allons de révélations en révélations, M. Darquin, nul doute que nous ne sommes pas au bout de nos surprises. Quand je vous aurai dit ce que je sais,  je me demande si vous n'allez pas me maudire. Pourtant voyez vous, aujourd'hui je ne peux inculper personne et je ne sais toujours pas si on a attenté volontairement à vos jours. J'en doute mais je vous engage quand même à faire preuve de prudence.

-Je ne souhaite pas aller à Granville, ma femme a insisté pour que je l'accompagne, qu'est ce que vous en pensez ?

-Ce que veux votre femme ne m'intéresse qu'à moitié, moi, en revanche j'ai besoin de vous là-bas.

-De moi ?

-Oui de vous. J'ai un plan, je vais vous expliquer..

-Inspecteur, je voulais vous parler de mon associé, euh..

-Oui, vous avez raison c'est important. Mes collègues de la police de Lille vont procéder à l'arrestation du chauffeur du véhicule, mais nous ne sommes pas sûr que l'essentiel se passe là haut, il y a également l'Italie et Sofia, mais il y a aussi Grenoble. Nous devons essayer de savoir qui va être prévenu immédiatement de notre intervention. Nous suspectons plusieurs personnes et ces personnes, de manière fortuite devront se trouver dans nos bureaux au moment précis ou nous procéderons à la saisie du véhicule. Vous voyez ce que je veux dire ? Géo-machin-chouette...?

-Pas vraiment

-décidément, pour un joueur d'échecs vous êtes un peu dur de la "comprenette". Je comprends votre femme. J'ai besoin de vous pour m'appeler juste avant l'intervention car vous serez seul en mesure de donner le feu vert au policiers nordistes. Ils n'entendent rien aux échecs et ils risqueraient de mal comprendre, ou d'intervenir mal à propos. J'ai convoqué un certain nombre de personnes que nous suspectons sans avoir aucune certitude, juste pour un interrogatoire de routine. Votre associé en fait partie de même que différentes personnes ciblées par nos collègues transalpins. Ils seront dans nos bureaux à l'instant précis où vous allez saisir la bagnole et ses occupants. C'est la seule façon de piéger ceux qui tirent les ficelles. Desprit est hors de cause, ainsi que votre femme puisqu'ils collaborent avec nous, eux même de ce point de vue sont incapables de désigner un coupable, vous l'avez compris ça ?

-Mais oui Inspecteur, je comprends, ma tête n'est pas aussi fêlée que vous semblez le croire, je comprends mais votre histoire de GPS n'est pas ma préoccupation première.

-Comme vous y allez mon histoire, c'est surtout la votre, rappelez vous.

En cet instant Fabien baissait la tête en signe de soumission, ce qui ne lui était arrivé qu'une fois dans sa vie, quand sa mère le sermonnait pour un devoir pas fait.

-Allons, reprenez vous, c'est cela qui va être déterminant pour la suite de l'enquête. Nous devons continuer d'agir pour tenter de disculper les suspects et si nous n'y parvenons pas, c'est qu'ils ne sont pas innocents.

Votre associé ne se doute même pas que nous le soupçonnons, vous non plus d'ailleurs. D'après Desprit, le système est auto-test, auto destructible et conçu pour avertir un certain nombre de personnes de manière automatique de sa destruction pour raison de sécurité. Puisque nous ne pouvons pas annihiler cette fonction l'idée nous est venue de l'utiliser pour l'enquête, c'est tout bête. Vous voyez que la police aussi peut avoir des idées. Au moment crucial, je serai en conversation avec votre associé. Je ne rêve pas, c'est peu probable mais si son téléphone sonne à cet instant, ce serait une preuve de son implication dans l'affaire des jeux truqués et des GPS. Fabien était visiblement bluffé par ce nouveau *stratagème* et il eut cette parole sublime entre toutes :

-Si la vie est une partie d'échecs comme le pense le grand Kasparov, alors survivre c'est le chemin de la victoire! J'ai survécu et plus rien ne peut m'étonner à présent, cher Inspecteur. La trahison possible d'un proche, le fait que la police puisse avoir du génie, tout cela au fond ne me surprend plus. La partie n'est pas finie. Je suis votre homme, je serai à Granville comme vous me le demandez.

Pour se retrouver en *opposition* il faut parfois suivre un chemin en forme de triangle, le carré a aussi son importance. Une clé en forme de carré serait utile en d'autres circonstances. Plus tard peut-être, pensait Fabien.  Quand il y a un plan d'ensemble cohérent, ce sont les échecs qui battent la mesure.

Comme dans une toccata la grande musique du Jeu s'élevait soudain en cet instant de grâce. L'organisation du jeu était aux manettes mais, qui l'eût cru, c'était donc le Jeu qui en était l'organiste.

---------------------------

## 32 Dieu ne joue pas aux échecs

Il y a des millions de gens qui n'ont jamais vu un tournoi d'échecs et pourtant c'est un spectacle extraordinaire. D'autres parmi ceux qui en ont vu n'ont pas idée de ce qui peut se passer pendant un tournoi. Pour bien s'en rendre compte, il faut songer à tous ces petits drames humains qui se déroulent simultanément. Inquiétudes, joies, déceptions, erreurs, bourdes en tous genres ponctuent des centaines de parties d'échecs au même moment et dans un même lieu. La plupart des observateurs sont en même temps des acteurs du tournoi en ce sens qu'ils font quelque chose qui participe plus ou moins à la tenue, à la bonne tenue de l'événement.

A la différence d'une course de voiliers, un tournoi d'échecs ne laisse pas les spectateurs sur le bord, ils sont également embarqués dans l'aventure...

"Il y a plus d'aventures sur un échiquier que sur toutes les mers du monde." D'un certain Mac...

Voir ainsi six cent ou sept cents personnes attablées de chaque coté des échiquiers et ne pas sentir ce qui se passe, c'est bien dommage mais c'est courant. On peut suivre une ou deux parties pour essayer de comprendre mais, rien n'indique que l'on sera du voyage. Cependant certains ont cette chance d'être embarqués comme "moussaillons" dans des vaisseaux de type "Grand-Maître" et ça, c'est tout simplement génial. Certains ont une petite idée de se qui se passe, car ils ont déjà senti souffler le vent du large. D'autres y voient plus clair, scrutant l'horizon depuis leur poste avancé, comme des figures de proue, sachant appréhender le calme et les tempêtes. Pour le spectateur, ce n'est pas comme une régate ou une traversée quelconque où il observerait de très loin se qui se passe. Pour les joueurs c'est aussi un peu différent, ça va plus loin, c'est plus fort car c'est le cerveau qui prend tout. Le mental l'emporte sur le physique, mais quand ça secoue il faut bouger, se servir un peu de ses membres pour atténuer les chocs infligés à la matière grise. Pourtant au final, c'est bien là que ça secoue, il n'y a pas d'alternative, le cerveau est pour ainsi dire capté, dévoré par les éléments qui se déchaînent. La fin est souvent brutale, sans pitié pour le perdant, mais ce n'est qu'un jeu bien sûr, et l'on s'invite mutuellement à recommencer comme si rien ne s'était passé. Pour le spectateur lambda, il ne s'est presque rien passé mais il sent confusément quelque chose d'étrange. Il observe un théâtre d'ombres qui s'agitent se déplacent sans lien apparent les une avec les autres, mais avec une sorte d'harmonie de l'ensemble. Tout se passe comme si le jeu était l'ordonnateur suprême; comme si les mouvements des uns et des autres, y compris les observateurs et spectateurs, étaient coordonnés pour agir de concert. Cet ensemble mimétique semble obéir à une sorte d'impulsion qui lui est propre, avec un effet miroir unique et pareil à lui même et qui se répète à l'infini.

L'un des problèmes majeurs d'un intervenant externe est de ne pas troubler cette harmonie complexe, surtout quand il sait que lui-même en est un des éléments essentiels.

Jouer aux échecs, Fabien le savait, ça consiste à avoir un adversaire devant soi, c'est du jeu, c'est une réalité. Le tournoi est aussi une réalité, un produit de conception humaine qui consiste à faire se rencontrer des joueurs ou joueuses. La problématique du tournoi, est aussi compliquée que le jeu lui même, car il convient d'élaborer un produit qui convienne au plus grand nombre. L'organisateur est comme un *problèmiste* qui veut offrir une grille intéressante. On accepte de prendre la mer, si les vents sont favorables, si la difficulté est suffisante et acceptable pour que l'on puisse avoir une chance de passer. Que dirait un grand navigateur si on lui proposait une course de pédalos? Il ne s'agit pas de gagner, ce qui n'intéresse pas le *problèmiste* mais de concevoir un problème intéressant pour tous et pour les meilleurs. La solution doit être lumineuse, elle constitue pour le chercheur, pour celui qui crée un ancrage avec le réel, d'où le terme employé parfois de *jeu réel* pour décrire la solution. Le *jeu apparent* c'est quelque chose qui apparaît comme  possible mais qui ne le sera plus au coup suivant, le ou les *jeux d'essais* préfigurent ce que sera le jeu Réel, mais ils ne sont pas ancrés dans la réalité. Granville donc, mais de manière fictive, était  un tournoi qui avait dépassé depuis longtemps le stade de l'essai et qui était passé depuis longtemps au réel, dans sa conception.

Dans cet exercice de composition, d'aucuns  réussissent très bien, d'autres moins bien. Les organisateurs de Granville étaient de ceux qui réussissaient le mieux et d'année, en année, ils réunissaient un nombre de plus en plus grand de participants. Les ingrédients de la réussite étaient multiples. La date, les prix, l'hébergement, le lieu ou la proximité, bref tout ceci réussissait très bien, on en était pas à un premier jeu et on ne pouvait pas imaginer ni accepter une seule seconde que la fête soit gâchée par des troubles à l'ordre public. Tatiana devait être extrêmement souple et discrète, elle le savait, la famille des échecs ne lui pardonnerait pas la moindre fausse note. Après tout, si elle avait un doute, il valait mieux qu'il profite aux joueurs, une méprise quelle qu'elle soit, ne lui serait pas pardonnée.

Fabien avait l'impression, après avoir vu Boudinov qu'il venait d'entrevoir une solution possible à un problème plus global. Si au moins ce voyage à Granville pouvait lui permettre de résoudre son problème à lui, un problème qui avait un nom : "Tatiana ou la variante de Platon". Le fait d'avoir vu Boudinov en privé le délestait d'un poids, lui ouvrait d'autres horizons car il se voyait mal, lui même, chercher des poux dans la tête de son associé.

La route était longue entre Grenoble et Granville, il fut décidé de louer une bonne voiture, la Dacia hors d'usage n'ayant toujours pas été remplacée. Faire ce voyage avec Tatiana était une épreuve de plus pour Fabien. Il devait supporter le regard réprobateur de son épouse. Parfois, il y voyait même une sorte de dédain, car elle pensait qu'elle n'était plus désirée et pire encore même plus admirée. Une seule question de Tatiana en forme d'affirmation l'avait alerté sur le péril qui menaçait son couple :

-Tu ne me désires plus, tu aurais sans doute préféré y aller avec ta secrétaire! C'était une façon de questionner pour essayer d'en savoir plus, mais avec Fabien ce petit jeu caché ne marchait pas. La plupart du temps il ne répondait pas aux litanies amoureuse, il faisait la moue. Le mélange des genres, ce n'était vraiment pas son truc. Cependant cette fois-ci, il eut un léger battement de sourcils et exprima franchement ses sentiments; mieux valait ne pas hypothéquer leur avenir commun.

-Pardon, mais Angela est une collaboratrice de premier plan, elle a une formation juridique équivalente à la mienne, elle est très utile au Cabinet et en toutes circonstances. Je ne joue pas un double jeu, l'affaire qui nous amène à Granville n'intéresse pas le Cabinet, je ne vois pas ce qu'elle pourrait y faire. Dans cette histoire, j'ai eu très peur pour moi, pour les enfants et aussi pour toi. Je pense que nos problèmes de couple ne datent pas d'hier, ni de mon accident, même si cela n'a rien arrangé. Restons bons amis quoi qu'il arrive, je t'en prie !

Tatiana esquissa un sourire dubitatif, puis elle eut un profond soupir. Elle se savait séduisante et jolie, elle n'ignorait pas l'effet qu'elle faisait aux hommes mais n'être plus désirée par son mari lui faisait l'effet du "coup de sabot de l'âne" à son joli derrière. L'avis de Fabien lui importait plus que tout et même si elle comprenait sa réserve, elle n'en était pas moins inquiète pour l'avenir. Ils étaient plus que mari et femme désormais, ils étaient alliés, coordonnés comme le sont les pièces sur un échiquier quand la position est solide, intéressante à jouer, dynamique sinon gagnante à coup sûr. Aucune erreur à présent n'était permise, il fallait que le Jeu joue son rôle, c'est tout, au fond c'est lui qui était en danger, lui le Jeu dont la crédibilité était menacée. Il devait se défendre en usant de toutes ses forces, avec ses acolytes les vrais joueurs, les vrais arbitres, les organisateurs, le matériel, bref tout ce qui en faisait la substance. De ce point de vue, Fabien avait vu juste, Tatiana lui en était presque reconnaissante, elle sentait par intuition féminine qu'il avait choisi cette option en pensant à elle, avec une suite qui ne pouvait que lui sourire.

L'événement devait avoir lieu au Palais des Sports de Granville et ils avaient rendez-vous directement sur le site avec la police locale.

L'inspecteur Dululin les attendait d'un air désinvolte en haut des escaliers extérieurs au Palais, il savait très exactement ce qu'il allait devoir faire.

-Ah, bien! Vous êtes M. et Mme Darquin. Enchanté cher Maître de faire votre connaissance, Boudinov m'a parlé de vous, il m'a tout expliqué...

-Rires...

Cela faisait toujours rire Tatiana car, elle, on ne l'appelait jamais Maître bien qu'elle le fût aussi.

-Euh bonjour Madame, ai-je dit une bêtise?

-Non Inspecteur, ne vous inquiétez pas, mon épouse est juste tout aussi maître que moi même, si je puis dire, mais dans un autre registre.

-Ah oui, les échecs !

-C'est ça! Et c'est précisément de cela que nous devons parler.

-Que Maître dame veuille bien m'excuser! Oui en effet, je dois vous guider un peu...Le conducteur de la voiture suspecte est déjà sous surveillance. Bien sûr, il ne se doute de rien et ne sera pas appréhendé avant demain, après que vous m'aurez donné le signal. Je dois vous conduire à votre hôtel. Vous êtes un peu à la périphérie, tout ce que la ville compte d'hôtels et d'hébergements de toutes sorte est rempli par les joueurs d'échecs. Je crois qu'ils ont même ouvert les écoles. L'organisateur du tournoi vous y attend avec une tasse de thé si ça vous tente.

-Ah oui, très bien, et pour demain vous serez là?

-Je vous attendrai ici au même endroit juste après le démarrage du tournoi. Allons-y je vous en prie. On peut prendre votre auto.

Durant le trajet   l'Inspecteur Roger Dululin continuait ses explications.

-Voilà le plan madame. Euh...Maître, deux officiels envoyés par la Fédération seront présents dans une salle adjacente, avec un officier de police, pour procéder aux interrogatoires. Dès que vous aurez repéré les joueurs vous les indiquez aux officiels par leurs numéros de tables et la couleur. Ils prétexteront d'un appel les concernant pour les faire venir dans la pièce. Un par un, bien sûr, mais avec célérité et discrétion. Nous devons aller très vite, car dès l'instant que les suspects seront appréhendés, il faudra arrêter le véhicule. Un laps de temps trop important risquerait de poser problème.

-C'est mon épouse qui prévient les officiels, mais moi, je fais quoi?

-Dès qu'elle a repéré et signalé les numéros de tables (Vous pouvez l'aider pour cela) vous sortez me rejoindre à l'endroit précis où je vous attendais aujourd'hui et nous nous rendons immédiatement à proximité de l'auto pour saisir la pièce à conviction. Il est préférable que votre épouse ne quitte pas la salle de jeu pour ne pas éveiller les soupçons, elle est inscrite régulièrement au tournoi et doit continuer à jouer. Il peut y avoir des alertes et nous devons arrêter le chauffeur assez vite. Si ça se passe mal, je donnerai l'ordre par téléphone, mais je préfère être sur place avec vous, c'est ainsi que Boudinov voit les choses.

Vous seul, être en mesure de "reconnaître" le matériel au moment de l'interpellation. Mais vous, Madame, comment ferez vous pour trouver les joueurs suspects?

Tatiana :

-Dois-je vous le dire Inspecteur?

Dululin

-C'est comme vous voulez.

Fabien :

-Tu peux le dire Tatiana.

Tatiana :

-Bien que ce ne soit pas sûr à 100%, il y a des chances qu'ils utilisent un modèle de stylo et de lunettes que je suis à même de reconnaître. Les lunettes c'est quasiment certain, les stylos beaucoup moins, car ils sont vraiment banalisées. Au milieu des six cents participants, ça ne va pas être facile de les repérer mais bon, on verra! Et puis ça m'étonnerais qu'il y en ait beaucoup du moins j'espère.

Le Directeur du tournoi qui était à l'hôtel pour les accueillir était lui aussi d'une grande courtoisie à l'égard de Tatiana. Il fit ses recommandations et insista sur sa disponibilité personnelle pour résoudre tous problèmes ou imprévus qui pourraient se produire. Il expliqua non sans une certaine fébrilité, qu'il avait voulu faire la connaissance de Tatiana et Fabien dès la veille du tournoi et qu'il s'en allait accueillir des officiels à la gare avec l'Inspecteur. Il prirent congé assez vite, donnant rendez vous à Tatiana et Fabien le lendemain à 14h30, heure de début de la première ronde.

Ce soir là, comme ils en avaient pris l'habitude depuis peu, Tatiana et Fabien qui dormaient dans le même lit s'endormirent dos à dos après s'être souhaité bonne nuit et après avoir échangé un baiser de circonstance.

Comme toutes les grandes compétitions Greenville commençait dans l'effervescence et l'enthousiasme de tout un chacun. Le jeu d'échecs a ce pouvoir magique de réunir en un même lieu des gens de toutes nationalités, des personnes d'allure, d'âges, de conditions et d'horizons vraiment différents sans que cela ne crée une seule seconde le moindre souci. On y côtoie indifféremment des étudiants, des enfants, des hommes et des femmes exerçant toutes sortes de professions, des personnes âgées, des familles venant de tous les pays. On a la chance parfois d'échanger quelques mots avec les stars de la discipline, les vedettes incontestées qui pour certains font preuve d'une très grande humilité. La valeur aux échecs ne choisit pas ses ouailles en fonction des origines et du niveau social. Personne n'est prédéterminé, on ne naît pas champion, on le devient. Pour cela pas besoin de la force musculaire, pas besoin d'être maigre ou enveloppé, ni grand ni petit, même si ça ne nuit pas comme mille autres attributs ou qualités qui s'effacent toujours devant un échiquier où ne comptent que l'interaction des figurines et des pions sur des cases. On oublie souvent les cases, *cases faibles*, *cases fortes*, les jolies cases qui attirent l'œil. Les cases, c'est le lieu où se déroule le jeu, ce n'est pas un échiquier, c'est parfois un enjeu majeur dans une partie. Certaines cases doivent être contrôlées d'autres occupées, ceci est déterminant, elles sont toutes carrées et pourtant elles n'ont pas la même valeur et leur valeur change au cours du jeu. Comme disait Judith Polgar, la meilleure parmi les meilleurs: *"Peu importe qui on est et à quoi on ressemble, il suffit de bien jouer!"*

Tout le monde arrive quasiment en même temps à part quelques exceptions. Il ne faut pas se fier à l'apparente tranquillité qui se dégage de l'ensemble, les participants sont concentrés, préparés, prêts à donner le meilleur d'eux même. Les conversations vont bon train mais le caractère anodin des échanges masque une réelle volonté de gagner, de pourfendre l'adversaire qui sera désigné par le *système suisse*. (Système utilisé pour déterminer les rencontres et les classements) On discute, on rit, on sourit pour montrer sa décontraction. Certains jouent quelques parties rapides pour s'échauffer, pour combattre le stress qui les envahit, quoi de mieux que de *pousser du bois* comme on dit pour évacuer la tension. A l'intérieur, ça bouillonne, on se dit que cette fois-ci sera la bonne, on est là pour en découdre et on ne s'en laissera pas compter, c'est sûr! Chaque participant au fond de lui se dit qu'il va réussir quelque chose, chacun à son niveau certes, car il y a des prix et des coupes par catégories, mais au fond c'est bien ça. Se dire à soi même que l'on est capable de rivaliser avec les meilleurs, c'est déjà une satisfaction, le résultat c'est autre chose.

Fabien à présent voyait les joueurs d'échecs d'un autre œil. Après tous les désagréments qu'il venait de subir, son jugement était

modifié. Il connaissait beaucoup de joueurs et joueuses pour avoir fréquenté *les opens*, mais lorsqu'il les revit ce jour là, il n'avait plus la même impression. Il ne se disait plus comme avant:
"Tiens voilà untel, il ou elle est très bon, c'est un champion, je l'admire vraiment!" Cela changeait beaucoup de chose pour lui, car il ne pouvait s'empêcher de regarder les visages des joueurs pour essayer d'y déceler autre chose, une autre sorte de concentration. Il pensait :
"Tiens voilà untel, est-il un tricheur ou pas? Je n'ose l'imaginer, quelle dégringolade dans mon estime, non bien sûr pas lui, pas elle ce serait trop triste !"
Ceci lui était d'autant plus difficile qu'il savait que ceux qu'ils allaient confondre étaient obligatoirement des joueurs de premier plan, des joueurs talentueux qui avaient cédé à la tentation de la facilité, à l'appât du gain. Peut-être des jeunes, mal conseillés au départ ou des plus anciens voulant compenser leur manque de résultats. Quoi qu'il en soit, ce système de "dopage au silicone" comme il l'avait lui même baptisé lui donnait la nausée. Il devenait plus dur en fait, de profiter pleinement des ces instants magiques que les échecs sont capables d'offrir aux humains. Il était là en service commandé pour une cause qui n'était pas, qui n'avait jamais été la sienne. Être mobilisé dans cette opération n'était pas du goût de Fabien, il n'avait pas d'ordres à recevoir des officiels des échecs. Il avait accepté d'être là uniquement parce que Boudinov le lui avait demandé. S'il n'avait eu un doute sérieux concernant son associé, il serait resté bien tranquillement chez lui à la maison. Il était évident que Boudinov ne pouvait pas être en même temps à Granville et à Grenoble, en train d'interroger Hubert. Le don d'ubiquité des policiers avait des limites. Enfin, pas tout à fait car Boudinov allait quand même assister à l'arrestation derrière un écran. Aux policiers, pour être efficaces, ils leur fallait parfois, avoir recours à des personnes de bonne volonté, impliquées de bonne foi dans leurs enquêtes.
Victime et enquêteur privé, Fabien se retrouvait propulsé dans l'action, il était devenu en quelque sorte un avocat à l'américaine, son client était le Jeu, bien qu'il n'ait encore rien formalisé de ce côté là. La Fédération allait avoir besoin d'un bon avocat et de cela il en était plus que certain.

# 33 Le zugzwang

"*Les noirs appuient et les blancs jouent.*" C'est ainsi que commencent tous les tournois. Pas le choix on est blanc ou noir, on joue ou on appuie sur la pendule, on est là, on s'est inscrit donc on est, on n'est que cela et rien d'autre. Granville ne faisait pas exception, obligation de jouer, ou d'appuyer, quelle déveine!

En fin de partie, dans certaines configurations de jeu, il arrive que quel que soit le coup que l'on joue, on perd, cela s'appelle le *zugzwang*. On prononce comme on peut, ç'est un mot qui vient de l'allemand (coup obligé), mais peu importe, le truc c'est que le coup mène au désastre, que le joueur peut le voir mais qu'il est obligé de le jouer. En général ces positions résultent d'un jeu très élaboré de l'adversaire qui conduit son opposant dans l'impasse et force l'abandon.

Que peut faire un joueur qui s'aperçoit sans doute trop tard qu'il va tout perdre en jouant son coup? (Rien !) Jouer son premier coup et être déjà perdant, cela n'était jamais arrivé à des joueurs d'échecs et pourtant cette fois-ci cela pouvait être le cas. Tatiana le savait, on est attentif à ce genre de choses dans le petit monde des échecs. Le Président du club local, organisateur du tournoi de Granville fit un discours enthousiaste, ponctué par de nombreux applaudissements de la salle. Il se tenait debout, entouré des officiels et devant une multitude de drapeaux multicolores de tous les pays. Il fit remarquer la présence de nombreux joueurs venus de tous les pays d'Europe et aussi de très loin dans le monde. Il déclencha une salve d'applaudissements quand il salua l'importante délégation russe. En fait ce tournoi, particulièrement bien primé, était devenu un des plus grands du monde grâce à l'intérêt croissant que lui manifestaient les joueurs de l'ex-bloc soviétique. Il délégua l'honneur de lancer la première ronde en faisant prononcer la phrase usuelle à un très grand champion très âgé,venu tout spécialement pour parrainer la vingt cinquième édition du tournoi. Dans de telles circonstances, tous les joueurs honnêtes et respectueux des règles sont très impressionnés et fiers de participer à un tel événement.

Avant même le lancement de la ronde, Tatiana était allée  de tables en tables, saluer quelques amis du circuit. Beaucoup de joueurs se connaissent même s'ils ne sont pas de la même région ou du même pays. Il n'y avait que trois ou quatre joueurs qui venaient de l'Isère mais Tatiana était très liée, amie parfois avec au moins une centaine des participants. Elle pouvait donc aller vers les uns ou les autres sans éveiller le moindre soupçon. Elle avait déjà repéré des tables ou étaient posés des stylos identiques au sien. Souvent les joueurs remplissent leurs feuilles de partie avant le lancement puis posent négligemment le stylo sur la table ou le remettent dans la poche intérieure de leur veste. Ces gestes tout simples effectués d'une façon typique étaient moins naturels chez certain que chez d'autres et elle l'avait remarqué au premier coup d'œil, ce qui lui avait permis de repérer certains joueurs. Avant le lancement de la ronde, elle avait déjà fait passer un petit papier aux officiels avec une liste provisoire de six numéros. Au moment du lancement, elle était en face de son adversaire. Celui-ci joua assez rapidement une variante à la mode. Par chance, il se mit à réfléchir longuement sur le huitième coup joué par Tatiana et qu'il semblait découvrir. Elle en profita immédiatement pour se lever faisant semblant de chercher les toilettes. Tatiana fit quelques allers et retours et fini par remarquer deux autres joueurs qui avaient les stylos à pointes vertes caractéristiques. Cela faisait donc huit joueurs que Tatiana avait signalés aux officiels, alors que le tournoi ne faisait que commencer. Ceux-ci, assez jeunes pour la plupart, furent priés un à un de se rendre dans la pièce adjacente au motif d'un coup de téléphone urgent et avec tout leur matériel, car rien ne devait rester dans l'aire de jeu. De toute façon, ils ne l'auraient pas laissé pour tout l'or du monde. Le seul fait de s'asseoir à la table de jeu et d'être inscrit au tournoi avec ce genre d'accessoire en poche était déjà une preuve en soi, mais en plus ils avaient joué leurs premiers coups inscrits avec le stylo magique.

Un deux puis trois puis huit joueurs furent invités à téléphoner ce qui est plutôt rare aux échecs.

Ils ne se connaissaient pas, n'étaient donc pas complices. Ils étaient persuadés d'être les seuls à posséder le gadget miracle qui allait leur rapporter gros.

Alors que se déroulait une fouille en règle des coupables, et que ceux-ci demandaient déjà un avocat, comme en Amérique, Fabien était déjà parti depuis longtemps avec L'Inspecteur Dululin pour passer les menottes au conducteur du véhicule suspect. La consigne était bien sûr de ne pas endommager le matériel et de prendre le chauffeur vivant. Les policiers avaient mis au point une stratégie d'approche très sophistiquée. Ils mimèrent un choc involontaire par un jeune homme qui poussait une planche à roulettes et vint se cogner avec le véhicule en feignant de tomber sans le faire exprès. Le suspect sortit excédé, d'autant plus qu'il ne recevait que très peu de signaux provenant des échiquiers. A ce moment précis le jeune qui n'en était pas un, tenta de l'immobiliser tandis que les autres policiers arrivaient en courant. L'homme avec une souplesse incroyable parvint quand même à plonger dans son véhicule pour actionner le "bouton d'alerte". Dieu merci il n'y avait pas de bombe à l'intérieur. Juste une alerte logicielle et pour cela il faut bien un matériel qui fonctionne. Desprit avait indiqué que le système rentrait ensuite en phase de blocage, mais que lui il saurait récupérer les données du disque dur.

Fabien prit un téléphone des mains de Dululin qui était en ligne avec Boudinov:

-Allô Inspecteur Boudinov? Alors vous avez vu ?

-Oui Maître, bien sûr, je suis avec votre associé, il est en ligne, son téléphone a sonné, je vais vous le passer! Allez Maître! Euh, pardon! Prenez mon téléphone, je vous passe votre associé, Maître Darquin, vous connaissez ? Euh vous me passez le vôtre! Oui c'est ça, oui, on vous passe les menottes, vous avez bien compris. Ah bon! Écoutez Maître Darquin, votre associé ne veut pas vous parler, il est vrai qu'il a beaucoup de choses à nous dire à nous! Je vous laisse, vous êtes très bien avec l'Inspecteur Dululin, c'est un fin limier et puis je dois interroger qui vous savez à présent...

Au même moment, en Bulgarie, en Italie et en Suisse certains individus suspects furent arrêtés grâce à ce dispositif d'alerte des plus sophistiqués. L'histoire ne s'arrête pas là mais l'essentiel pour Fabien était dit: c'était bien Hubert le cerveau de l'affaire. Il avait manigancé tout cela sans que Desprit le sache et grâce aux informations que lui même et Tatiana lui avaient données de manière bien involontaire. Le "sleeping" partenaire de Tatiana et Desprit les avait doublés avant qu'ils aient le temps de démarrer leur projet. Pour cela il avait agit avec des complicités, mais le fait qu'il soit lui même aux commandes aggravait son cas. Boudinov à ce stade, avait suffisamment de preuves pour démanteler toute l'organisation et remonter jusqu'à la source de l'affaire.

Le monde allait découvrir avec stupeur que des joueurs de renom avaient triché en utilisant un système à base de téléphones, mais nul ne saurait jamais exactement comment ils procédaient. Il était convenu de dénoncer plus ou moins une combine bizarroïde qui aurait fonctionné avec des complicités extérieures. La fin des échecs truqués ne signifierait pas la fin des échecs, mais l'honneur serait sauf. La France sous la pression des américains classait l'affaire "confidentiel défense" ce qui devait limiter toutes les initiatives journalistiques pour en savoir plus. Les explications données aux médias seraient plutôt floues, mais ce ne serait pas un problème, car les événements échiquéens n'apparaissent que très rarement à la une des journaux. L'émotion ne serait vive que dans le cercle très restreint des joueurs de compétition et encore, pas sûr. Mais ils seraient rassurés par les fédérations internationale et nationales ne souhaitant pas trop ébruiter l'affaire. On évoquerait des choses surnaturelles ou l'apparition de quelques extra terrestres sournoisement inscrits dans un tournoi ce qui aurait pour résultat de mettre les rieurs du bon côté. Ce jeu tout ce qu'il y a de plus loyal n'aurait pas à disparaître des tablettes et ne sombrerait pas dans l'oubli, car des sanctions seraient prononcées comme l'exclusion de toutes compétitions homologuées pendant un laps de temps plus ou moins long. Heureusement, il y aurait un regain d'intérêt du grand public, assez minime cependant.

Le Jeu avait ses arguments propres, il avait su réagir, susciter son autodéfense en la personne de Tatiana. Bon nombre de joueurs finiraient par comprendre que ce jeu n'a pas été conçu pour gagner, qu'il est fait pour montrer, voire pour démontrer quelque chose, qui lui est étranger; quelque chose comme la primauté de l'esprit sur le corps, sur la matière. Le Jeu sortait grandi, car il avait été confronté à une autre invention humaine qui était incarnée par des machines et il s'en sortait avec les honneurs. La sécurité mondiale n'était pas menacée par les échecs, bien au contraire. Étrange fait du destin, c'est le Jeu placé au centre d'un dispositif stratégique qui allait s'avérer utile pour résoudre un problème de sécurité planétaire, pour dénouer une énigme d'un autre genre.

Huit des joueurs du tournois qui avaient joué le premier coup normalement furent bien étonnés de se retrouver gagnants par décision de l'arbitre. Il y a bien des façons de marquer un point dans une partie d'échecs, celle-ci était cependant la plus rare...

Tatiana gagnait sa partie sur l'échiquier mais il lui fallait à présent entendre son mari qui était revenu sur les lieux du tournoi. Pour lui c'était mission accomplie, il pouvait passer quelques jours avec son épouse à se reposer et suivre les compétitions, mais il n'avait pas le cœur à cela, il voulait seulement rentrer chez lui. Tatiana décida qu'elle devait suivre, elle prétexta des ennuis de santé pour abandonner le tournoi ce qu'elle ne faisait jamais en temps normal.

Après une bonne nuit de sommeil, les deux époux prirent la route dès le lendemain matin. L'ambiance n'était pas au beau fixe. Tatiana ne savait pas ce qui s'était passé au moment de l'arrestation, elle pensait à présent que le jeu ne vaut pas toujours la chandelle. Elle était comme obnubilée par une question qu'elle avait trop peur de poser. Est-ce le fait de se retrouver au volant sur la route du retour qui lui donnait un peu plus de courage ?

-Alors ?

Demanda-t-elle en se tournant côté passager

-Alors quoi ? Répondit Fabien

-Alors ? Nous ? Répéta Tatiana

-Ah oui, nous! Allons chercher les enfants, veux-tu ? Au fait tu sais qui a été arrêté hier ? Ils lui ont passé les menottes, il semble bien que ce soit le cerveau de l'affaire qu'en penses tu?

-On s'en doutait, moi et Desprit, il nous a menti, mais je t'assure qu'il n'y avait rien entre nous, rien d'autre que ce projet ridicule qui a mal tourné !

-Oui bien sûr mais crois tu que notre amour résistera à tout ça, crois tu que le courage consiste à ne rien se dire de ce qui est essentiel ? Crois tu que la confiance que j'avais en toi n'a pas souffert de cette histoire ?

-Je ne crois rien, je t'aime c'est tout !

Elle avait toujours le mot qu'il faut, celui qui change la donne. Fabien un peu trop indécis n'avait pas le cran de lui avouer la vérité, il gardait son amour naissant au fond de son cœur, mais n'osait rejeter celle qui était la mère de ses enfants. Et puis,

Tatiana n'avait pas démérité comment lui reprocher ses cachotteries sur le business d'autant plus qu'il n'était pas très sûr de ses sentiments vis à vis d'Angela.

Comme aurait dit Bobby Fischer : "Je joue toujours les bons coups au bon moment." En effet c'était peut-être le moment qui faisait qu'un coup soit le bon, et rien d'autre. La partie était jouée, la suite risquait d'être une banale histoire de couple qui finirait peut-être par se séparer, mais il resterait toujours entre eux deux, ce Jeu sublime, qui faisait perdurer leur lien solide et qui les reliait au monde. Conscient pour une fois que le frein de l'amour n'était plus de mise Fabien, sans trop savoir s'il faisait bien, répondit simplement pour une fois :

-Ma très chère épouse, je ne doute pas un instant de tes sentiments et j'en suis heureux, mais il me semble que ton désir est ailleurs. Je pense que tu désires un autre homme, et ce n'est pas te faire injure que de croire cela, sinon comment expliquer que plus rien ne se passe entre nous, comment expliquer qu'une autre femme ait du désir pour moi. Les femmes sentent ces choses là, non ?

-Expliquer, femmes, homme ! Mon français me joue des tours , que veux tu dire?

-On en reparlera, ne t'en fais pas moi aussi je t'aime...Et puis ça fa bien pour moi à présent. Il faut préparer la fête de ton club avec les enfants, c'est bientôt Noël, la vie continue.

Tatiana mit sa main sur sa bouche comme pour s'empêcher de parler, elle regardait la route, les vignobles environnants. Elle n'avait qu'une hâte, retrouver ses enfants.

Boudinov aussi avait su jouer le bon coup au bon moment, faisant de l'*opposition* et du *zugzwang* une arme décisive. Mais  à trop en dire, c'était à nouveau le jeu qui reprenait le dessus et il convenait finalement de le ranger dans un placard comme on le faisait du temps de Fischer. Passer au chapitre suivant, dont le titre aurait été "mat en  douze coups" ou "abandon programmé" pour savoir qui du jeu ou de ses ennemi allait l'emporter définitivement, aurait consisté à rester dans le jeu, ce qui n'était plus nécessaire, ni pour Fabien ni pour qui que ce soit. Boudinov n'était pas un flic de pacotille, nulle doute qu'il allait obtenir son résultat. Confondre les individus qui avaient mis en danger  la vie d'autrui, n'était plus qu'un jeu d'enfant pour l'Inspecteur. Lui, il avait déjà compris depuis longtemps, ce que Fabien savait à présent.

Le coupable présumé n'avait voulu probablement ni sa femme, ni son argent, bien qu'ils ait convoité les deux. Ils voulait juste, peut-être, sa vie à lui, plutôt que la sienne, la vie d'artiste qui sait ? Que pouvait comprendre sa brillante épouse à ce genre de manœuvres ? Avait-elle été trop loin et jusqu'où ? Curieusement pour Fabien ce n'était plus la question essentielle, quelque chose lui commandait de ne pas chercher plus loin de pardonner et rien d'autre !

De nos jours les faux semblants ne sont plus de mise. Il convient d'appeler un chat un chat. Laisser faire le hasard ou le jeu c'est un peu la même chose finalement. Les étoiles ne font pas d'erreur...

FIN